忒弥斯档案❷

Book 2 of The Themis Files

[加] 沙利文·纽威尔——著

Sylvain Neuvel

吴华——译

天地出版社 | TIANDI PRESS

图书在版编目（CIP）数据

觉醒的众神 /（加）沙利文·纽威尔著；吴华译. —
成都：天地出版社，2019.1
ISBN 978-7-5455-4350-6

Ⅰ. ①觉… Ⅱ. ①沙… ②吴… Ⅲ. ①科学幻想小说—
加拿大—现代 Ⅳ. ①I711.45

中国版本图书馆CIP数据核字（2018）第256870号

著作权登记号 图字：21-2017-537

觉醒的众神

JUEXING DE ZHONG SHEN

出品人	杨 政
著 者	[加] 沙利文·纽威尔
译 者	吴 华
责任编辑	杨永龙　聂俊珍
封面设计	思想工社
内文排版	尚上文化
责任印制	葛红梅
出版发行	天地出版社 （成都市槐树街2号　邮政编码：610014）
网 址	http://www.tiandiph.com http://www.天地出版社.com
电子邮箱	tiandicbs@vip.163.com
经 销	新华文轩出版传媒股份有限公司
印 刷	河北鹏润印刷有限公司
版 次	2019年1月第1版
印 次	2019年1月第1次印刷
成品尺寸	145mm×210mm　1/32
印 张	12.5
字 数	267千
定 价	39.00元
书 号	ISBN 978-7-5455-4350-6

咨询电话：（028）87734639（总编室）
购书热线：（010）67693207（市场部）

本版图书凡印刷、装订错误，可及时向我社发行部调换送给芭芭拉和韩·苏罗。

你看，芭拉，你就是我的依靠，我的一切。

但是韩已经不在了。你不介意我说出来的，是不是？

目 录

Part 3 血与肉 …169

理论上讲，外星人可能不知道这些多态性的存在，这只是他们的武器的一个缺陷。但他们制造的分子，针对的是DNA长链，以我对遗传学的了解而言，这里有太多复杂的变数，而且完全没……没有必要。他们完全可以制造更简单的分子，以所有人都具备的DNA短链为目标。他们可以使用毒气。对他们来说，制造肉毒杆菌毒素简直形同儿戏。若以相同的方式传输，他们有上百万种东西可用，不会留下活口，而且更容易制造。他们这么干其实是在给自己找……找麻烦。

Part 4 至　亲 …261

要么他们就是所有现在活在地球上的人类的祖先。我能幸存下来，并不是因为我拥有外星人的DNA，反而是因为我是少数几个没有那种遗传的人之一。我们都是外星人，某一层面上说，都是。生活在地球上的所有人啊——唔，99.95%的人类——都拥有外星基因。

序　幕

伊娃·雷耶斯的私人日记

今天，梅利莎在学校取笑我来着。她现在完全站在男孩那边了。恩佐和他的哥们儿又开始叫我“小疯子”了，她也来凑热闹。她说：“看呀，疯伊娃要气哭了！”讨厌死她了。

她是我硕果仅存的好朋友了。安琪去鲍德温了，几乎杳无音信。埃西搬到巴亚蒙去了。校园之外，我只跟她俩有交集。老妈总是让我多出去玩，可是根本没人可以一起玩啊。我们过去常常收集里奥彼得腊斯的石头，埃西喜欢石头，尤其是蓝色的那种，它们好像是叫作“蓝晶石”。之前我自己玩的时候发现了好几吨那种石头呢。我跟埃西说，等我去看她时，就把石头带给她。不过，我也不知道老妈什么时候才能让我去。她说必须得等我好起来才行。

今天晚上我又得见那个心理医生。他像其他人一样，以为我疯了。他们一直告诉我，做噩梦是正常现象。可是我知道，那根本不是梦。我醒着的时候它们也在啊。今天在学校的时候我又看见它们了，然后我就开始大叫。几个月来，我不断地看见同一幅景象：所有人都死了。成千上万的人，死在街上，整座城市里塞满了尸体。我看见我的父母倒在屋子外面的血泊里——这部分我没跟他们讲。今天，我看见了新的东西，我看见了一个机器人——像忒弥斯——巨大的、金属造的女人，坠入了云中。

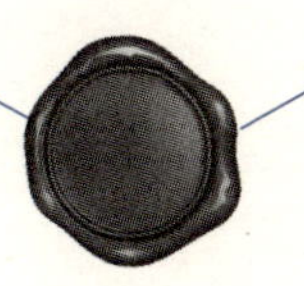

Part 1
亲 缘

File NO. 1398

新闻报道——英国广播公司伦敦记者雅各·劳森

位置：英国，伦敦，摄政公园

今早，一座20层楼高的金属巨物出现在摄政公园中心。凌晨4点，最早注意到它的是伦敦动物园的管理员。这一巨物，或称机器人，矗立在公园最北端的中心足球场上，其体积和形态都与我们所熟知的联合国机器人忒弥斯非常相像。然而，这一新出现的巨物，看起来像是男性——或者说，拥有男人的形象。和近一年前造访伦敦的那个女性巨物相比，它更强壮有力，而且似乎更高些。它的灰色比联合国机器人更浅，并且带有黄色光带，而忒弥斯的光斑是蓝绿色的。

据最初的目击者表示，机器人是在公园中央凭空出现的。“刚才还什么都没有，然后它就出现了。”动物园管理员之一如是说。值得庆幸的是，公园中央的足球场在这一时段无人使用，因而没有人员伤亡报告。巨物凭空出现，这是否是其蓄意而为，我们显然尚无头绪，它从何而来、由谁派来，也全都不得而知。如果它确实是忒弥斯那样的机器人，且操控方式也与之相同，那么必然是由飞行员驾驶的。这些飞行员是俄罗斯人、日本人，还是中国人呢？抑或是从天外异域而来？值此非常时刻，我们只能推测，这一庞然大物之中根本没有飞行员，因为它一连 4 小时都矗立在那儿，一动不动。

地球防卫队目前尚未发布官方声明。科学部主管萝斯·富兰克林博士已抵达日内瓦，并在晚些时候发表了讲话。她未对机器人的来源进行推测，但已经可以确认的是，这并非联合国行星防御行动的一部分。如果情况属实，那么它要么是别国秘密建造的机器人，要么根本不属于我们的星球。地球防卫队将于伦敦时间凌晨 3 点在纽约举行新闻发布会。

9 年前，继美国发现机器人忒弥斯后，地球防卫队由联合国组建。其任务是从外星人工物品中提取新技术，造福人类，保护地球，抵御外星威胁——至于我们当今是否正面临着这种威胁，则只有时间可以证明。

英王政府尚无反应，但消息人士称，首相将在几小时内发表全国讲话。英国人民不必守候地球另一端的消息了。今天早些时候，反对党迅速表态，呼吁首相予以某些保证。反对党领袖阿曼达·韦伯约 1 小时前接受采访称：“伦敦市中心站着个拥有潜在毁灭性力量的外星巨物，而首相认为的得当行动就只是封锁了一座公园。他能保证居住在大伦敦地区的 1300 万人民是安全的吗？如果能，那么他还欠英国人民一个解释；如果不能，我想知道的是，为什么我们还不考虑疏散呢？”前外交部长进一步建议称，伦敦市中心应首先疏散。据她估计，有序的疏散撤离可以在48小时内完成。

而对伦敦市民来说，他们似乎并不急于去任何其他地方。也许他们对于机器人的惊讶也是以一以贯之的冷淡来表达的。在伦敦大部分地区都可以看见那高高矗立的巨物，若换作其他地方，骚乱、动荡或大批撤离都是极可能发生的。但伦敦人却大多一切照旧，甚至还有不少人专程来到摄政公园，一睹巨物的风采。警察封锁了南至阿尔伯特纪念碑、北至亚彬弥街A501–A41号的区域，但仍有人避开警察，进入公园。警察甚至驱散了准备野餐的一家人，而他们选定的地点距离入侵巨物的金属大脚仅有几步之遥。

伦敦人认为这一巨物和忒弥斯一样友好，这一点是无可苛责的。因为他们被告知的是，外星某一族群将忒弥斯留在地球上是为了保护人类。她的金属脸庞和向后弯曲的双腿几乎每天都出现在电视上，占据了近10年来所有的头版头条，印有忒弥斯图案的T恤在大街小巷贩卖，年轻一代更是在忒弥斯公仔的陪伴下长大的。忒弥斯就是超级巨星。她一年前到访另一家伦敦皇家公园的场面堪比摇滚音乐会，完全不像是人们与外星世界的初次接触。

对成立未久的地球防卫队来说，这是关键性的时刻。这是个非常脆弱的联盟，批评者称之为“公关杂耍”，持争议者认为，单一机器人，无论多么强大，也不可能保护整个地球免遭入侵。或是为武器库再添新丁，或是与其他物种缔结正式联盟，地球防卫队想平息质疑仍有很长的路要走。

File NO. 1399

地球防卫队科学部主管萝斯·富兰克林博士的私人日记

我曾经有一只猫。因为某种原因，没有人记得我有一只猫。我一直想象着她蜷成个球缩在厨房地板上、等我回家等得慢慢饿死的画面。我总是记不住，萝斯·富兰克林那晚其实回家了，记不住她——或是另一个我——根本就没离开。我的猫没有饿死，我很高兴。但我有点儿希望她会在地板上等我。我想念她。少了她的小小身影，我现在住的这个公寓显得特别空旷。

也可能她死了。不过她还没那么老。也许是我因为工作越来越苛刻而抛弃了她；也许她没认出那天晚上假扮成我溜进家里的人，然后跑掉了。但愿如此。如果她还在，肯定会害怕如今的我。如果“真实的”萝斯·富兰克林确有其人，那很有可能并不是我。

13 年前，我在上班路上出了车祸。陌生人把我从车里拖了出去。4 年后，在爱尔兰的路边，我醒了。一天也没有变老。

这怎么可能呢？我是穿越到未来了吗？我是被……冷冻起来了吗？冷藏了 4 年？我大概永远也闹不清了。就这么生活也行。但让我难以自处的是，那 4 年我并不是真的消失了。我——或者说是像我的某个人——在这里。萝斯·富兰克林第二天就照常工作了。这些年她可着实干了不少活儿。反正，她的研究最终对准了我儿时坠入的那只金属巨手。她坚信还有其他巨大的肢体散落各地，想方设法地把它们挖出来，拼成了一个巨大的外星机器人，并命名为“忒弥斯”。然后她就死了。

这 4 年可真够忙的。

当然，这些我压根儿就不记得。我不在场啊。反正是做了这些事的那个人死了。我确确实实地知道，那不是真正的我。萝斯·富兰克林负责巨手研究团队的时候是 28 岁，死的时候是 30 岁。一年之后，他们找到了我。当时我 27 岁。

忒弥斯后来归了联合国。他们划分出一个下属机构负责行星防御，名叫“地球防卫队”，那个机器人就是他们的主要资产。我并不是其中一员，因为其中一个我已经死了，而另一个我还没被人找到。我重现人间 1 个月之后，他们叫我负责地球防卫队的研究团队。另一个萝斯一定相当有影响力，而我却是最不够格干这活儿的。因为我从来就没见过忒弥斯。以我之见，我最近一次见到她的某个部分，应该是在我 11 岁生日时。他们似乎并不在意这一点，我也不在意。我只是很想要这份工作。我已经干了 9 年了，9 年。人们也许认为这么长时间就足以让我忘记那些事了，并没有。我得把那 4 年补上，这让我着实手忙脚乱了好一阵。不过，随着一切渐渐步入正轨，随着对新工作、新生活的适应，我反而对“我是谁”这个问题越来越着迷了。

我知道，如果我真的穿越时空了，那么以我的知识没法儿完全了解它，但应该不会有两个我。把一个物体从 A 点移动到 B 点，它就不会再在 A 点了，这是符合逻辑的。我是个克隆人吗？是个复制品？不知道自己身上发生了什么也能生活下去，但是我必须得弄清楚我到底是不是……我。这种自我怀疑真是可怕。

我知道我不属于这里。我是……错位的。说到这个，这种感觉是熟悉的。有时候——每年两三次吧——我就会有这种极度焦虑感。大多是真的太疲倦了，或者喝了太多咖啡，然后就开始觉得……我形容不出来。就好像每一秒钟都在那种指甲划过黑板的声音里度过似的。会有那么一两分钟，你会觉得自己——差个半秒钟左右吧——跟宇宙是不同步的。我一直都没法儿准确地描述它，所以也不知道，是不是只有我一个人有这种感觉，我想应该不是。但我现在每一天每一分钟都有这种感觉，而且那“半秒钟”似乎还越来越长了。

我没有真正的朋友，也没有真正的爱人。我所拥有的，都来自我不曾有过的经历，我所失去的，也都归咎于我不曾参与的事件。我妈妈仍然每天晚上都给我打电话。她不知道的是，在我回来之前，我们已经有一年多没说过话了。她怎么可能知道呢？她一直都打给另一个人，那个人不再耿耿于怀于父亲的离去，那个人是人人都欢迎、喜欢的，只是那个人死了。我没再跟任何学校的、家乡的老友说过话。他们出席了我的葬礼。那真是结束一段孽缘的绝佳方式，我才不想破坏它呢。

现如今，最像朋友的两个人是卡拉和文森特。可是尽管过了9年，我还是很为这种友情感到……羞愧。我是个替身。他们对我的好，是建立在谎言之上的。据说我们一起渡过了种种难关，我们也就全都假装真是这么回事，假装就算人换了也会有同样的经历。他们把我当作另一个人，然后对我好。

我不知道自己是谁，但我肯定不是……她。我努力地扮演她，非常非常努力。我知道，只要我是她，一切就都对了。可我根本不认识她。她笔记本里的每一页我都看了上千遍，却还是不能理解她的世界。我偶尔会在她的日记里瞥见自己，可那些支离的感受并不足以拉近我和她的距离。她很聪明，的确。要是我们现在去搜寻那些巨型肢体，我可不见得能干得像她一样好。她肯定有些研究发现是我所不了解的。也许是我“不在”的时候发表的吧。可能我就是个不完美的复制品，可能她只是比我聪明。

她肯定更乐观。她相信——完完全全地相信——忒弥斯是一件礼物，留给我们在合适时机发现的礼物，某个种族中由慈父赠予孩子的成年礼。所以，他们把那些肢体埋藏在地球最最偏远的角落，甚至藏在冰层底下。人们对寻宝有兴趣，这我能理解，但重重障碍有什么合理解释吗？我就是觉得事情另有隐情，藏得很深——嗯，就是这样。隐藏，难以揭秘似的。

更重要的是，我想不通为什么有人——也许是更先进的文明——会留下个机器人，却又让我们想破了头也没法儿使用呢。不管是谁有能力建造了这种东西，又跨越光年把它送来，都应该让它的控制系统适应我们的生理结构吧。舱里应该配个机械师，可以用来修理机器人，或者至少是能用链子调整一些小问题。关键是用他们的反向螺丝起子把膝关节那里的链子调个个儿，好让我们能用啊。他们实在不该期望我们会把自己弄残废，就为了操控驾驶这东西。

我是个科学家，还没有证据能证明我的想法。但另一个萝斯也没能证明与此相反的假设。没有证据，就算是奥卡姆剃刀也绝不能推着我往那个方向走。

而讽刺的是，他们建立的整个程序都是基于我给出的结论。如果他们知道我对于即将到来的一切有多恐惧，那么他们就绝不会给我自由，让我做现在的这些事情。实验室是唯一让我感觉自在的地方，对此我心存感激。我也很感谢忒弥斯，她每天都陪着我。我对她有种亲近感。她也不属于这里，她的“不属于”更甚于我的。我们都是不得其所、不得其时的。对她的研究越深入，我就越觉得有可能揭开自己身上的谜题。

我知道大家都在担心我。妈妈说会为我祷告。干大事的人是用不着这个的。但我不想惹到她，所以就跟她说谢谢。我的信仰一直都不怎么坚定。我知道就算真有神，他们也不会来帮我的。我所做的一切，并无救赎可言。我应该死掉。我死了，却又被某种先进技术召唤了回来——你也可以称之为巫术。就在不太久之前，教会还烧死过不少我这样的人呢。

我信神，却与之交战。我是个科学家，要做的是努力解答问题，一次一个，所以把神推出来当答案的机会就少了。我扬起我的旗帜，一点一点地夺取神的国度。这很怪异，但我以前从没有想过这些。我从来没有目睹过科学和信仰之间的真正鸿沟。但现在我看见了，清晰有如朗朗乾坤。

我跨过了那条不该跨越的界限。我死了。我还在这儿。我哄过了死亡。我拿走了神的能力。

我杀死了神，内里索然空洞。

File NO. 1408

采访地球防卫队司令尤金·戈文达准将

地点：纽约州，纽约市，华尔道夫酒店

——抓紧点儿，尤金。

——我们有多久没见了？

——到 9 月份就 14 年了。

——14 年了啊。在这么长的时间里，我有没有准许过你——哪怕一次——直接称我为“尤金”？

——“准将”似乎有点儿……不合适，毕竟我们一起经历了一些事。

——可不是嘛。嗯？想想看，完全不知道该如何称呼你，那是何种感觉？

——我倒不是多不乐意听你喋喋不休地东拉西扯，吐槽我的匿名什么的，不过还有不到 1 小时你就要出席联合国大会了。我知道你有多讨厌演讲，所以你需要我帮什么忙的话，现在可是最佳时机。

——那你干吗不自己演讲去呢？当初可是你把我扯进这些乱子的。

——让我听听你的开场白。

——那张该死的纸呢？噢，在这儿呢。你有没有看见我的——

——在床头柜上。

——谢谢。开场白是这样的："我知道你们当中很多人心怀恐惧。我知道你们想知晓答案。"

——我是说，听听演讲的开头。

——这就是那倒霉演讲的开头啊。

——尤金，你可不是在跟军校里的学生讲话。这是联合国大会。按外交礼仪，你得先跟每个人致意——总统先生，秘书长先生，大会成员，女士们，先生们。

——好吧，我会先念这一串子的。然后我就说："我知道你们当中很多人心怀恐惧。我知道你们想知晓答案。"

——不行。你得先说些意义深远、鼓舞人心的话。

——鼓舞人心？那个该死的大个儿机器人正站在伦敦市中心呢。人们想要我做的就是把它弄走，这没什么可玩深沉的。

——然后说些与这个完全无关的话，不过要深刻。我最近一次亲耳听到的演讲是美国总统讲的。他大致是这么说的："我们共同走到了战争与和平的十字路口，无序与融合的十字路口，恐惧

与希望的十字路口。”

——很好。那就这样。总统先生，秘书长先生，大会成员，女士们，先生们。你们知道我是个不善言辞的人，所以，如果你们允许的话，我想借用美国前任总统的开场白。他说：“我们共同走到了战争与和平的十字路口，无序与融合的十字路口，恐惧与希望的十字路口。”

——那就——

——我开玩笑的。我以前从另一个巧言令色的家伙那儿抄过几句，换上去就行了。到时候你就会觉得我自己的话其实挺好的。那个家伙名叫托马斯·亨利·赫胥黎，早年间是研究现代生物学的。他说的是：“已知的事物是有限的，未知的事物是无穷的；我站立在茫茫无边神秘莫测的汪洋中的一个小岛上，继续开拓是我们每一代人的职责。”10 年前，忒弥斯横空出世，我们意识到，那座小岛比我们想象中的大得多。而今天早上出现在伦敦的巨物，则让小岛显得无比狭小，甚至都不知道还有没有我们的立足之地。

这么说行吗？

——我知道你们当中很多人心怀恐惧。

——别拿我找乐。

我知道你们当中很多人心怀恐惧。我知道你们想知晓答案。我直白点儿说吧，你们想要的答案，我这儿没有。今天没有。我得跟你们坦白，我……我也很害怕。我害怕的是，我不知道那究竟是个什么东西，也不知道它想干什么。我不知道会不会有更多那东西出现，也不知道要是真有的话，我们有没有可以应对的办法。我们不知道的事情太多了。要是你问我，我会说一点点恐惧是有益健康的。

——真让人放心啊。我现在就觉得好多了。

——我们不能因为害怕就抛下我们必须做的事情，也不能让恐惧左右我们的行动。我们必须戒急用忍。我们能确定的就是——

——你想说什么？

——所有人都必须耐心等待，别干傻事。

——比如说？

——你知道，英国有些人想要展示武力。我还听说北约正在考虑采取军事行动。我希望坐在那屋子里的所有人都能调动他们的影响力，在权限内使出一切手段，确保不发生那种事。

——为什么？

——你知道为什么！这第二个机器人很可能比忒弥斯还要厉害。英国地面部队能不能在它身上划个小道道都还打问号呢。而且那是伦敦。在城市环境里，根本没办法在地面进攻时集中火力。全面空中打击还有点儿希望，但是这就需要我们几支规模最大的空军联合作战。我们评估过伦敦城区了。如果空中打击不能把机器人整个撂倒，那么高放射尘量核弹就是最好的、最后的一个选项了。而且这也意味着完事之后得重新安置英国人。这么说你闹明白了吗？

——要是你不想他们插手，就这么说。你得让他们明白，如果他们发动进攻，就没有所谓的“最佳方案”了，也别想玩什么金蝉脱壳。

——你不觉得这么说有点儿太粗鲁了吗？你要的可是意义深远和鼓舞人心。

——你的开场白足够意义深远、鼓舞人心了，接下来的 20 年里，人们在餐桌上都会传颂你的名言的。要是你今天想让他们明白什么事，必须得像跟孙子孙女解释似的那么说。那屋里有一半人是通过同声传译听你说话的，而大部分人的注意力水平也就和 5 岁的孩子差不多。他们离场时，会给家里打电话。他们可能会跟国防部长、高级将领、参谋长，以及所有能调动军队、渴望作战的人通话。你是在说服他们相信一帮科学家，而不要相信自己的军事顾问。必须确保你那些理由不会在翻译过程中漏掉。

——还有一段呢，加上它会显得很睿智。

——读来听听。

——我们所面临的，并不是伦敦的难题，不是英国或欧洲的难题，诚然也不是北约的难题。我们面临的是整个地球的难题。这个难题我们人人有份，莅临此处的诸位所代表的国家都有份，我们必须共同寻求解决这一难题的办法。这一机构的建立，是基于对人类历史上最惨痛的战争的觉醒，为的是促进和平，让各国可以在这里解决争端，而不是再跑到战场上去。它的建立也使我们能够聚合我们的知识和资源，如此所达成的辉煌成就，是我们个人绝对难以企及的。今天，我们要共同做出选择了：阻止一场我们难以估量其损失的战争，引领全人类开创全新的领域。联合国的关键时刻，就是现在。地球防卫队的关键时刻，就是现在。

——他们走神儿的时候你就加上这段。你还得说说自己的军方背景，好让他们认同你。

——我准备了这种话来着……在这儿呢……我知道你们当中有

些人心存疑虑。成立地球防卫队的这一决定并非是全无异议的——为什么要相信地球防卫队，而不相信自己国家的军队呢？这是我今天唯一能够回答的问题。我是个军人，戎马 40 年。我可以告诉你们：军人需要情报……

——你还得多说点儿。跟他们说说你参加过多少战役，杀过多少人。让他们见点儿血，让他们知道你是个战争狂人，只要有理由就会毫不犹豫地往伦敦扔炸弹。只有这样，你告诉他们不要开打的时候，他们才会相信你。

——我应该说什么？我是南非陆军准将，地球防卫队司令。在南非，我负责陆军装甲编队——简而言之就是有很多坦克的部队。边境战争时，我曾在隔离区作战，还参与过苏丹的维和行动，也带着联军参加过联合国派往刚果民主共和国的干预旅。成年后我就没离开过军队，一直转战四方——

——完美。

——……我可以告诉你们：军人——像我这样的军人——需要情报才能发挥作用。我们得知道到底发生了什么。如果没有情报，我把话撂在这儿，你们总不希望把自己的命运掌握在军队手里吧。我们不能拍脑门儿就干。我们眼下像是瓷器店里的大象，只要动一动尾巴就能搞砸一切。

我还是地球防卫队的司令。严格地讲，这支部队只有一件庞大的武器。身为司令，我的麾下只有两名战士，其中一位是军人，另外一位是加拿大移民。此外，还有 68 名科学家在为我工作。不过在他们看来，是他们给我提供了一份工作，因为他们知道我不是科学家。科学家就像小孩：总是什么都想知道，没完没了地问问题，而且绝不遵从命令。

这就是“地球防卫队”。一个巨型机器人，一名军人，一名语言学家，以及一帮胡闹的小孩。我们需要的，地球需要的，正是他们，正是这些不听话的小孩。他们比地球上的其他人更了解外星科技，而且每一天都在研习更多技术。这就是他们做的事情，学习研究，不断地学习研究。是他们在知识的小岛上开疆拓土，这样我们才有立足之地。

——感人至深。

——我想起你第一回游说我接受这个工作时说的那些话了。

——你没接受。

——是没接受，但那些话很不错。这后面还有几段，说一下我们都知道些什么，不过更大篇幅说的是我们不知道的东西。

——我们知道什么？

——不多。就下面这些。

我们只有几小时来查询已有的数据，而且我们的工作人员不在现场，所以能知道的只有以下这些。伦敦的这个机器人比忒弥斯高10英尺左右，体形上大约大了10%。我们称之为“克洛诺斯”。就这些了。其他的都是推测。

那个巨大的金属男性内部可能并没有人类。它可能是远程控制的，甚至有可能根本不是机器人；它出现以来还没有移动过。我们感觉这不大可能，但也不能盲目地放弃这一选项。它的内部也可能是有人类的。在其他地方可能还埋藏着另一个机器人，该国代表此时此刻也许正坐在这里。这看起来似乎是不可能的，但也并非绝对。

鉴于我们对忒弥斯的了解，最有可能的情况是，舱内搭载有两名或两名以上的飞行员。而且伦敦机器人看起来与忒弥斯极其相似，因此我们据此设想，它们是由同样的物种建造的。不过，这并不意味着我们与忒弥斯的建造者取得了联系。他们将一个巨大的机器人留在地球上，合理的推测是，他们也在另一个可居住行星上留下了相同的东西。此次事件很有可能是那些人的造访。正如我刚才所说，我们知道的不多。

假设我们真的是在和外星人打交道，那么他们可能是友好的。他们没有开火——这是个相当不错的信号——而我们目前关于忒弥斯的推测是，她留在地球上的目的是帮助我们保护自己。他们的意图很可能是敌对的。对敌人来说，给我们这么多时间来准备是很古怪的。但它的出现也许是大规模入侵或攻击的前奏。我们更倾向于另一个合理的解释，那就是他们也正在试图理解我们。他们或许无从知晓我们可能造成的杀伤力，抑或是我们会采取的反应。

但这些都是猜测。目前我能提供给诸位的就只是“如果”和“可能”。我被邀请至此，提出建议，目前这个建议非常简单：将忒弥斯送往英国，这需要七八天时间。让我的那些小孩再攻关个一周，届时我们再开会商讨。在这段时间里，我恳请诸位保持克制，耐心等待这一系列工作完成。无论诱惑多大，现在都不是冲动行事的时候。

就这样了。我的演讲。够长吗?

——刚刚好。

——当然了，我还得给记者们另写一份新的。都怪萝斯，该死的，怎么就神志失常了呢。

——她怎么了？

——你不知道吗？她上了电视，跟全世界说我们不该插手。

——“我们”是指谁？

——地球防卫队。她说把忒弥斯送走是个弥天大错。我知道你挺喜欢她，但那姑娘的脑袋瓜儿实在不怎么清楚。她这是在玩火。

——她经历了一些……令人不安的事情。

——这个我懂。我不懂的是，你干吗要让她负责呢？她可以参与团队工作，但是别让她主持大局。她讨厌我，因为我是个军方的大坏蛋，可她做的事毫无益处啊。要想多争取些时间，我唯一能想到的办法就是把忒弥斯送过去。要不然，到明天早上，摄政公园里就会布兵列阵的。我们都清楚那会导致什么后果。

——说来听听。

——什么？

——给记者准备的稿子。

——好吧。你们可能已经听过我们科学部主管萝斯·富兰克林博士今早接受采访时的讲话了。她说了很多，但是一言以蔽之，她希望我们袖手旁观，不采取任何行动，甚至连地球防卫队也不作反应，然后等着那个机器人自己离开。富兰克林博士是一位智慧的科学家，她有权表达自己的看法，哪怕这看法与地球防卫队的相左。你们也许知道，在科罗拉多研究忒弥斯时，富兰克林博士差点儿在一次意外中丧生。我相信正是那次事件使她变得过于谨慎了。我不赞同她的主张，而她除了“我们不该派出地球防卫队”之外还说了很多。今早她提出了不少绝妙观点。

我们是首次与外星生命接触，无论事情怎么发展，这都是人类历史上的决定性时刻。我们应该停下来好好想想这些事件的意义有多么重大、深远。

考虑到这一点，富兰克林博士指出，派遣装甲师和武装部队可能并不会给对方留下好的第一印象。我对此毫无异议。

她还提出，把忒弥斯送到伦敦是个弥天大错。坦克和步兵会被解读为敌意信号，但如果他们与人类有相似之处，机器人就很可能不会被看作严重威胁。另一方面，忒弥斯可能会使他们得到某种满足。我相信，向外星人展示一张与之相似的面孔，是开启对话的最佳方式。不过有待商榷的是，将地球上唯一可以对他们造成伤害的东西送过去，也许并不是个好主意。

——简洁。坚定，但没什么建设性。我喜欢。拿好你的外套，该走了。

——你还记得第二次游说我接受这份工作时说的话吗?

——记得。

——你说:“我给你找了个军方职位。在那儿干你就再也不用杀人了。”

——我知道。我目前还是打算信守承诺的。

File NO. 1416

采访地球防卫队卡拉·雷斯尼克上尉

地点：大西洋某地

——早上好，雷斯尼克女士，希望我没有吵醒你。

——我靠！没有！我才刚洗完澡。之前在甲板上跑圈来着。我怎么感觉有 10 年没跟你说过话了呢？

——我们上次谈话是在 8 年前。方便说话吗？

——你的意思是问有没有人能听到？我不确定，文森特还在床上睡着呢。

——我是问你忙不忙。

——还挺想念这个的。

——什么？

——这个！

——……

——不，不忙。我可以说话。

——你在哪儿?

——大西洋中部。不过这你已经知道了吧。

——我是说在船上的什么地方?

——在宿舍里。我们有个小小的……就像个小公寓。有个沙发，有台电视，还有个小厨房。

——知道你住得舒服我挺高兴的。联合国调用你的船时我请他们增添了些设施。我知道你很不喜欢之前的那艘。

——噢，简直是天壤之别了，先生。之前的那艘船是运庞然大物的，搞得我们跟偷渡者似的。现在这艘可是专门为我们装配的，它还什么活儿都没干呢。我们一直躺在床上睡大觉，我也闹不清这到底是为什么。你怎么样？没有我们肯定觉得无聊了吧?

——不管你信不信，世界上并不是所有东西都得围着你转的。事情不算多，但足以让我脱不开身了。

——我只是问问你过得好不好。8年都没跟你说过话了呢!

——你是指我的私人生活?

——老天，我很想你啊！怎么隔了这么久呢？我知道你跟富兰克林博士聊过很多次啊。

——你跟库蒂尔先生干得不错，没必要聊。

——那也可以说个“嗨”嘛!

——闲聊需要某种层面上的互惠，那是我无法提供的。不过，我刚才说了，联合国调用你的船时我请他们增添了设施。

——你是说你曾想起过我……一次，在很多年前。

——对。在波多黎各的时候你怎么说我来着？内心很柔软？富兰克林博士怎么样？

——哦，这你知道啊，你跟她聊过了嘛。她比以前忧郁了些。我原本以为过一阵就会好的，可这都10年了，所以我看这就是全新的她了吧。不过，我们还是相处得很好。她也挺喜欢文森特的。至于其他人就没那么好了。

——她经历了很大的心理创伤，这也情有可原。

——你是说她死了。对。我在现场。是我杀了她。然后她又复生回来了，还变得更年轻了。她从来也没跟我说过她是怎么回来的。她自己知道吗？

——不知道。

——那你呢？

——我也不知道。

——就算知道你也不会告诉我的。

——可能吧，但我的确不知道。另外，确切地说，她的生命只少了3年。她是死在第4年的。

——我想起来了，绝不要跟你寻求什么安慰。难怪这个复制品做得不怎么完美。要是我死而复生可不会就这么吓坏了。我是说，在她死前，我和文森特天天都跟她打成一片。可现在我们天天共事的这个人是谁？

——萝斯·富兰克林博士。

——哼！那个富兰克林博士已经死了。我们现在天天见的这个萝斯·富兰克林一点儿过去的事都不记得了。

——我知道你对此有多困惑。眼下的情况我和你一样迷惑不清。有了解释我会说的。我能问问你和库蒂尔先生的关系进展吗？

——过去的这些年你是不是一直都盯着我们呢？

——据我所知，你和库蒂尔先生都未受监视。

——多好啊。我是指电视里那些。你知道我们一直在做什么吗？你之前说大多是游行和拍照，还真不是开玩笑。我们每天花上几小时，在实验室里研究忒弥斯。一个星期至多10或15小时吧，这说的是在纽约。我们起程之后，所有研究之类的玩意儿就都没了。其他时间就是你说的那些。游行不太多——后勤部队都要疯了。她每走一步就能把脚下的东西毁个遍，包括道路。能搞定这种费用和安全问题的城市可不多——不过我们确实拍了不少照片。大多是有“人情味”的那种。我们去了学校、医院，儿童医院最好。文森特对小孩很有一套，他的膝盖挺加分的。不过他确实善于和孩子相处。我们那就是马戏表演。

——你肯定每分钟都讨厌透了。

——你觉得我会讨厌对吧？可我并不讨厌。这差事不错。吃得好，住得好，珍妮也照顾得好。

——珍妮是谁？

——我们的领队，帮我们搞定预订、特殊要求什么的。我刚才说了，那是一场表演。我原本以为起程1个月之后我就会想要退出了呢，可我竟然有点儿喜欢。这让我挺害怕的。他们得事先录好我的采访，或者让人准备好中途用“哔”声盖掉我的话。现在讲话的几乎都是文森特。我也不太擅长和孩子玩，他们完全不懂讽刺什么的。有一次我把一个生病的孩子惹哭了。她得了白血病，我却把她弄哭了。

——我没看出来你喜欢哪部分。

——公关活动是有点儿糟糕。如果就是仅此而已了，我……那是附带的。我们一天只工作几小时，珍妮都觉得比我们干活儿多。不过她不知道，在丹佛时，我们可是16小时轮班的。怎么说呢？我们一起旅行，有大把时间各自待着，也不用再想杀了彼此了。我不知道，这感觉很……

——正常。

——是啊。就是正常。

——在这段时间里，你是否阻止了库蒂尔先生向你求婚呢？

——我觉得是吧。说实话，过去几年我就没怎么刻意做过这件事。

——是什么让你改变了想法？

——噢，我没有改变想法。我只是觉得没那个必要了。我觉得他已经放弃我了。

——这给你造成困扰了吗？

——可能有点儿吧。我想我可能挺希望自己改变主意的。我知道这对他有多重要。他应该找个和他一样想要孩子的人，结果最终发现那个人不是我。反正现在这已经无所谓了。

——什么意思？

——我也不知道。我们走出来了，只面对机器人的问题了。我们……恢复了。我恢复了。反正感觉就是这样。我有这种感觉是不是挺吓人的？

——你很可能会在劲敌手中死个痛快，而这让你感到了某种快乐。“吓人”可不是第一个出现在脑海里的词。

——或许不是“快乐”，是更……有生气。我想说的是，我觉得我比以前更像自己。可能“正常”不适合我吧。或许我想变成另一个我。

——我并不希望插手阻止你发现自我的旅程，但我基本可以确定，还有很多寻找自我的方式是不会引发全球危机的。你是否思考过，也许你只是害怕组建家庭的可能？

——唔……让我想想看。不，我没思考过这个问题。不过说我说够了吧。说说你吧……好！现在你可以跟我讲讲那个大家伙吗？富兰克林博士说他比我们的姑娘还要大，可这个我们都知道了。

——我刚参加过地球防卫队的简报会，富兰克林博士和她的团队还在收集数据，没有什么新消息可说。

——它动过吗？

——没有。它的光输出也很稳定，看起来并不像是在接收或发射什么信号。

——那我们到底该怎么办呢？走过去握握他的外星大手？

——可能就是这么简单。目前，你先开赴伦敦门户港停靠，然后到它背面集合，在那儿待命。到时候我们可能会知道得更多些。我不想表露出悲观情绪，不过我想了解一下，一旦发生冲突，你们的战备情况如何。富兰克林博士告诉我说，你们发现释放和聚焦能量的触发方式了？

——是的，我们知道触发的机关了。我们就是那样毁掉丹佛的实验室的。只要找出文森特当时压住的按钮就行了。其他的都是无意中发现的。是这样的，如果引发爆炸时是拿着剑的，那么爆破光柱就会从剑中喷出。剑越大，光柱就越聚焦。在纽约时，我们曾到新罗谢尔冲着水试过。爆炸炸出了一个大洞，足有一个街区那么大，然后又合拢了。看着可真是酷毙了。我们还在固体上试过，把一块大石头给弄没了。我没法儿肯定地说，这武器会不会对那个机器人起作用，但它横扫世界上其他东西是没问题的。

你知道吧，富兰克林博士认为去伦敦是个馊主意。

——我知道。

——好吧……她说的话比我之前听过的一切都更有意义。假设我们应该做的是寻找忒弥斯，但是嘴上说的却不是那么回事。说他们要来把它带回去，毁了它，诸如此类。更直白点儿，你拿不出什么东西能对那机器人造成严重威胁，除了我们。这是跟外星物种的第一次接触，我们真的要使出仅有的——甚至都不算是我们的——看似威胁的东西吗？我只是问问。我是个军人，要是他们命令我走到它后面，踢它的屁股，我也会照做的。不过，要是能避免让我和文森特送命，那也是个好事。

——深表同情。你必须明白的是，那个外星机器人正站在英国人口最多的城市里一动不动，而有权有势的人不会听之任之的。到了某个节点，人类就是得采取行动，使出招数。如果这个招数不是忒弥斯——顺便说一句，她是唯一与新机器人相似的东西——那就得是国王陛下的军队了。要是有的选，我宁可让你们去。

——就不能找个不带武器的东西去吗？可爱的、毛茸茸的东西？班尼兔，或是一窝小猫也行。你看过《第三类接触》吗？我们可以给它弹琴，来个灯光秀，教这些家伙学手语。

——英国政府在这方面比你超前，不过你的想法和他们的很相似。他们提出了所谓的“初次接触礼节”。

——能让我知道吗？

——他们在公园四周安装了显示屏，放映古迹、动物、城市的图片，还有些老电影的片段。他们还用扩音器播放五六十年代的音乐。

——干吗要放老歌呢？新的音乐有什么不行的？

——我认为他们依据的理念是，任何能传播得足够远、可以唤起外星物种共鸣的信号都早已从地球上消失了。

——这么说，要是外星人是为猫王来的，也不会叫他们失望了？

——目的确实是寻求共同点。虽然有点儿像拍脑门儿决定的，但是你得明白，科学家们一直认为寻找外星生命是寻找细菌或是有规律的电波信号，可不是我们如今面临的这种情况。我知道这看起来没什么用，但至少，这不会拖我们的后腿，而且看起来也像是在给政府办事。

——所以，最好的可能是什么？他们喜欢英国灯光秀，从机器人里出来，然后留下来用晚餐？

——不藏私地说，我觉得大家都希望他们一走了之。如果他们不走，那我们期待的就是可以开启对话，就相互了解进行谈判。鉴于他们的技术明显领先，这似乎是最合理、最安全的办法了。

——他们跑这一趟，难道只是为了待几天就走吗？为什么？

——有意思的是，这正是我们可能会做的。至少，半个世纪前是这样的。听起来像个市井传言，但 50 年代时我确有耳闻。当时美国军方已经开始思考，遇到有意识的外星人时应该采取何种行动。他们提出了包含 7 个步骤的程序，首先就是远程监控，然后秘密地探访外星世界。如果我们觉得武器和技术都领先于外星人，就可以短暂着陆，并在此过程中收集行星、动物的样本，没准儿还能拐走一两个外星人。这之后，我们会尽量让外星人知道我们的存在，如果他们的反馈不错，那么就可以开始接触了。

——那如果我们觉得外星人领先于我们呢？又有什么计划？

——祈祷他们别把我们当作食物。

File NO. 1422

地球防卫队科学部主管萝斯·富兰克林博士的私人日记

我担心的就是这个。也正是因此，我才会宁愿我们……我……没找到忒弥斯。他们来了。现在，她的家人来了。也许他们是来带她回家的。希望他们能带她走。希望他们也能带我走。就让这个世界维持应有的状态吧。即使留守后方，我也还是希望他们一走了之。因为无论他们做出什么选择，我们都毫无办法阻止。

那个机器人——我们称之为“克洛诺斯”——比忒弥斯还要先进6万年。假设我们和他们的进化进程类似，那么他们的技术能力绝对是以指数方式超越我们的。在过去的100年内，人类发明的新事物种类远超之前1000年的发明总和，而未来的几十年里我们还将发明更多东西。技术的发展可能会在某一时刻达到稳定期，进步的速度会放慢，但我还是无法想象比我们先进6万年的技术究竟意味着什么。我这是字面意思：无法想象。说忒弥斯已经过时都算是保守了。对伦敦机器人来说，她可能也就和木头玩具差不多。我会尽全力让她远离那个家伙，躲得越远、越久，越好。但不幸的是，时间不多了。我提议疏散现场，6个月之后再考虑采取措施。要是那些外星人想和我们联络，那就随他们的便好了。更重要的是，假如他们不是为了取得联系来的呢，那就不要逼迫他们啊。尤金——要是知道我这么直呼其名，他肯定会杀了我的——非常明确地告诉我了，英国政府不会那么有耐心的。我喜欢尤金，他是个自以为是的60岁的老准将。你能期待自以为是的60岁的老准将有多开明呢。但是尤金痛恨战争，他这一辈子看够了死亡。我相信他会做正确的事。

如果另一个选项是派出军队的话，那么把忒弥斯送过去或许就是正确的事。他们可能不能理解我们的语言，但他们肯定看得懂10000个人举着枪是什么意思。报告里只有一个地方是明确的，那就是我们的防御能力。我实在捉摸不透，他们为什么会考虑调动军队呢？从某种程度上讲，我们唯一能确认的就是，人类的武器几乎对机器人不起作用。伦敦机器人至少也该和忒弥斯一样厉害，几秒钟内就能把军队全灭啊。怎么会有人想跟机器人正面对决呢？置之不理是最好的办法，而最糟糕的是，在什么都还没弄清楚之前就毫无意义地去送死。

不过，那个机器人是怎么出现在伦敦的，对此我还是很好奇。目击者说当时甚至一点儿动静都没有，就是那么凭空冒出来了。多年来，我们一直在寻找推进系统，因为阿莉莎认为可能会有，而且这也的确是一种很实际的推测。我们通常会假设忒弥斯有一个类似喷气发动机组件的推进系统，这样她就可以飞了。我们什么也没找到。于是我们转而开始寻找减速、俯仰、偏航之类的指令，以为她的脚底下会喷火什么的。可是，如果根本没有推进系统呢？如果忒弥斯能够长途行进，那么她的运动方式很可能和伦敦机器人一样。如果她能“咻”一闪光就抵达想去的任何地方，那么指令肯定和推进系统完全不同。没准儿和输入一组坐标似的那么简单，然后就能开拔了。当然，我也不知道这种坐标系统应该怎么运行，不过文森特要是有机会，肯定会很乐意解谜的。

我认为卡拉和文森特对机器的热情不会持续太久，而一旦忒弥斯损毁，那对我们来说是某种终结。

我真的很希望自己想错了。我希望那个机器人的舱门能打开，然后走出一群乐乐呵呵、腿脚怪异的外星人，而他们想要的不过是跟我们来个熊抱。地球防卫队的每个人都很期待即将到来的初次接触，我极力隐藏起自己的悲观。他们都觉得我处于抑郁边缘。要是我说出真实感受，那他们肯定就要给我灌药了。

反正我觉得要发生可怕的事了，这种感觉挥之不去。

谁知道呢？我可能真的该吃点儿药了。总觉得自己是唯一一个头脑正常的人，这其实才是心理有问题的症状吧，创伤后应激障碍的症状。他们说这才是我应该关心的。但愿吧，这还能治。但恐怕我真正的“病”只有一种办法能治。

File NO. 1427

联合王国议会，下议院辩论

12 月 6 日，星期三

11 点 30 分会议开始

晨祷

［议长先生，委员会主席］

议事程序性问题

12 月 6 日：第 1325 栏

丹尼尔·斯图尔特（拉特兰和梅尔顿选区）（自由民主党）：问题，议长先生。周一，针对首相提出的关于外星人占据摄政公园一事的市政回应，我以非常刻薄的言辞描述了一位伦敦官员，对其作出的尖锐评论超出了我的本意。这位官员、我尊敬的朋友、选民皆为绅士的伊灵绍索尔选区（查尔斯·邓肯爵士）的议员阁下，已经强烈要求撤回了他的提议。在我试图表达焦虑和担忧的时候，我显然使用了不恰当、不合宜的言语。我愿意公开道歉，并收回那些言论。

议长先生：感谢我尊敬的朋友展示了良好的礼节教养。议院表示满意。

查尔斯·邓肯爵士（伊灵绍索尔选区）（工党）：回应此问题，议长先生。我也很感激我尊敬的朋友、拉特兰和梅尔顿选区的议员（丹尼尔·斯图尔特）阁下收回了他那令人生厌的表达。

议长先生：向二位致敬。

12 月 6 日，第 1326 栏

罗伯特·约翰逊爵士（东北赫特福德郡选区）（保守党）：问题，议长先生。我寻求您的指示。昨天，在议事录第 654 栏，我曾要求国防大臣（亚历克斯·邓恩）明确北约在我们的伦敦困境中的立场。他向我们确认称，北约支持我们的非干预性政策。然而，在同一时刻的巴黎，他的法国同人普帕尔部长却这样说：

“*Si Londres ne tient pas tête à cet envahisseur, la France, l'OTAN, ou le monde devra s'en charger.*”

大致可以翻译为：“如果伦敦对此入侵行为无所作为，那么法国、北约，或全世界，将采取行动。”鉴于此，国防大臣是否愿意修正他之前的回答以正视听？

议长先生：感谢这位尊敬、博学的绅士的翻译，他的如莫里哀一般的语言令人印象深刻。我相信这位尊敬、博学的绅士心怀国家利益，不过，被问到国防大臣是否愿意基于法国部长的言论而修正自己之前的回应，尽管以部长的名义表态会显得有些冒昧，但我可以比较确定地说，普帕尔部长并非支持北大西洋公约组织，而且，更加可以确定的是，他不会以任何官方身份出任世界性代表。至于法国，Premier ministre——大致可以翻译为：总理先生——今早表示，普帕尔部长的言论只是一种表达其不安心情的修辞手法，法国政府在此事件上尊重联合王国的主权。因此，国防大臣无须修正他的回应，完美的会议记录也无须涂改。我们进入公务环节吧。

下午 12 点 14 分

议院公务（今日）

12 月 6 日，第 1327 栏

伦敦的疏散与安全

提出撤离议案的动议（现行章程第 23 号）

黛博拉·霍斯布鲁格（刘易舍姆德特福德选区）（保守党）：我谨提出议案。

议案所提及的撤离要求是，国防大臣下令疏散摄政公园周围区域并部署皇家骑兵团。

明天是日本偷袭珍珠港纪念日。那次偷袭是无端的且突然的，因而罗斯福总统称 1941 年 12 月 7 日为“我们的国耻日”。

不宣而战。袭击很少伴有事先警告，因为进攻者希望从对方的震惊无措中获利。

伦敦不会遭受偷袭。我们今天面临的，距此大厅仅两英里之外的那个东西，并不会从暗处开火。它不会在午夜时分偷偷逼近。它伴随着黎明第一道光出现在我们的市中心，站在那里，一动不动，傲然挺立，足足两天。如果它将在明天进攻伦敦，那么这可能是人类历史上最为明确坦白、预警充分的进攻。然而，我们却对这种即将发生的情况毫无准备。直至今天，我们仍然毫无作为，对迫在眉睫的袭击全无防备。在这入侵者周围的几条街上，伦敦人仍然住在自己家里，手无寸铁。这座大楼，这座宫殿，这近千年来由皇家居所演变为民主之家的所在，没有任何防卫能力。如果我们成为明日袭击的牺牲品，那么12月7日则是“白痴日”，因为我们得到的警示已经再明确不过了。

12月6日，第1328栏

伦敦人应该撤离，却并没有那么做。这在某种程度上是因为粗心大意，但更多的是源于10年前地球防卫队的灌输。他们相信我们生活在安全、和平的宇宙里，四周尽是些友好的生物。然而，这个组织更关心的是为自己的存在辩护，而非保护它本应保护的人。这届政府对这种宣传洗脑不仅视而不见，甚至还相当活跃地参与了这一过程与此组织的组建。

我提出此议案，恳请政府去做正确的事。疏散伦敦市中心，派驻皇家骑兵团，让伦敦人、联合王国的好公民、全世界，以及那个站在我们伟大城市中的外星人知道，我们的主权不是可以肆意践踏的。让所有人知道，我们仍是伟大的国家、骄傲的国家。束手待毙不是英国人的做派。

下午 12 点 37 分

菲利普·戴维斯（希普利选区）（工党）：我反对这项提案。我尊敬的朋友、刘易舍姆德特福德选区的议员阁下（黛博拉·霍斯布鲁格）是在事实错误的基础上提出这一提案的。首先，这座大楼并非没有防卫能力，伦敦也并非毫无准备。在街上巡逻的部队有近 6000 人。据我查实，康博米尔营区并未调离，它仍然位于距离伦敦市中心 25 英里的地方。皇家骑兵团也已处于警戒状态，不到 40 分钟就可以就位。其次，我无法坐视有人将伦敦人的不舍家园称为“粗心大意”。据我所知，我尊敬的朋友、刘易舍姆德特福德选区的议员阁下仍然居住在伦敦。她自己也“粗心大意”了呢，还是伪善，这就不得而知了。我将——［被打断。］

议长先生：秩序。我——［被打断］我请求诸位遵守秩序。

12 月 6 日，第 1328 栏

国防大臣（亚历克斯·邓肯）：议长先生，请允许我再为我尊敬的同事补充几句。我想就与珍珠港事件的这一荒谬类比发表评论。袭击都是无端的且突然的。我尊敬的朋友、刘易舍姆德特福德选区的议员阁下（黛博拉·霍斯布鲁格）真该仔细听听自己说的话。在这句话里，“*无端的*”似乎是个关键词。如果太平洋舰队提前一天部署在东京湾附近，那么历史对日本的袭击的看法将会大为不同。我并非不愿意采取行动，但我不会为了故作姿态而激怒我们知之甚少，甚至可以说一无所知的对手。我不会仅为了“伟大任务”的名头而派遣士兵去对抗他们根本打不赢的敌人。我不会发动战争的。发动战争才不是英国人的做派。

议案经提出（现行章程第 23 号），付诸表决通过。

程序：

黛博拉·霍斯布鲁格和哈里·吉尔伯特提出议案。

黛博拉·霍斯布鲁格递交相应议案。

第一次审读；第二次审读将于 12 月 12 日进行；付印（第 116 号法案）。

首相接受口头质询——

12 月 6 日，第 1329 栏

丹尼尔·斯图尔特（拉特兰和梅尔顿选区）（自由民主党）：《星期日电讯报》进行的全国民意调查显示，62% 的英国民众认为政府做得还不够。首相能否告诉我们，他打算采取何种行动来平息人们的恐惧？或者是当着与会者的面宣布，他将忽略 2/3 英国人的感受？

首相（弗雷德里克·坎宁）：这不是声望竞赛。这是应该做出正确选择的时刻。有时候，做正确的事意味着要有耐心。我们必须着眼于现实情况。这一现实情况包括：联合王国是世界性组织、联合国的一部分。这一组织有一分支，其唯一目的就是应对目前这种困境。我们对其他国家负有责任，因而不能草率妄动，让整个地球陷入危险。别误会，眼下的情况与每个人息息相关，并非只是伦敦人的事。我们现在所做的，将定义地球与另一个完整文明的关系。

我会谨慎处理，绝不会屈服于公众的压力而将人类置于危险境地。

丹尼尔·斯图尔特（拉特兰和梅尔顿选区）（自由民主党）：我想提醒首相的是，这届政府之所以得以幸存，是因为自由民主党的投票。少数党首相想要继续执政，却把我们的担忧放在一边，这是不明智的。首相认为他可以忽略英国民众，撑到下次选举，但他无法无视我们，无法无视即将举行的选举。自由民主党是不会沉默的。比如说我，就会在下周投票之前认真考虑这些问题。

File NO. 1429

采访“烧伤”先生，职业未知

地点：华盛顿特区，杜邦环岛，新唐朝中国餐厅

——你好，“烧伤”先生。我冒昧地给你点了餐。

——你点印尼炒饭了吗？

——宫保鸡丁。毕竟已经 9 年没见了。

——要是我昨天也在这儿呢？你知道，就算你不在，人们也得照常吃饭。

——请原谅。我并不是故意冒犯你的。因为近 10 年来我都没找你，所以以为你离开这儿了。这家餐厅也在我的监视之下，我知道自从我们上次见面后，你就没在这儿吃过饭了。

——监视了 9 年吗？真是受宠若惊。

——只监视了工作时间。

——当然，我可不想有人因为我而加班。这回没有狙击手吗？

——没有。这一回没有。

——啊，感动死我了。你怎么样？

——很忙。你能告诉我你为什么消失了吗？

——我没有消失！我是……有事要忙。现在我回来了！

——你回来了，刚好赶上巨型外星机器人出现在伦敦市中心，这还真是……凑巧。

——我知道！你相信吗，我差点儿就没赶上！

——是建造忒弥斯的那些人？

——噢，是他们没错。

——你能告诉我他们的意图吗？

——我不知道。此时此刻——

——那个机器人一直没动过。

——它也许没动过，但它也没闲着。此时此刻，它正在仔细观察周围的一切人和物呢。

——目的是什么？

——可能只是好奇。

——现在我们该怎么办？

——现在？开吃！

——拜托，我们正处于历史的关键时刻，它可能预示着发现的新时代，也可能将我们推向终结。无论是何种信仰让你不愿意帮助我们，你都必须权衡一下近在咫尺的利害。

——要是你以为我是因为某种教条而瞒着你什么，那可见你根本就没好好听我说话。机器人来这儿想干什么就干什么，就是这样啊。对此你没什么可做的。现在它正在观察你，那就让它观察好了。

——它是因为忒弥斯来的吗？

——可能是。这重要吗？它都已经来了。

——我对于太空旅行的理解力十分有限，不过，从它们的家园来到地球需要很多年，甚至数十年，它们也许因此没能意识到近期发生了什么，或是不知道我们已经发现了它们埋藏的机器人。这在你听来或许很蠢——

——不！完全不蠢！你只说错了一点儿：从它们那儿到咱们这儿只要 10 天就够了。不过它们可能真的没意识到在那 10 天里都发生了什么。这部分你完全正确。要是上周你干了什么坏事，那没准儿刚好可以蒙混过关。

——拿我的无知开涮并不能阻止我提问。我是要阻止一场战争。你这儿肯定有什么东西能提升和平解决的可能性。

——你喜欢松鼠吗？

——我在请求你协助阻止世界末日之战，你却反问我，“你喜欢松鼠吗？”

——是的，我有个关于松鼠的好故事。

——当然，讲吧。

——松鼠每年可以贮藏数千枚坚果。它们——

——什么品种的？

——这重要吗？

——松鼠有很多品种。有的是将单个坚果埋在不同地方，还有的是全都贮存在地面以上。

——我不知道是什么品种，就是灰色的、尾巴毛茸茸的那种。公园里的那种。它们每年秋天都会埋上几千枚坚果，冬天饿了的时候就找出来吃。不过松鼠的脑容量并不大，它们记不住所有埋藏坚果的地方，于是——

——研究表明，它们能找到的坚果占埋藏总量的 1/4 左右，不过——

——这不就是我刚才说的嘛。于是它们只好到处嗅来嗅去，挖出好多其他松鼠埋的坚果。

——我想说的是，它们确实能记住大量的隐蔽贮藏地。在受控环境中，它们可以在 4 到 12 天之后从自己的贮藏地取回 2/3 的坚果。

——你能别老插嘴吗？这是个故事，里面还有个小仙女呢。不，我不知道这个仙女是什么品种的。

——抱歉。

——……

——继续讲吧。

——晚了。现在我好奇了，你怎么知道这么多关于松鼠的事？

——工作所需。松鼠并不是简单地把坚果藏起来，等饿了再吃。它们会检查自己的隐蔽贮藏地，看看有没有被盗抢过，而且通常会……重新整理自己的存粮，换个地方把坚果再埋下去。当一只松鼠发现自己的隐蔽贮藏地被另一只觅食的松鼠造访过，它会采取多种多样的手段——到空贮藏地去，假装埋下什么——欺骗掠食者，避免暴露有价值的坚果的位置信息。我曾简短地监测过一个研究项目，那个项目希望可以在机器人和无人驾驶飞机上模拟松鼠的行为。为守卫军用物资而设计的机器人能够——举例来说，改变它的巡逻路线，引诱敌人远离它所守卫的东西。

——松鼠的军事应用啊。

——没错。继续讲你的故事吧。

——我讲到哪儿了？噢对，于是松鼠总是忘记把坚果藏在了哪儿。有一天，在城市公园的某个地方，出现了一个小仙女。她看见一只年轻的松鼠在雪地里挖来挖去，却只是徒劳——这个小家伙皮包骨头，快要饿死了，还跟其他松鼠打架打得精疲力竭——小仙女觉得自己的心都要碎了。她往那个小家伙身上吹了一点儿仙尘，然后笑着飞走了。

松鼠的鼻子把仙尘吸了进去，仙尘一下子让它头脑清晰起来。它突然想起自己曾经在这附近的一棵大树后面埋过一颗橡子。噢对，那儿有一颗！还有那儿！那里也有！小仙女给了松鼠清晰而精确的记忆，让它找到了自己在秋天里煞费苦心埋藏的所有食物。

春天到了，小仙女仍然为自己的善行感到自豪，于是再次来到了这座公园，希望看到那只松鼠过得很好。她先是在长凳上看见一只，不过这只尾巴上有伤疤。还有一只在爬树，也不是之前那只。小仙女满怀希望地找了上百只松鼠，只恨自己当时没有把那只松鼠变成粉色，或是使出别的什么仙术，好让她可以从一大群松鼠中辨认出一只。夜幕降临，小仙女筋疲力尽，开始担心了。她抛出仙尘，把讲话的魔力赋予了自己遇见的第一只松鼠。

“你好，小松鼠。”她说。“你好……天哪！我会说话了！”松鼠答道。小仙女把事情解释了一遍——她曾让一只饿坏了的松鼠有了完美记忆，她很想找到他。“你说的一定是拉里。”松鼠不太自在地答道，“他没能挺过来。”

小仙女当时太想救那只松鼠了，她没想到公园里还有其他尾巴毛茸茸的贪吃鬼。那些正常的松鼠就连自己20分钟前埋下战利品的地点都不记得。饥饿难耐的时候，它们会把整个公园都翻一遍，到处刨挖，找到什么就都吃下去。它们也找到了一些自己埋的坚果，但大多数时候都记错了，挖出吃掉的是别的松鼠贮存的过冬口粮，其中就包括小拉里的。

拉里有超强记忆力，一点儿都没记错。他能精确地找出所有自己埋过珍贵的红色橡子的树、石头、灌木、土块、垃圾桶以及街灯柱子。但不幸的是，其他松鼠只会乱挖，有意无意地偷走了他的大部分存粮。如果拉里也能像其他松鼠那么健忘，那么他就也可以挖出它们的坚果来吃。可是拉里的记性很好，他只到自己埋过橡子的3683个贮藏地去挖。然而，他找到的一点点坚果根本不足以支撑过冬。几个星期后，小拉里就饿死了。

小仙女听了之后大受打击，哭着飞走了，也没管跟自己说话的那只松鼠。作为公园里唯一一只会说话的松鼠，他把其他动物吓得要死，自己的生活过得十分悲惨。

——讲完了？

——对！你有什么感想？

——我……我喜欢松鼠的故事，挺有趣的。你把小拉里的绝

望描述得很好，讲到他死了的时候我都觉得有点儿悲伤了。基于这种想法——希望你不要因为我缺乏洞察力而太过苛求这故事跟伦敦机器人有什么关系?

——噢，这和那个完全没关系！跟你有关系！

——我是那只松鼠?

——对，你就是小拉里。你看，我能跟你说很多东西，用各种各样的信息灌满你的脑袋，帮你得出你想要的“最佳行动方案”。可惜，它们不是来找你的。它们现在好奇的对象是人类，不是你。要是我跟你说了些什么，你肯定会竭尽全力想要控制形势，但你控制不了。也许你能拖住北约，拖住伦敦，拖个几天，但不可能永远那么下去。人们还是会该干吗就干吗。到最后你会为自己完全无能为力的事而自责，那是很可悲的。我挺喜欢你的，我不想你变得那么可悲。

——你怎么会知道北约的计划呢?

——小鸟告诉我的。到处都是小鸟。我的意思是，你无法操控地球上的每一个人，无论你有多想那么做。

——那你想让我怎么做?我不能干坐着袖手旁观啊。

——你这个控制狂！你就继续做你自己的事呗，别人也会照常做他们的事。

——然后呢?

——我怎么知道?《世事多变化啊》[1]……

[1] *Que sera, sera*，一首歌的名字。——译者注

——……

——我这么回答你好像不太高兴。

——没有。

——我提没提过这西装很不错？你今天挺时髦的。

——好吧，我放弃。不过，我还是想请你帮助我另一件事，希望你别再吞吞吐吐的了。富兰克林博士深深地陷入了困境，她老觉得她不是她自己。我很想帮她弄清楚到底发生了什么，但我也解释不清，而且我也无法透彻地了解她的经历。

——什么意思？不是她自己？富兰克林博士就是富兰克林博士。如果她不是富兰克林博士，那她就是另外一个人。

——她是克隆人吗？

——克隆人？当然不是！她看起来像是只有 10 岁吗？她要是克隆人，那你当时找到的应该是个婴儿。你真认为我会把一个刚出生的孩子扔在路边？

——我是说长大了的克隆人。

——噢，电影里的那种！我们不干那种事。克隆人也得生出来。你没法儿烤出一个成年人。

——那就只能说明她是在时空中穿梭了。这种事在我看来不可置信。说实话，这种不属于科幻范畴的解释让我十分茫然。

——时空穿梭！对啊！我开车把她送到了德罗宁[1]，然后问她想不想来一次时速 88 英里的兜风。

[1] Delorean，电影《回到未来》中的地点。——译者注

——随便你讽刺好了，反正她身上肯定有什么事。如果你没有让她穿越时空，那你都干了些什么？

——真抱歉，我不该讽刺你。而且，确实有人跟我说过这是有可能的——你知道，时空穿梭。但你移动的不是物体。你移动关于物体和人的信息，然后在不同的时间把它们重新组装起来。我们没有针对时间的技术，我们只能用她原本有的东西来再造她。

——于是年轻了4岁？

——她再次出现的4年之前，在上班路上遭遇了车祸。跟一辆大货车追尾了。那辆货车里运的是一件非常厉害的设备，能够……移动物体。它记载了大量数据——关于你想要移动的那个东西的数据——足以重建它。她失去意识时，我的同事们把她抬进货车，给她做了扫描。不过他们没有移动她，只是存储了她的数据，以防她出什么事。就像你的计算机做备份似的。我们使用时，她的数据已经4岁了。对。

——你为什么跟着她？

——是她追尾了货车。所以严格地说，是她跟着我们。

——请回答我的问题。

——我已经说了！我们想要她的数据，以防出什么事。

——可为什么是她的数据，而不是——

——你的？也许是因为她没这么多问题。我能说什么呢？我们喜欢她，她很……特别。

——所以，今天早上我见到的是个复制品。

——她就是她。同一个人，不多也不少。

——你刚才说，你们再造她的时候用的是……备份数据。这说明她就是个复制品啊。

——这个话题我们就讨论到这儿吧，再说下去你会不自在的。

——我必须承认，我不太确定是不是想知道更多事。不过，我能确定的是，富兰克林博士需要知道。

——那我们就到兔子洞[1]里去看看吧。宇宙101。宇宙中的一切，万事万物，都是由同一种东西构成的。我们用你能拿来思考的东西举例吧，这样你理解起来更容易些。原子。你是由原子构成的，这点你同意吗？

——我上过高中。

——我不是说那个。你是由原子构成的，只有原子，你同意吗？不是原子加上其他神奇力量让你变得比宇宙中的其他东西更为重要。

——我能理解，我的身体是由原子构成的。

——不，你不理解。人们永远理解不了。我的意思是，你关于邻居家的猫的记忆，你喜欢的早餐煎蛋方式，你从来没跟爸妈坦白的事，所有这些构成了你，你。你认为你是由什么构成的？

——答案是A[2]打头的单词吗？

——别自作聪明。我知道，你以为自己理解了。我知道你很想理解。你对初恋女友的感觉，你此时此刻的自我怀疑，这些都可以

[1] 此处是指《爱丽丝漫游仙境》中的“兔子洞”，比喻坠入未知。——译者注
[2] 指英文单词Atom（原子）。——译者注

以物理的方式描述。但是，在内心深处，你拒绝相信那就是你，因为你觉得那没什么特别的，而你希望自己特别。人人如此，我也是！

——你是说我没有灵魂。

——我可没那种粗鲁的意思。不过要是真有天堂的话，我很怀疑他们会不会表扬你。

——你误解了，我不是信教的人。我不相信自己可以永生，我也不想永生。

——那么这可能是基于你对于“灵魂”的定义。我看得出你对这个没有太多的思考。

——什么意思？

——你知道在你思考的时候大脑里都会发生什么吗？

——神经元发射电脉冲。

——很好。你的所有思绪都是物理过程。我们知道这是事实，而且能够眼见为实。我们还知道情感也可以用类似的方式描述。显然，你所看见的、听见的、尝到的、嗅到的、触摸到的，都与你的身体相联结。

——你的意思是？

——如果这不是关于永生的事，我真闹不明白你到底在坚持什么。你的灵魂——如果真有的话——这部分的你是不能集结为一束原子的。它没有物理实体，不能听、嗅、触摸，或是看见什么。它也没有思考的能力。没有任何念头，没有自我意识，也感觉不到任何感觉。你的灵魂是……一个洞……是虚空。毫无任何特别可言。

——要是我选择相信……要是继续相信我并非是这些部分的总和呢？你也会原谅我吧？

——你的确不是啊！远比这些多！大部分东西都是如此。正如维特根斯坦[1]所言，你在谈及扫帚的时候，陈述的并非是扫帚把和扫帚头。宇宙是个神奇的地方，几乎所有事物都不仅仅是它各个部分的总和。用两个氢原子——到处都是这东西——加上一个氧原子，砰！水！水仅仅是氢原子和氧原子吗？我认为不是。它是水！它有灵魂吗？

——能不能先别管我的精神自我了？聊聊富兰克林博士的事行吗？

——我们聊着呢。你是由什么构成的？

——……原子。

——好人儿。原子。原子又是由粒子构成的，粒子又是由其他物质构成的。你是一个非常复杂的、令人敬畏的、室温下状态稳定的物质结构。

——我不是故意想打断你啊，但是“室温下”是指？

——或多或少吧。宇宙喜欢稳定。所以，你才不会分解为千万亿个小零件或是变成一堆黏糊糊的玩意儿。但是你只有在这个温度下是稳定的。升高或降低一百度你就散架了。

——感人肺腑。

——本来就是。我问你：你认为构成你的原子，和构成你屁

[1] 路德维希·维特根斯坦，出生于奥地利，后入英国籍，20世纪最有影响的哲学家之一。——编者注

股下的椅子的、太阳的，或爆炒宫保鸡丁的厨房的原子，有所不同吗？

——继续。

——当然没有不同。你从你吃进去的食物中获取了许多，你身体里有构成香蕉的物质。如果我从盐罐里取出两个氢原子，然后和你身上的两个氢原子调换，你是否会因此变得不同？

——不会。我认为这样不会改变我的本质。

——那如果调换得更多呢？如果是调换了全部氢原子呢？你明白我在说什么吗？如果我抓来一堆物质，不管从哪儿也好，然后按照和你完全一样的构成方式将它们组合起来，那我就造出了……你。你，我的朋友，你是个非常复杂的、令人敬畏的物质结构。什么构成了你，这并不重要。宇宙中的万物都是由同样的物质构成的。你的——用你的话说，本质——是信息。原料从哪儿来都不要紧。你认为它“从什么时候来”重要吗？

——应该不重要吧。

——所以，我刚才说了，富兰克林博士就是富兰克林博士。如果她不是富兰克林博士，那她就得是其他什么东西。

——我必须得说，我发现你今天特别的帮不上忙。我会尽量把这些话再跟她复述一遍的，不过坦率地讲，如果富兰克林博士能从原子和香蕉构成物里得到安慰，那可真会让我震惊的。

——要是你想好受点儿，就让我去跟她聊聊。我会把我们做的事原原本本地告诉她。如果你想让我这么做，那就这样。

——为什么不能告诉我，让我转告呢？

——你没跟她提过我吧?

——没有。

——你应该找个人聊聊你的控制狂问题。

——吃饭之前我还有个问题。

——我是严肃的。

——我也是。我真有个问题。

——你真是不可救药。完完全全、彻彻底底地不可救药。你还想知道什么?

——为什么带她去爱尔兰?

——因为设备就在那附近。我说过了，设备是用来移动物体的，离得越近，就越容易控制重新出现的位置。我们不希望她在湖中央或是繁忙的马路上重组出现，这可没有看起来那么容易。

——这事看起来不可思议、遥不可及，唯独跟“容易”扯不上边。

——没有看起来那么困难，行了吧。可能是稍微难一点儿。

——我可能会后悔问这个，不过，你们做的事和时空穿梭到底有什么不同?

——你问对了。对她来说，这个过程可能是瞬时的，所以从她的角度来看，这就和时空穿梭没两样。对我们来说嘛，唔，我觉得你可以称之为超级超级慢的时空穿梭。

——我不明白。

——我们之所以不能让信息在时间中快速穿越，是因为我们不知道它会停在哪儿。怎么说呢。物质移动得很快，非常非常快。地球每小时能自转好几千英里，能绕着太阳飞上 66000 英里，太阳又以 50 万英里的时速在银河系中运行。当然，银河系也在我们的星系团中移动，移动得也超级超级快。所有这些移动都是在宇宙中进行的，而宇宙不停地扩张着。4 年要追溯起来可是很长很长的一段距离。用子弹类比挺合适的，但当时的情况我找不出特别贴切的形容。反正就是，我们做不到。

不过她的信息确实穿越了时间。它在抽屉里待了 4 年。它花了 4 年时间才穿梭到 4 年之后。

——这么说，在死去和重生这两个时间点之间，富兰克林博士是不存在的。但是关于她的信息是存在的，存在一个抽屉里，放在某处。

——我早就说过这次谈话不是个好主意。噢，谢天谢地！上菜了。

File NO. 1433

监控日志——3 号工作站

地点：纽约州，纽约市，地球防卫队总部

[01:01] 现在是伦敦时间早上 6 点。我是杰米·麦金农，位于 3 号工作站。对摄政公园的远程监控仍在进行。监控东南方位的摄像机为 1–5 号。

[01:03] 1 号摄像机。与早上 5 点的图像叠加，完美贴合。没有移动。

[01:08] 改变视图模式。切换为红外模式。热读数没有变化。热成像一致。伦敦气温为……摄氏 8 度，华氏 47 度。机器人标记为 10 度，比外温高 2 度。

[01:21] 将红外线模式切回可见光模式。利，有谁查过电磁读数吗？

［没变化。那东西就跟石头似的。］

好比喻。

[01:31] 2 号摄像机。我们怎样才能不排夜班呢？

［论资排辈。］

噢！得了吧！咱俩比南森来得早，我可没看见他值夜班啊。我看就是杜姆博士讨厌咱俩。

［嘘！她会听见的！］

她还在？那个女人没去睡觉吗？

［还在工作呢。］

[01:43] 那是什么玩意儿？利，就划过去 1 秒。你确定刚刚真的没有看到什么吗？

［一只鸟飞到机器人里面去了。常事。］

不对。我试试推进镜头。现在你看到什么了？

［我靠！］

连线富兰克林博士！

[1:49]［怎么了，杰米？］

你好，富兰克林博士，很抱歉这个时候还打扰你。不过请看看这个。这是 10 分钟前 2 号摄像机拍到的。

［是一只鸟。］

等等。我往后倒。离近点儿看。

［看起来像是……］

是啊。

［就这些了吗？一只脚？可能只是视觉错觉。4 号摄像机有没有拍到同样的画面？］

当然。倒回 6 点……42 分。差不多就是现在了。

［停！就是这个！该死！再放一遍……］

我们要不要叫醒司令？

［我真宁可那是一只鸟……让我考虑一下。］

下雨了。

［什么？］

昨天晚上下雨了。

［噢。很好，杰米。能调出来吗？］

是。给我一秒钟。时间索引……试试 3 点。不对。

［再早一点儿。试试 1 点半。］

是。对了，下雨了。

［什么也看不见。切换成红外模式。］

见鬼！

［雨根本没有淋到机器人，完全没有。想法不错，杰米！］

我们怎么就没发现呢？

［我们忘记了用自己的眼睛去看，所以什么也没发现。你能测量

出机器人周围的能量场吗？]

测量结果是……28厘米。我们要打给司令吗？

[我得打给卡拉。它们不可能为自己辩护，就像待宰的羔羊。]

File NO. 1439

采访地球防卫队顾问文森特·库蒂尔

地点：大西洋某地

——你们还需要多长时间抵达目的地，库蒂尔先生？

——我们明早抵达。还有个好消息，那就是我开始晕船了。过去几天我们一直在汹涌的大海里航行。

——我完全理解你的感受。我在海上的表现也不怎么样。

——很高兴你打电话来。卡拉刚接过富兰克林博士的电话。我听见说什么能量场？什么意思？他们告诉我们，说没探测到机器人周围的任何东西。

——确实没有。我们一直没能探测到什么。不过，我看过录像片段了，所以你可以相信我。任何东西都无法进入机器人周围11 英寸以内的地方。富兰克林博士也认为，一旦发生冲突，你们

的能量武器是无法触及这个外星机器人的，也不能像正常情况下那样让它凭空消失。

——这些我自己已经想到了。

——怎么想到的？

——推理。我们以为那把剑射出的光是能量武器，但它其实只是忒弥斯能量饱和时放射出的全向脉冲的聚焦。如果它对她有害，那么我们当时损坏丹佛机场时也会牺牲掉自己。所以我就知道，我们开火并不会使伦敦那个机器人消失。不过我们的武器应该还有点儿别的用？

——你们的武器应该不会完全无效。富兰克林博士认为它碰到外星设备时，可能会对它产生影响，就像推一下或者拍一下。不过它很可能不会造成重大损害。

——推一下？你是说我们对这武器做的训练是浪费时间？卡拉的瞄准可越来越好了。

——你们一直对着水射击。

——我们炸过石头，一次。

——石头动了吗？或是反弹了？

——没有。不过那是块大石头。那剑和盾牌呢？它们肯定有用吧。我们有一回训练时用盾牌砸在忒弥斯的左脚上，发出“咚”的一声呢。它有没有可能穿过那个能量场？

——我们也不知道。不过就算它能穿过，戈文达准将也会指出，你们的战斗训练相当少，几乎没有和真正的对手练过。

——要和200英尺高的家伙对练，我们稍显矮小吧。你的朋友呢？他能帮得上忙吗？

——我不知道你指的是我的哪位同事。

——你知道是谁。那个告诉你忒弥斯的事的人。她的名字、泰坦巨神、外星人，他都告诉你了。你知道我说的是谁。你的那个朋友。

——我……我不能——

——你是想告诉我，你在没有人帮助的情况下了解了所有这些，却“不能”想出那些听起来并非完全荒谬的事？我接近真相了吗？

——不远了。我是想说，如果这样的朋友确实存在——

——抱歉，你要说的是假设？

——今天真是累。我刚才说了，如果这样的朋友确实存在，我也无法获得他的帮助。

——那你需要更好点儿的朋友。他为什么不帮忙？总不能让我们都去死吧。

——或许他也不知道该怎么帮忙。或许他还认为这次相遇是命中注定、不可避免的。无论如何，我相信他的意图是好的，虽然我也不完全理解他的迟疑。

——假设……在我听来，这就好像他握住了你的什么要害把柄。可我又知道什么？我都没见过那个人。

——这我倒不完全反对。

——所以，我就直说了吧。根本没人会帮忙。我们唯一的远程武器派不上用场。那把剑很可能没什么用，就算有用，我们也很不在行。你还有什么好消息要说吗?

——你对形势的评估是客观公平的。你应该可以理解，我们希望你们的出现不会被对方视作攻击性的信号。

——你们希望?我是不想这么悲观，但它要是偏偏不乐意看见我们呢?我们怎么对抗它?我们连碰都碰不着。

——你们不用对抗它。推迟这种会面应该是谨慎的做法。

——这是你的看法还是地球防卫队的?

——我的。

——我想也是。那你建议我们怎么做?我们将在 12 小时之内抵达伦敦并且就位。我觉得他们不会让我们在那儿干坐着，用不了多久就得派我们上了。

——我建议你们推迟抵达时间。

——船长可不一定听我的。

——是不会听。

——噢，不!我们不能劫船。这上面，好吧，一整艘船上全是当兵的。卡拉的身手是不错，但也没好到这份儿上。

——别看轻了自己，库蒂尔先生。你曾经在过去证明过自己作为战士的能力。不过我想的并不是武装袭击。兵变——我们姑且这么说——在这种情况下是不太好的。我想的更多的是 19 世纪欧洲工人运动的方式。

——对，我们应该成立工会，让他们看看。

——19 世纪末，法国无政府主义者埃米尔·普热在劳工大会上提交了一份报告，主张降低生产速度。这一策略已经在英国施行并证明是成功的。英国工会会员将这种降速称为“蓄意怠工”。这个词没法儿精确地译成法语。不过，法国人把缓慢而狡猾的工作方式比作“穿木屐的人”，而普热就在他的报告里给“木屐”添了个词缀，造出了“蓄意怠工”这个词。

——你想让我把船弄坏?

——如果手段得当，这样就能推迟你们抵达的时间，并且情有可原。请接受我的道歉。

——为什么?

——因为我给讲法语的语言学家讲了堂法语课。

——噢，我不知道那个。我没研究过法语词源。

——我知道。但我还是觉得班门弄斧是不太礼貌的。

——你可以用一些机械知识来弥补。船上有个地方叫“引擎室”，所以我应该能在那儿找到引擎——多个引擎?但是我对引擎一无所知，更不用说船的了。我他妈的肯定也不知道怎样才算“得当”地弄坏一个。

——我会为你提供所有必需的信息。如果你觉得担不起这项任务，那我可以去找雷斯尼克女士。

——我可以。不过既然提到了，你干吗不去呢?我是说，去找卡拉。

——我希望这一行动尽可能地谨慎些。和你相比，雷斯尼克女士更容易冲动行事。

——唔……我不太确定，她这些年……理智多了。你可能都认不出她了。

——那你呢？能认出她吗？

——当然，她就在这儿啊。我时不时地就会看见她。这并不是说我不喜欢温和的她——她是为了我才这么做的。要是为这个怪她，那我可就真是个混蛋了——但我有时会想，她是变聪明了，还是受伤了呢？问题是，她看起来也不是不开心。她说自己是开心的，而大多数时候我就相信她真是开心的。

——那么你为她做了什么？

——不确定你指什么。

——你的预期有没有改变？

——关于什么的预期？

——生活，爱。结为夫妻、组建家庭意味着什么？这也许不关我的事，但让我印象深刻的是，她认真地改变了自己对很多事情的预期，来迎合你的。可能你会半路遇上她。反正我上次跟她聊天儿时觉得她精神不错。

——……

——你是在笑？

——是在笑。她的确精神不错，但也仅此而已。我已经很久很久没看过她疯疯癫癫了。当然，我们明天就要去送死了，但并不是因为这个才让她有那种感觉的。我不希望她改变什么，我没提过这种要求。我最最不希望看到的就是卡拉变得……驯顺。我告诉过她了。我跟她说过好几百次。

——你也跟她说过组建家庭的事。

——是的。我希望有自己的孩子，有朝一日。但这并不意味着，我希望自己爱的人变得面目全非。

——我理解你的意思，但是，如果雷斯尼克女士在考虑这件事，那么她对于做母亲、做一个好母亲，也许是有着自己的预期的。而这些或许和她以前的自我无法兼容。

——卡拉是个聪明的姑娘，她知道有很多种方式都可以做个好母亲。

——雷斯尼克女士成为……在那之前，雷斯尼克女士还只是个小女孩，也有自己的母亲。没有哪一种关系是完美的，我想那个小女孩很清楚自己想要什么样的母亲。可别低估了小女孩的愿望的力量。

——我好像记得你说过，你没有资格给任何人提供人际关系方面的建议。

——对。人际关系不是我的强项。但在不泄露个人信息的前提下，我可以告诉你，我也有一个母亲和一个父亲。

——你看，我觉得你对此感兴趣挺好的，而且你还提出了一个很好的观点。很好，让我觉得自己蠢得不行。这要是在……5 年前，肯定是个超级棒的对话。几分钟后我们开简报会。我还得想办法弄停一艘船。要是你今晚能给我指导的话，那我就趁大家睡觉时试试。

——我会努力去办的。我可以弄到他们造这艘船时用的图纸。我还认识一位工程师，他能帮忙将你的“蓄意怠工”伪装成正常的机械故障。如果我没弄错的话——

——什么？

——……

——喂？

——忘记我刚才说的话吧。请告诉船长加速前进。你们必须尽可能快地到伦敦集结。

——怎么了？

——你在房间里吗？

——在啊。

——打开电视。

——哪个频道？

——哪个都行。

File NO. 1440

新闻报道——英国广播公司伦敦记者雅各・劳森

位置：英国，伦敦，摄政公园

坦克在我们的街道上行进。超过100辆皇家骑兵团弯刀战车以及轻龙骑兵团从斯旺顿莫利应征而来。54辆挑战者2型坦克也趁着夜色自蒂德沃斯抵达。数不清的物资车辆和18000名士兵参与其中，其中半数士兵来自后备军，担负着疏散约4万伦敦人的重任。

为保护平民而部署大规模军事力量，这尚属首次。近年来，恐怖主义活动已经让西部城市习惯了街道上的警力，但伦敦人今早醒来所面对的一切，却是任何人都措手不及的。这个国家在历史上一直恐惧军事化，可今天的景象却更能让人联想到踏上巴黎的德军，与我们所见过的任何人员控制或安全措施相比，都有过之而无不及。

3个装甲团及地面部队于4点左右在皇家公园工业区集结，并沿韦斯特韦路向东行进，随后成扇形散开，几分钟之后便将伦敦市中心合围。士兵们随后开始敲门，护送市民登上军用运输车。行动在周末进行并非偶然，因为此时政府及办公建筑内都无人上班。然而，这次行动任务艰巨，士兵们必须说服市民放弃他们的家园。公民自由权尚未废除，因此军方的劝说究竟有多大能量，这一点亟待观察。

坎宁政府顶着巨大的压力批准了此项行动，因此失去了自由民主党的支持。后者将此次政府危机视作一次机会，试图让那些指责他们对恐怖主义和国防等议题过于软弱的人闭嘴。一项强制伦敦撤离的保守动议将于周一进行二次审读，而政府所持票数已不足以阻止它通过。现行政府没有反对党支持，无法通过任何立法，因而决定不推迟无可避免的不信任投票，以终结此起彼伏的谣言。另一方面，英国人民似乎已在此事件上分成两派。据近期民调显示，46%的英国人支持军事行动，42%持反对意见，另有12%表示中立。

今天早些时候，首相发表了一份简短的正式声明，但未接受提问。反对党领袖阿曼达·韦伯赞扬了首相的勇气，并称今天为“联合王国历史上的骄傲时刻”。自由民主党还没有发布任何消息，但我们期待他们能在今天表态。如果他们没有将结束政府不作为状态这一结果归功于己，那还真是咄咄怪事。

大西洋彼岸的反应并不积极。地球防卫队司令尤金·戈文达准将称我们今天的部署为“出于错误原因的、不计后果的举动”。他说：“羸弱的孩子被迫做出了愚蠢的事情，我希望我们不要为此付出代价。”科学部主管富兰克林博士拒绝发表评价。英国政府的单方面行动标志着地球防卫队解体的开始——

我们稍后会得到地球防卫队的反馈，以及世界其他领导人的表态。地面情况似乎有了些进展。

装甲车正向摄政公园内集结。我们可以通过望远镜看到，弯刀战车和坦克向东部、西部、南部的停车场行进，部署严密，俨然如管弦乐队般协调。军队和装甲车未进驻公园北部显然是经过深思熟虑的。据我推测，这是部队给外星机器人留下的明显的逃生路线。军方显然希望避免入侵者感觉被困而激起敌对反应。有一点是可以肯定的。此次行动意在发出信息："伦敦欢迎你，但你逗留过久了。"

两支装甲车队正从南侧逼近公园，其中一支向东行进，绕至A5205号，另外1/4转向罗伯特街，准备从东侧进入。装甲车距公园入口仅有几秒钟路程。刚接到消息，我们还将在空中停留一会儿。我们将在公园南端为您带来现场情况的实时报道。

距离最近的，是长长的一列弯刀战车，它们位于公园广场，正穿过外环线，进入公园南端。另一支车队则正经由约克桥进入公园南端……我们地面的同事通知我说，国防大臣刚刚发表了声明……我们稍后会切入画面……他感谢伦敦人民配合疏散行动。他希望公开重申对地球防卫队的支持，并向联合国保证不无缘无故动用军事力量。大意如下：我获悉领导此次行动的菲茨西蒙斯准将已接受严令，与外星人保持距离，避免任何可能被误解为敌意的行为。

更多消息进来了，我们将在几分钟后将镜头切回演播室，由达纳和迈克为您解说。不过此刻我们还是先将摄像机对准摄政公园，见证这一历史性的行动。第一支车队似乎停下了，在贴近切斯特路的地方列阵，距离那个外星机器人约500米。另一支车队也停下了，弯刀战车在内环线内侧列队。到目前为止，外星机器人没有做出任何反应，仍然一动不动。

现在，国王皇家轻骑兵团开始从东侧进入摄政公园。如果想和机器人保持距离，这50多辆坦克的转圜空间可是非常之小。不出所料，挑战者2型坦克在距离外环线仅几米的地方停住了，刚好避开了波德沃克酒吧。最后一支弯刀战车队正从西端进入。它们比其他几队速度更快，正向东南方的内环线行进，远离中央区和……

机器人的头转动了。

自一周前在伦敦出现以来，我们这是第一次看到它移动。它的脚动了，缓缓地向右转。它的注意力似乎集中在那些从西侧驶入的战车上。机器人的右手亮起了光。白色的光，越来越亮，延伸到了它的右臂。看起来，机器人的右手内部似乎有一枚发光的圆盘，并对准了摄政公园西侧。这一范围的军用车辆停止了行驶。

我们的直升机撤远了些，但仍然可以清晰地看到整个——什么——我只能把它描述为机器人手中延伸出的一道薄薄的光墙……肯定至少有一两公里长。光墙像纸一样薄，和机器人本身的高度差不多，约六七十米高。

光墙穿过了公园边的一辆弯刀战车！我不清楚这是否会造成什么损伤。我们的位置比较靠东，难以看到更多细节。摄影师正试图将镜头拉近。

地面上有一些电线，光束两侧皆有。这里……机器人的右臂向左摆动，光线飞快地扫过伦敦市中心，转向左侧，画了一个近乎完美的半圆。现在它停下来了……

……

天啊。

……

迈克，你能给我太太打个电话吗？

……

迈克！迈克！

[现在是……]

我知道。请你给夏洛特打个电话，看她在不在家。我必须知道我的家人是否安全。

我——我需要片刻来整理一下刚才目睹的一切。光墙所及之处，一无所留，全部消失了。半个城市……消失了，只余一片新月形的泥地。我能看到那边缘的白金汉宫。但在它和伦敦动物园之间，只有泥土，别的什么都没有。6个城区直接从伦敦地图上被抹去了。里森格罗佛、梅达谷、帕丁顿，全都没了。马里波恩区没了，梅费尔区没了，苏活区没了。布鲁姆斯伯里文化圈、尤思顿火车站、卡姆登镇的一部分……全都消失了。

没有残骸，没有火光，只有完美半圆形勾勒出的一大片泥地。我们无法——

[雅各……]

我们无法开始——

[雅各！停播了！你现在是自言自语！]

什么？

［演播室。就在那一半城区里啊。英国广播公司，没了！］

……

你打通我太太的电话了吗？

File NO. 1443

任务日志——地球防卫队，卡拉·雷斯尼克上尉和文森特·库蒂尔

地点：英国，伦敦门户港

——文森特·库蒂尔，别摆弄你的飞行服了。赶紧穿上！

——你再连名带姓地叫我试试看，卡拉。我看你敢。下双倍赌注！

——你算老几？想挨打？你能把这个穿上吗？拜托！

——来了来了！你干吗这么着急？我们不会再回来了，你知道吧，对吗？

——我不知道，你也不知道。你不想上那个起重机是吧？

——我当然不想上起重机了，我讨厌那玩意儿。它脆弱得不行，在风里摇来晃去的。

——所以，你怕的不是刚毁了一整座城市的外星机器人。你是恐高?

——噢,那个我也怕啊。我现在什么都怕。要让我们待在那个愚蠢的笼子里,困扰我的倒不是高度,而是幽闭恐惧症。放一块胶合板在脚底下不要紧吧,这样就不会一眼望到下面了。

——文森特,我们要到50英尺高的地方去,可你刚离开地面就抖个不停。要是他们把她组装好站起来,你该怎么办?别说你要趴到她脸上。

——我要回去教书。

——行。地球防卫队,能听到吗?

[声音很大很清楚,卡拉。]

很好。我们在机舱里——

——这不是机舱。

——闭嘴,文森特。我们在机舱里,和……你叫什么名字?

[马丁·克洛斯比中尉,长官。]

我们和马丁·克洛斯比中尉在机舱里,他来自……你是陆军对吧?

[是的,长官。]

……来自英国陆军。好了,中尉,我们快到了。等我们到了机器人背面,我会打开舱门,然后把这个绳梯扔过去勾住那边的铁栏杆。我们会经由顶部进入控制室。等我们俩都进去了,我会告诉你,你就把绳梯拉上去,然后把舱门关上。明白了吗?

[明白,长官。我只想说,希望你们杀了那些狗娘养的东西。]

感谢你的信任,中尉。不过我们不是去开战的。

［是它们开战的。把它们都杀了吧，长官。］

……

到了。开门。

——卡拉，女士优先。

——噢，不。长者在前。……你下来了？文森特！你下来了吗？

——是！是！

——好。你能不能往边上挪挪，让我……多谢！可以了！中尉，撤回绳梯，关门，尽快离开这里！

——魅力四射。

——你还想怎样？他的家园被毁了。要是它们把蒙特利尔变成沙坑你也会生气的。你能先帮我拿一下安全带再把自己捆起来吗？

——我以前没帮过你吗？我理解他的愤怒，但是他也应该明白我们在那玩意儿面前没有胜算。

——他怎么能明白？我们一直告诉他们说忒弥斯在10年内都是宇宙无敌的。

——好吧。我们可没法儿像它一样，10秒钟就让半个城市消失。这儿，缩一下，不够紧。

——谢谢。现在去把你自己捆上好吗？

——哈哈。

——地球防卫队司令部，我们准备好了。文森特，你好了吗？他点头了……那我就……胳膊往上推，膝盖往前，文森特。好……站起来了！他们让我们沿着这条公路走——叫什么路来着？

——暂时叫A13吧。

——这条路——直接通往外星人弄出来的那片泥地。我们可能得在公路上踩上几脚，向英国筑路工致以歉意。地球防卫队，能否告诉我们现在距离目标还有多远？

［大约 30 英里。］

是萝斯吗？

［是我，卡拉。你们半小时就能到那儿。］

你好，萝斯！我只希望文森特的步子能跟得上。

——我们 20 分钟就能到。

——没有什么比一个男人的自我意识更靠谱儿了。我们正在走呢，萝斯。知道死亡人数了吗？

［还不知道。人数不少。］

那我们可能还是不知道的好……反正，那个，现在仍然有人认为机器人看见我们会保持冷静吗？我们这儿是没人举手赞同了。

［我也不想骗你说这儿有人自信心爆棚。但也许看到一些和他相像东西……］

萝斯！陆军介入前你可一直都认为派我们去是不明智的啊。现在半个伦敦被毁了，我们的处境不会因此变好的。

［派出坦克确实不是好主意，没人否认这一点。］

我不在乎他们承不承认。我想要的是让那些西装革履的家伙来干我们这活儿，但现在说这个也没意义了。我们还得走上一会儿，这半个来小时我看是没什么可说的了，所以就放些音乐给你听吧。文森特，路上有什么可听的？

——金姆·米切尔。

——这人是干吗的?

——你不知道《天井灯》这首歌吗?我妈特别喜欢金姆·米切尔。有人跟我一块儿吃饭时这算是我的约会音乐,不过这是很久很久以前的事了。

——噢,老天,你是说女孩吗?那,萝斯,我们只能让你听点儿老掉牙的80年代音乐了,来自一位青春期魁北克小子的馈赠。呃,我都能想象出你15岁时的样子了。当时留着小胡子,是不是?

——谢谢你,卡拉……

File NO. 1443（续）

任务日志——地球防卫队，卡拉·雷斯尼克上尉和文森特·库蒂尔

地点：英国，伦敦

——见鬼！我什么都看不见了！文森特，你还好吗？

——我还好，只是有点儿……晕头转向。你怎么样？

——我觉得肩膀脱臼了。那到底是什么玩意儿！

——不知道。他肯定是透过建筑物看见咱们了。

［文森特，怎么了？］

他向我们开火了，萝斯，就是这么回事。而且我能肯定地告诉你这绝不是“推一下”。他不知道用什么玩意儿向我们开火，崩得我们往后摔出了100多英尺。这已经是明摆着、无可怀疑的了：他不乐意看见我们。我看还是别惦记跟他握手什么的了。

［你们在哪儿？］

不知道。我们仰面躺着呢，在一堆高楼大厦中迷路了。其中一座看着有点儿像腌黄瓜。我们离遭到损毁的区域不远了，离他还有两三英里吧。

［GPS 显示你们在金融区，那座建筑肯定是“小黄瓜[1]”。你看清击中你们的东西了吗？］

什么也没看见。不是机器人，也不是炮弹什么的。我只能看见面前有一片广阔的泥地。告诉你吧，那个机器人肯定是怒了。它还在攻击我们呢！每隔三四分钟就有亮光从我们头顶掠过。

——文森特，我们离开这儿怎么样？

——去哪儿？我看现在这地方就挺好。

——我们正躺在伦敦市中心呢。

——没错。千载不遇啊。

——文森特！

——好吧！要是你的胳膊能动，那我就打开盾牌。

——胳膊倒是能抬起来，但是把咱俩都撑起来就有点儿费劲了。准备好了？

——下令吧。

——啊啊啊嗷嗷嗷！我在使劲撑呢！起来了！转身！转！转！快打开盾牌！

——已经打开到最大了。

——狗娘养的！啊！

[1] 伦敦地标性建筑“瑞士再保险公司大楼”（The Suiss Re Buliding）。因外形而被称为“小黄瓜”（Gherkin）。——译者注

［卡拉，怎么了？机器人进攻时直升机飞走了。我们看不见了。现在正切换卫星模式，你得告诉我进展。］

我们又挨了一下！我看见他了，就在1英里开外。他肯定是趁我们刚才躺着的时候靠过来了。

［你们能不能朝他进攻？］

还不行。我们一直被他揍呢！文森特，给我剑，中等大小……妈的！准备……发射！击中了吗？

——中了，你刚好击中他的——

——哪儿？

——你刚好击中他的腿，可他连动都没动啊。萝斯，我们打不过这家伙。

［你们能不能——］

卡拉，你要干什么？

［怎么了？］

卡拉在……施展外交手段。

［在干什么？］

她在对他竖中指。真成熟，卡拉。

［这……］

——快跑，文森特！我的肩膀坚持不住了。

——一次说一件事行吗？你刚才说什么，卡拉？

——我说快跑！

——我绝不会让后背冲着那家伙的。他只要轻轻一下就能把咱们打趴下。

——我是说朝他跑。

——为什么要那么干?

[我觉得这不是好主意。]

——啊啊啊！妈的！很痛！因为要揍死他啊！这还用说！

——卡拉，剑刺不穿他的盾啊。

——我才不管什么剑不剑！

——卡拉——

——相信我，文森特！跑！

——永别了……地球防卫队控制中心。我们现在要做一件很蠢的事。认识你们真的很开心。

——跑快点儿！文森特！再快点儿！把他撞倒！

——我跑着呢！

——快到了！收起盾牌！呃！你感觉到他了，不是吗?

——是。我们把他撞倒了，然后呢?

——然后他没法儿揍我们了，这就行了。准备放电！

——行不通啊。

——什么叫“行不通”?

——我怎么知道啊?我按着按钮呢，可是不管用啊！可能是因为他的能量护盾?你还能压住他多久，卡拉?

——不会太久。

——我们正从他的盾牌夺取能量。只要你再撑久一点儿，忒弥斯就能放电了。

——他太强壮了！我撑不住了！给我剑！中型！

——给！

——进攻！

——卡拉，你冲的是地面啊！

——闭嘴！接着打！

——给！你在我们脚下弄出了个洞！我们陷到超级大坑里去了！到膝盖那么深！

——剑再长一点儿！进攻！文森特！我让你进攻！

——我进攻了！可你在干什么呢！这坑越来越深了，都看见岩床了！到时候就动不了了！

——继续！

——好吧，继续！脖子也陷进去了！卡住了！我的腿完全没法儿动了！

——行了，他也一起陷进来了。你猜怎么着，他也动不了了！完全动不了了！

——还真……酷啊。

——总比一直被揍好啊，不是吗？现在我看看能不能扭一扭……左胳膊。妈的，真紧！好了！打开盾牌！快！

——什么——

——盾牌！

——什么大小？

——随便！最大的！

——好吧。打开了……我觉得这可能不管用，地方实在是有点儿太小了。

——管点儿用。我看见他周围的能量场了。

——你说得对。能量场变亮了……在闪！噢噢噢噢，我真爱你，卡拉·雷斯尼克！

——因为我想出办法拯救你的屁股了，所以你爱我。

——嘿，这也可能不起效。就算不起效我也爱你啊。大概有50%的忘我吧。

——你可真浪漫。

——卡拉！听！

——什么？

——听见那声音了吗？金属摩擦的刺耳声音。他的能量场变弱了。我们的盾牌还在吗？

——还在呢，我能感觉到它擦着我的胳膊。

——你觉得它能割断金属吗？

——看吧！

——耶耶耶耶！

——哇呼！你惹到不该惹的姑娘了，蠢货！噢，你现在喜欢我了是吗，文森特？

［发生了什么？你们还好吗？卫星信号也全都看不见。］

——嗨，萝斯！对，我们很好！我们正仰望天空呢！卡拉疯了，凿出了一个大坑，不过我们没事，一点儿小伤罢了。你真该看看那个家伙。

［我们什么都看不见。你确定他没战斗力了？］

我想是吧。我们把他砍成两半了。我不想说得太得意了，但可以肯定的是我们打赢了这一场。

[怎么赢的?]

他动不了了。我们也是。我们让忒弥斯的盾牌碾向他的能量场，直到它消失，然后盾牌就继续劈下去。

[恭喜你们！这边的军方人士都很惊讶！谁也想不出那种办法！]

我也没想到。你应该感谢那个叫我冲过去撞倒机器人的精神病。

[你也说“好”了啊。]

你跟卡拉说过“不”吗?我宁可被那个坏家伙打。

——别说我坏话了行吗?当我不存在一样。文森特，你说我们该怎么从坑里出去呢?

——不说了。你说怎么出去?

——我们可以让忒弥斯放电，就像在丹佛那样。

[不行，卡拉！不要！]

为什么?

——他们想留着那个机器人。

——你说过我们不会让他消失的。

——可能不会。但如果把他撬开，那里面的飞行员就能出来了。

[文森特说得对。我们跟他们谈谈应该无碍。]

——好吧，行。那我们怎么出去?

——你的右胳膊能动吗?我们可以攻击四周，把坑弄得再大点儿。

——不行。胳膊卡住了，是冲下的。还有别的高招儿吗?

——我……

——嗯?

——我……

——他没办法了。萝斯，能不能派人来把我们挖出去?

[有一队人马已经在干着了，他们得花上一阵才能挖得够深。]

我想也是。

——卡拉——

——别跟我说话!我生气了!我想从这儿出去，可你们却不想弄坏那家伙!他几分钟前还在揍我们呢!现在我卡在这个坑里，鬼知道多久才能出去!

——你笑了。

——或许是，但我很生气。

——你是开心的。

——我想……是的。

——卡拉?

——怎么?你干吗笑嘻嘻的?

——卡拉·雷斯尼克，你使我——

——噢不!你打算现在求婚?

——我——

——停停停!我们想要的东西不一样。我还没准备好组建家庭什么的。

——我知道。

——不生孩子。

——我知道。

——你真想跟这个坏脾气的家伙白头到老？

——卡拉，我不想冒犯你。但我觉得你和我都不会变老，尤其是我们在一起的时候。唯一的问题是：我想不想和其他人一起英年早逝？

Part 2
皆为一家

File NO. 1521

采访地球防卫队司令尤金·戈文达准将

地点：华盛顿特区杜邦环岛，新唐朝中国餐厅

——坐吧，尤金。

——这儿有什么好吃的？

——你可以试试宫保鸡丁，印尼炒饭也不错。

——我和你点一样的吧。婚礼怎么样？

——出人意料地盛况空前。我觉得雷斯尼克女士——不对，是雷斯尼克夫人……

——她听见你这么叫她会杀了你的。

——他们两人都想要传统的婚礼，更不用说之后盛大的庆祝活动了，享受得很呢。

——噢，婚礼和新娘新郎没什么关系。你求婚，或是你说“我愿意”，是因为你爱着另一个人。你开始想象完美的婚礼，室外的私密小聚会，仅有亲近友人参加。你宣布这一提议一个星期之后，才会意识到这一切里跟你真正相关的只有求婚而已。而婚礼呢？只跟七大姑八大姨有关，或是没邀请你从未谋面的二表哥就像是选边站了之类的。反正……在哪儿举行的？

——底特律的一家酒店。他们可想念你了。

——我看他们根本没想起我吧。

——典礼之后他们在电视上看见你了，这应该提醒他们想起你没到场了吧。

——好吧。我能理解，他们想在自己的胜利日举行婚礼。不过当天在伦敦也另有一场纪念仪式啊。总得有人出席吧。再说谁会在12月份举办婚礼啊！

——我还以为伦敦的活动是为了纪念那次袭击。

——我猜他们是想关注积极的一面吧，这也无可厚非。毕竟死了136000人。

——冒着被人当作铁石心肠的风险说一句，这个数字比我估计的要低。

——这136000人意味着有很多丈夫、妻子、儿子、女儿死去了。你真是混蛋，不过我也这么想。这数字轻易就能超过百万。

——我们很幸运。

——这次是。

——你认为他们还会再来？

——你不这么想吗？我们甚至不知道他们是从哪儿来的。我觉得他们该不会只是为了跟英国陆军过过招儿吧。不是吗?

——我的确也这么想。他们随时都可能再次发动袭击。说英国政府促成了这次冲突，应该是合理的假设。

——好吧。他们已经死了。机器人坏了，我们赶到时那两个飞行员也死了。也不知道他们是机器人被劈成两半时就死了，还是为了不被活捉而自尽了，反正结果都是一样的。他们死了，无论是谁派他们来的，都已经知道发生了什么。我觉得他们不会忘了这事就完。是啊，我想他们还会再来的。他们还这么年轻。真是丢人。

——谁?

——飞行员。你看见他们了。那些男孩看着也就是多大？18岁？至多20岁。他们跟我们这么像，真是神奇。当然了，他们的腿是朝后弯的，不过我看文森特扭转膝盖看了太多次，都见惯不怪了。

——尸体解剖有没有什么新发现?

——反正像我这种无知恐龙是什么也不懂。你得问问萝斯。我只知道，无论他们是什么，这两个飞行员只是奉命行事的孩子而已。他们来的地方会有人为他们悲伤，而悲伤的人会做出鲁莽的决定。我觉得他们的数量少不了。我敢打赌，下一次，他们可就不会在进攻之前先看上一星期的风景了。

——你这看法真够悲观的。机器人怎么样？有没有透露出什么秘密?

——这个我就能回答了。我们在机器人身上发现的东西非常之少，少得我都能弄明白。他们建造这个机器人的方法和以前一样，基本设计是相同的。分成的肢体数也一致——毁坏几分钟之后它就拆解成好多块了。控制室几乎和我们的那个一模一样。控制台上的按钮多了几个，不过也仅此而已。

——我们能把它拼合起来吗？

——你还想弄出第二个机器人是不是？

——这个……

——别抱太大希望。那玩意儿已经爆开了，没法儿正常运转。忒弥斯的盾牌割断了控制室。球体坏了，整个弯了，四周托着它的白色液体也都没了。不管那是什么东西吧，反正它立刻就消失了。躯干部分给劈成了两半，焊接不起来了，用管道胶带也没戏。至于机器人的其他部分是怎么动起来的，唔，我们知道的也只有关于忒弥斯的那些。你看看那个横截面，除了控制室那儿是个大洞以外，其实就是一大堆硬邦邦的金属啊。我唯一能想到的好事是控制部件和忒弥斯的差不多，一旦我们用坏了哪个，还能把这些当备用。以我们的飞行员的工作方式来看，我觉得那种情况很可能发生啊。科学团队到了周一会很开心的。

——为什么是周一？

——我把工程师派过去了，那些书呆子这下可以开玩了。

——之前不行？

——他们只能看，但是我没让他们动手，免得再造成什么损坏。

——为什么不让动？

——你想什么呢？我也想再弄个机器人啊。不过……现在它算是正式报废了，他们可以怎么高兴怎么来了。备用配件和开心的科学家们啊，这就是死了136000人换来的。

——这并不是伦敦事件中唯一的积极因素吧。我以为你们这些人能从这后果中获得点儿安慰呢。

——我们这些人?

——我估计现在不会有人质疑地球防卫队的关键性了，反正在我们有生之年是不会有了。我们言之凿凿并且希望忒弥斯能做到的事，她都做到了。地球防卫队拯救了伦敦，也许还拯救了全人类。世界上没有哪个政府会拒绝给你们提供基金了。你们需要的资源都能弄到手，而且想用多久都行。个人层面上嘛，也不会有人动摇你的领导地位了。在大多数人眼中，如果英国政府当时按你的要求做，那么这种伤亡惨重的悲剧就可以避免。在整个地球上，你可能是唯一一个拥有这种信誉的人。照你说的办，人人都会听的，永远都会。

——过一年再看吧。今天我们处处吃香，受到人们认同，大家都因为活着而感觉良好。媒体也一直说我们的好话，因为人们想听。但要是你天天都吃同一种口味的冰激凌，过上一阵……到时候，说地球防卫队的好话可对报纸销售没好处。

——人们已经不怎么买报纸了。

——我们老了，不是吗?哼!几个星期之后，6个月之后，一年之后，唱赞歌就没用了，甭管那时卖什么，反正都卖不出去。然后呢，相信我，他们就该开始说坏话了。他们会质疑我们的研究，不管我们能不能抵抗巨大的敌对势力。可笑的是，他们是对的。我们没能干成的不是那个，而是10年来都没搞出什么新技术。你以为我们至少能弄出个更快的烤面包机、更好的汽车刹车、更软的厕纸，但是，没有。什么玩意儿都没有。更何况我们要对付的还不止一个机器人。快别让我弄这些了。

——非得指出显而易见的事实吗？我挺不喜欢的。但是我们赢了。我们大获全胜。忒弥斯与外星机器人白刃相搏，凯旋而归。

——你管那个叫“搏斗”吗？他们明明是挖了个坑！

——他们困住了敌人。

——就是挖了个坑！盾牌击穿能量场的概率才多大啊？他们只不过是撞了大运。我们的人只是刚好骑在人家头上罢了。这倒不是他们的错，我们本来就不该派他们去。这就跟在学校里打架一样：被更大的孩子暴揍一顿于是就慌了。这奏效了，我是挺庆幸，但我可不会因此就觉得我们的选择是对的。要我说，那个雷斯尼克根本是个疯姑娘。

——也有人说那是她的本能。

——只不过是个说头罢了。

——她的冲动本性给大家带来好处可不是第一次了。谨慎计划的人远不如即兴发挥的她更令我信任。

——也许吧。但这也无所谓了。她总不能把其他机器人也埋了。如果他们派更多的……

——你认为我们该做何种准备呢？

——这个问题我问过自己无数次了。要不是风险太高，还真挺有趣的。字面上说，我管辖着一个军事组织，但是我们都有共识，那就是没有哪支军队能抵抗强大的外星力量。它是怎么对付那 3 个装甲团的，你也看到了。妈的，它甚至连3个装甲团周围的城市都给端掉了。建筑、汽车、人、猫、狗，就连蟑螂都没放过。

——那种事忒弥斯也办得到。

——好吧，也许我们可以助其一臂之力，干脆自己抹掉几个城市得了。她只能趁人家静止不动的时候动手。她用她的武器把那个机器人劈死了，没准儿还骂脏话了呢。

——她跟人家竖中指来着。

——可惜直升机飞走了，要不可真是绝佳画面。

——或是弄个雕塑。

——哈！你在开玩笑！他们真该用那个场景作纪念。你看见他们做的那个雕像了吗？让外星机器人跪在忒弥斯面前？活像忒弥斯在给他授爵位似的。比《赫拉克勒斯与狄俄墨得斯》好点儿，我觉得……噢，你不知道那个。查查吧。

——你还没回答我的问题。

——我的观点是：我们没什么可做的。就目前情况来看是这样。仅有的希望是，如果他们又来了，但愿我们的后代那时候找到了有效的办法。虽然不愿意这么说，因为萝斯已经彻底疯了，但这都是因为她啊。

——这的确都是因为萝斯，不是吗？

——是啊，所以我才那么说嘛。

——她在孩提时落入一只巨手，对巨手的研究又以某种方式归结到了她身上。现在等着我们的是一场没有胜算的战争，而我们求生的最大希望就在于她。

——正如你所说，你还真是善于陈述显而易见的事。但是这一切之中有没有个关键点呢？

——当然有。你想没想过，他们为什么选择带她回来？

File NO. 1526

就诊记录——患者：伊娃·雷耶斯

精神科医生贝尼西奥·穆尼奥斯·里维拉

波多黎各，圣胡安

——跟我说说你的噩梦，伊娃。

——我不想说那个。你之前说我们可以玩游戏。

——我们玩过了，伊娃。现在我们得聊聊。

——那些一点儿也不好玩儿。我想玩的是真正的游戏。

——你妈妈很担心你，伊娃。

——我很好，她用不着担心。

——能告诉我昨天发生了什么吗？

——没发生什么。我就是洗澡来着。

——你妈妈吓坏了。告诉我，到底发生什么了。

——我……我看见什么东西了。我想知道……不能呼吸是什么感觉。我不知道我妈在屋里啊。我只是好奇，才不是想——

——她说你总是一个人待着，也不再和朋友们说话了。

——我没有朋友。他们都以为我疯了。

——没人那么以为，伊娃。

——他！们！就！是！

——伊娃——

——你根本不知道自己在说什么！那不是我想象出来的，是他们一天到晚挂在嘴边的！他们全都以为我疯了！我妈也那么想，所以我才会在这儿。

——你这个年龄的姑娘常常会想些不好的事，这很正常。我认为它们不会神奇地消失，但你可以借助工具来控制你的思绪。所以我才会在这儿。我是来给你工具的。我希望你不要害怕自己脑海里出现的东西。

——我怎么能不怕？我看见他们死了，全都死了。

——谁死了，伊娃？

——伦敦的人。我看见他们死了。

——你看见什么了？

——他们全都死了！

——我是说请你具体些。可以描述一下画面吗？

——大概有成千上万人，到处都是。他们就躺在那儿，躺在路边，或者车里。

——像睡着了？

——同一时间，全都死了。

——你看见尸体了？

——是的！

——可是自从去年的那次事件之后，伦敦就没有尸体了。你看见的是电视画面，伊娃。伦敦没有尸体了。

——是啊，可他们死了，不是吗？

——你只是做噩梦了，因为之前发生过那种恐怖的事。你把两者混为一谈也是自然而然的。你刚才自己也说了，你看见的并非真正发生的事。

——那不是噩梦！我没有……算了。我知道你不相信我。我能走了吗？

——不行。

——那说点儿别的？

——你还看见什么了？

——我不想再说了。

——伊娃，告诉我。你还看见什么了？

——我看见一个金属的……我看见一个机器人坠入了云里。

——你之前提过这个画面。怎么会有东西“坠入”天空呢？向上“坠入”吗？从飞机上？

——我不知道。不是从飞机上。不是。

——那是从哪里，伊娃？

——我不知道！我只是告诉你我看到的东西。我能走了吗？

——好吧。我只是希望你考虑一下这种可能性：你看到的不是真实发生的。可以试试吗？

——当然。

——你的想象力非常生动，伊娃。这是件好事，非常好。你应该想办法利用它。你喜欢画画吗？

——喜欢。

——或许你可以把看到的东西画下来，把它们挂在墙上。我想这样也许会有帮助。

——帮助什么？

——帮助你认识到那些都是你脑海里的东西，帮助你控制自己的思绪。然后你就不会再害怕它们了。

——我并不是总害怕它们的。

——那很好啊！你能想想不怕的时候有什么不同吗？

——什么意思？

——我想知道为什么有些你看到的东西不会让你害怕。

——因为并不全是不好的。有时我也会看到好事发生。

——比如说？

——我看见我爸买了辆新车，他很高兴。

——那他买没买呢？

——没有。他正在存钱。

——所以，你看到的并不是真实的，对吗？

——我不知道！可是我看见的时候就跟真的一样。

——当然了。梦境总是跟真的一样。

——那些不是梦境！我看到它们的时候是醒着的。我一直都能看到它们！我知道做梦是什么样，我也知道想象是什么样。这些不一样！我知道，你认为我没说真话，但我说的就是真的。这不一样。

——伊娃，我从来没说过，你没说真话。我连想都没这么想过。我知道，你认为你看到的是真实的。我只是希望你留点余地，它们不真实的可能性也是有的。

——4 点了，我妈应该在楼下等我了。

——好吧。你可以走了，伊娃。考虑考虑我的话。下次再有这种情况时，试着告诉自己，那不是真的。需要的话也可以大声说出来。把你看到的东西画出来吧，下次来的时候带上你的画。我很想看一看。要是不管用，我们就再试试别的办法。有一种特殊的药物可以把糟糕的思绪赶走。

——我不想吃药。

——这只是个提议，伊娃。你父母和我，我们……只是希望你开心。

File NO. 1528

采访地球防卫队科学部主管富兰克林博士

地点：纽约州，纽约市，地球防卫队总部

——把枪放下，富兰克林博士。

——出去！

——富兰克林博士……

——求你了！让我一个人待会儿！我不会伤害任何人……

——你正用一支 9 毫米口径的手枪抵着自己的右侧太阳穴。我不希望毫无根据地就得出结论，不过我现在很担心你的安全。我知道你心烦意乱的原因，并且也意识到，我本人可能也是引发你当前心境的因素之一。

——是你让警卫进来我才用枪指着自己的。你也没对我做过什么。现在出去！都出去！

——富兰克林博士，你把枪放下这位绅士就能还我们清净了。我非常想和你谈谈。

［把枪放下，女士。］

年轻人，这里没有直接的危险，你可以把你的武器收起来。

［我不能那么做，长官。］

请报一下你的姓名和军衔。

［海军士官富兰克林，长官。］

富兰克林？你们俩有关系吗？

［没有，长官。］

如果你和她没有关系，海军士官富兰克林，那么我将你短暂的生命冻结在此刻，她也不会介意的。你也许对我知之甚少，但是你可以相信的是，要是我刻意为之的话，你会活得非常痛苦，痛苦到你宁愿乞求它就此终结。我说话算话：如果富兰克林博士因为你用武器指着她而受到任何伤害，无论是不是她自己所为，我将彻底……很好。现在出去。

［长官……］

出去，关上门。富兰克林博士，请原谅我对与您同姓的人如此无情。可惜精英们不会被分配担任夜班警卫。最重要的是，如果是我们之前的谈话导致了如此绝望的时刻，请您接受我的道歉。

——不是绝望。我只是想要结束这场解谜游戏。我不应该在这儿，萝斯·富兰克林已经死了！

——我指的不是这个。请把枪给我。我们都知道，你不会在今天结束自己的生命的。现在将近凌晨5点，所以我估计你已经连续几小时盯着这武器了。我不是怀疑你的信念，但你的决心并不会在早餐后神奇地增加多少。

——这比我想象得要难。

——求生的意志是很难压制的。说来羞愧，这门学问我很精通的。再说，我们真的很需要你的帮助。

——你们不需要我，你们真的不需要。自打我……自打我回来，我就没做过什么有用的事。

——不是这样的。没有人比你更了解忒弥斯。

——她也不应该在这儿，你明白吗？我错了。我们不应该找她。她应该一直被埋着，被藏起来。我应该已经死了。你们应该把忒弥斯拆掉，把她扔回海底。忘了她，也忘了我吧。

——现在说这个可有点儿晚了。

——我只是想要把一切停下。你不知道它会变成……无所谓了。请你出去好吗？

——这对我有所谓。如果你不愿意把枪给我，那么至少放下……放到那儿。我昨天跟你说那些是为了让你放心。现在看来，很明显，我的话没有达到预期的效果。

——你只是把真相告诉我了。我不是我！我只是个复制品！

——我可没说过那种话。

——你说他们是凭空把我再造出来的！

——他们是基于你死前存储的数据把你再造出来的。

——我是个复制品！

——我试着向你转述了牵涉其中的某个人给我的信息。现在看来，我的转述不怎么完美。人家跟我讲的时候听起来比这要好得多。中心要点是——似乎在转述过程中落掉了——是“你是谁”、你的本质，在再造过程中完整地保留下来了。我——

——这无关紧要！我不是——

——我还没说完。我犯了个严重的错误，那就是我以为能令人信服地解释一些我自己都不太了解的事情。我这么做是出于不信任，想以一种毫无意义的方式来控制这些信息。而它们原本是你有权知晓的。我做错了，非常抱歉。给我那些信息的人——

——他是再造我的……其中一个吗？

——我认为是的。他提出要见你，想告诉你他们对你做了什么。我拒绝了。在你做出任何无法挽回的事情之前，让我来和他联系，安排会面吧。你拥有的科学知识比我多得多，应该会比我更能理解。我猜他应该是为了迁就我而讲得很通俗。

——……

——你想听听他说什么吗？

——……

——很好。看到你的好奇心比绝望感更强，我就放心了。现在，可以把枪给我吗？

——要是还是不行呢？要是我不喜欢他说的那些呢？

——那我就再想别的办法。

——你不可能总这么守着我。

——是不能。但是我可以命令其他人守着你。如果你想让我把枪还给你，然后关上门走开，那我肯定做不到。我会尽我所能阻止你结束自己的生命，部分原因是我关心你，但主要还是出于自私而实际的考量。你是个非常聪明、足智多谋的女人，要是一意孤行，我可能会就此失败。那样的话我就得想别的办法了。

——什么意思？

——你已经死过一次，重生回来。那么再来一次、两次，应该也没有什么不可能的。

——我……你会那样对我？

——为了保护我们，任何有必要的事情我都会做。我非常不愿意对你提及“多数人的需要”，但现在是个重要时刻。绝大多数专家——要是我没弄错，也包括你在内——都相信外星访客即将再次到访。你甚至应该承认，此时此刻你的沮丧根本无关紧要。如果雷斯尼克女士正徘徊在深渊边缘、考虑着一跃而下，我相信你会竭尽所能阻止她。

——也许吧。但是她的作用十分明确啊，而我认为我对你来说没什么用。

——时间会证明一切的。我可以换个话题吗？

——你想谈什么？

——我想请你说说，你对那个外星机器人内部的生物有什么了解。

——为什么？没有新消息了啊。

——说说吧。

——你都知道了啊，也读过报告了。我们谈过这个了！

——他们和我们相像吗?

——你到底是什么意思?你知道他们的模样。你自己看过!他们是类人类,第五期,深橄榄色皮肤,膝盖向后弯,和机器人一样。而且那膝盖是确确实实的,不是我们所怀疑的数字化的。他们的腿上有一个额外的关节。没有眉毛。其他地方看起来都和人类相似,里外都是。

——从基因的角度看,他们和我们的关系有多近?我知道我们与黑猩猩有 98% 的 DNA 是相同的。如果和这些外星人对比,相似度是多少呢?

——你已经读过报告了,到底还想知道什么?

——我想让你告诉我。

——你应该拉上阿莉莎,她是这方面的专家。

——我希望可以和阿莉莎深谈。但是眼下她不方便,所以我需要你来告诉我。

——好吧。你刚才说的前半部分不太确切。我们与黑猩猩的 DNA 的相似性取决于你用什么来做对比。如果什么都拿来比,那就没那么相似了。关于外星人,我们的简短回答是:0%。因为他们没有 DNA。

——很难相信他们竟然与我们如此不同。

——不是不同。他们的构成方式和我们一样。只不过……你知道 DNA 是什么吧?

——脱氧核糖核酸。我的理解是,它们包含了我们所知的生命遗传指令。这倒是个挺简单的答案。

——这就是要点。它是信息存储物质，是可以存储超大量信息的复杂分子。而且它是稳定的。真正令人惊叹的是，它可以自我复制。想要创造生命，基本上这就足够了。在一定时间内掌握信息，并将信息传递出去，这个能力就意味着冠名权。我想问问你，知道DNA是由什么组成的吗？

——告诉我吧。

——顾名思义，DNA即核酸，它是由一种名叫“核苷酸”的更小的物质构成的。要造出核苷酸，你需要三样东西：磷酸、碱基、糖。

——糖？

——对。糖是生命的构成物。如果这里的糖是我们说的脱氧核糖，那么你就得到了脱氧核糖核酸，也就是DNA。如果这个糖是核糖——与刚才那个很像，那么你得到的就是RNA[1]。它也能储存信息，但是不如DNA稳定。外星人和我们有着非常相似的基因组成，但他们的核苷酸中的糖与我们的不同——我们称之为“阿拉伯糖[2]”。

——ANA[3]。

——没错。

——这就是仅有的差别？

——不完全是。每个核苷酸还有一个碱基。在DNA中……你真想听这个？

[1] 即核糖核酸。——译者注
[2] 即树胶醛糖。——译者注
[3] 即阿拉伯糖核酸。——译者注

——说吧。

——DNA 有四种可能的碱基：胞嘧啶、鸟嘌呤、腺嘌呤、胸腺嘧啶，我们分别简称为 C，G，A 和 T。这就是遗传的字母表。外星人的遗传密码中没有 A，取而代之的是一种叫“二氨基嘌呤”的东西。这使他们的遗传密码比我们的更稳定。

——和我们的 DNA 相容吗？

——也许相容。它们的关系很近，也许可以相互交流。

——所以这些差异还真是没什么有趣的。

——你在开玩笑吗？这可能是我们最伟大的发现之一。人们以前认为 DNA 是获得生命的唯一途径，而我们一直在考虑的是，生命能否从 RNA 进化而来。人类利用核酸的组成只是近些年的事。我们可以在实验室里生成 ANA，其他各种各样的糖也试过一大把了。我们可以制出二氨基嘌呤。所有这些都能造出来！但是，要看着这个过程在宇宙中自然发生，形成与我们非常相似的复杂生命形式……现在我们知道，DNA 并没有什么真正的特别之处。我们可以改变其中的成分，而整个结构仍然能创造生命。你明白我在说什么吗？我们已经很接近“生命是如何产生的”“你是如何从东西变成活的东西”这些问题的答案了。这很……

——神奇？

——不仅仅是神奇。是令人敬畏，是……创世纪。

——这让你很感动。

——是的。这——

——要我说你这反应完全就是人类的反应。

——……我想，他们可能造了个挺好的复制品吧。我知道你的用意，但我真没觉得自己是个机器人。拥有感情并不能减少我身上的欺骗性。

——不能吗？我关注的并不是你能够体验到情绪，而是引发了你这种情绪反应的东西。我拥有的知识非常有限，但是在我看来，感动你的是这样一个事实：生命的基石可以有多种形式。这不就是你表达的重点吗？DNA 没有什么本质上的特别之处，没什么可神气的，不就是这个吗？你刚才说，无论构成成分是什么，生命都可以从稳定的分子结构中形成、保有信息，并且自我复制。你感动，是因为你能够把你原本看不透的东西分解成可以理解的东西。

——是的。

——那么，你是否应该对发生在自己身上的事同样感到敬畏？像你这样独一无二的东西，能够被简化为稳定的原子结构，意识到这一点为什么就不会给你带来同样的满足感呢？我对于遗传学一无所知，所以不会像你那样被你描述的这些发现打动。但是我觉得你很了不起。从宇宙的结构中重塑了如此复杂、微妙的东西，这想法让我感觉到自己极其渺小。如果你信仰的正是折磨你的东西，那么你就应该从中发现奇迹。

——……

——想想吧。

——你的电话在震。

——没关系。

——接电话吧，也许是重要的事。

——我是为你而来的。

——接吧。我保证不做傻事。

——好吧。……喂？……什么时候？……我就来。

——怎么了？

——有些不幸的事，我得立即关注一下。

——你走吧。

——我不能把你自己留在这儿。我可以叫雷斯尼克女士来陪你，不过你还是跟我一起去找她的好。你的助手也带上吧。

——发生什么事了？

——忒弥斯不见了。

——什么？

——你要跟我去吗？

——好。走吧！

——富兰克林博士。你的枪？给我好吗？

File NO. 1529

采访地球防卫队卡拉·雷斯尼克上尉

地点：纽约州，纽约市，地球防卫队总部

[机库门是关着的吗？]

{你记不记得——}

——诸位，静静！一个一个说。尤金……司令，你请讲。

[你是什么时候发现忒弥斯不见的？]

——你是问我？大概，5分钟之前，就在我打给你的时候。难道你觉得我该先去做个美甲？

[注意你的语气，雷斯尼克上尉。]

我尽量。但我们这是在浪费时间，对吧，萝斯？

{机库门一直都是关着的吗？}

是的，关着的。我告诉你吧，他不可能出去乱走。没有我，他自己驾驶不了忒弥斯。她会摔倒的。

——雷斯尼克女士，你能确定今天早上忒弥斯是在机库里的吗？

——确定！她10分钟之前还在那儿呢！我看见她了。我还跟文森特说来着！

——请把你记得的一切都告诉我们。

——我记得什么？就是不见了啊！你们有没有听我说啊？

——我们听着呢。

——今天早上，文森特起得特别早。他说想自己试几个动作，让我继续睡。我睡不着，于是看了会儿书，然后就到这儿来了。我用无线电跟他联络。他在球体里。我问他吃没吃早点，他说没有。我说我会带百吉饼过来，然后去了厨房，再回来的时候，他们就不见了。

——你确定没有遗漏什么？极小的细节也可能非常重要。

——确定！我的意思是……他说他不饿。我就告诉他，要是把百吉饼放坏了可不太好。那是他从蒙特利尔带回来的，这儿可没有冰箱……他说那好吧。然后我就去做百吉饼！你想知道我都放了什么吗？奶油芝士和树莓酱。然后忒弥斯就不见了，我老公还在里面。满意了？

——现在满意了。厨艺方面的细节不是必需的。

——我想这是我第一次称他为“我老公”，不是说着玩……我们得找到他！

——我们会的。富兰克林博士，你能告诉我们忒弥斯此刻的位置吗?

{GPS上没有任何显示。}

有没有可能是发生故障了?

{所有定位都正常。就是没有忒弥斯的。}

可能是接收器坏了。

——3个都坏了?你确定看不到她吗?

{根据这个的显示，她已经不在这儿了。}

这说不通。她总不能凭空消失啊。

——也许有人篡改了GPS接收器，这样我们就定位不到她了。

——那是不可能的。

——我只是想把可能的解释都列出来。

——但这些都不可能。

——为什么?

——接收器是装在球体里面的。要到那儿去得花上10分钟。你得找到它们，关闭它们，这些都得赶在文森特接通无线电之前。然后呢?即便有文森特在，你也没法儿驾驶着她离开这儿。那是个200英尺高、7万吨重的金属大家伙，不可能趁我做百吉饼的那么会儿工夫，就悄无声息地移动离开。

——你的逻辑是合理的。能提供更有说服力的解释吗?

——现在不能。

——外星人有没有可能移动她?

——你是说像那个“咻”一下出现在伦敦的外星机器人?我不知道。你说呢，萝斯?

{我们不知道她是不是“咻”一下消失了，或者被什么东西“咻”一下带走了。不过，这两种方式我都认为不太可能。}

——现在没有任何相反的证据，所以拒绝这个解释为时尚早。

——她是对的。如果他们可以随时“咻”一下挪动忒弥斯，那我们对打的时候就可以那么干啊。不是吗？

——他们当时可能没有那种能力，但现在有了。这么干可能需要一条船，或是伦敦没有的某种设备。

——那他们就应该在这儿啊，可我们什么都没发现？

——听起来是有些牵强，但毕竟我们谈论的是来自外太空的巨型机器人。

——反正这不可能。

——我不会盲目地放弃这种可能性的。

——我会！如果外星人可以“咻”一下就把忒弥斯弄回他们的家乡，或是弄到太空里，或是管它什么地方，那么我们对此就毫无办法了。我们能不能讨论讨论，在哪儿能找回忒弥斯和文森特？——囫囵个儿的？

——当然。如果我们忽略——暂时忽略——忒弥斯已经不在地球上的可能，那么事情似乎只有两种走向了。要么是 GPS 失灵或被篡改了，要么是她的位置超出了 GPS 的探测范围。她会不会在某个屏蔽信号的地方？

——你是指像这里一样的地方？

——对。我知道在某些建筑内，GPS 接收器是失效的。

{但是忒弥斯很特别。要想屏蔽她的信号，需要特别强大的干扰才行。这种金属建筑内部原本是不该接收到信号的，但她的信号可以。在这座建筑里面，我手机上的GPS是失效的，但在球体里，GPS却是正常的。所以只要忒弥斯在这儿，我们就能在屏幕上看到她。}

——谢谢你，富兰克林博士。但她有可能在某个更……更厚实的建筑里。我们不能拒绝所有匪夷所思的解释，因为显然没有合理的解释。

——好吧。这么说，文森特要么就是穿越到鬼知道什么地方去了，要么就是还在地球上，但我们找不着。我们能不能列个表看看，都有什么地方装得下200英尺高的巨人？

——当然可以。不过不要过于悲观，你刚才已经提出了非常可靠的论证，那就是忒弥斯不能简单地以传统方式移动。如果外星人没有“咻”一声把她带离这座机库，那么这必然是某个人，或者某个东西干的。

{文森特和我讨论过忒弥斯自己移动的可能性，猜测过她是否能够像伦敦的那个机器人一样。我们还没做过试验，但文森特也不太可能自己发现什么。}

他会去哪儿呢？

{我不知道。}

[抱歉插个嘴。今天下午媒体就要来了，飞行员和高中生还有问答环节呢。]

恐怕得改期了，司令。雷斯尼克女士不幸感染了严重的流

感，她的丈夫今天也因此不得不卧床休息。

——咳咳咳咳。病好了之后我该怎么办？

——协助司令列出可能的国内地点。

——那你要去哪儿？

——弗吉尼亚，尚特利。我们应该对足以容纳导弹发射井，或是小股军队的设施进行卫星监视。门那儿是谁？

——是艾米……吧……她是文职雇员。

——她应该出现在这儿吗？

[她没问题。她是负责电脑通信的。]

让她进来……有什么事吗……艾米女士？

<非常抱歉，打扰你们了。你在安保房间里，手机没法儿接通。有位绅士打电话找你，说……赫尔辛基的面部识别系统里弹出了……国际刑警组织的红色通缉令——哇哦，真是拗口。我不知道这是什么意思，不过他说你应该知道。>

非常感谢你，艾米。你可以走了。

——怎么了？

——这一天可真忙啊，雷斯尼克女士。

File NO. 1532

副本——芬兰海关问询记录

地点：赫尔辛基机场

——我……我已……已经说了几百遍了。我的名字是玛……玛丽娜·安东尼奥。

——你到赫尔辛基有何贵干?

——我简直……不……不敢相信。我在赫……赫尔辛基什么也没干！我要乘联……联运航班。现在几点了?

——将近19点。

——见鬼！赶不上航班了！我已经在这屋里待了6……6小时了。我能走了吗?

——马上。你可以搭乘下一班飞机。你要去哪儿?

——没有下一班飞机。下一班要等明天了。我的机票就在你……你面前呢。我知道你没完没……没了地问同样的问题，就是想看看我是不是在瞎……瞎编。可是你已经问了10次了，而且机票上明明白白地写着呢：纽约市。这儿还有我的名字。这是飞机票。没有它我哪儿……都去不了。要是你打算永远这么问……问下去，应该至少考虑一下是不是可能有……有误会啊。

——这些只是例行问题。机场的安保级别提高了，你的登机牌是随机选中的。

——怎么就不能告诉我真……真实情况呢？你们不可能随机选个人然后花一整天时间来审……

——我还有几个问题……基于安全方面的考虑。

——不！不对。你4小时前就没……没有问题可问了。我能来杯咖啡吗？

——马上。

——你一直在看表，是不是在等什么人呢？

——他是在等我……他没有给你提供任何饮料，是因为你不能离开这个房间，他不希望你猛灌。

多谢你，年轻人，你可以走了。我应该不用提醒你，不要跟任何人提起与这个女人相关的任何事情。不过，出了这间屋子，你倒是可以跟你的上司讨论讨论你的晋升问题。

阿莉莎·帕潘托尼乌。看到我你似乎不怎么惊讶啊。

——我感觉到你可能会来。

——新护照？安东尼奥，真是感人。

——他们跟我说，撒的谎越接……接近实话越好。

——为什么是玛丽娜?

——是我……我母亲的名字。

——令人难忘。看来俄罗斯人把你教得不错。

——他们还说你想……想要就斯雷……斯雷布雷尼察大屠杀诬……诬陷我。你不觉得这太过分了吗?

——有吗?

——你认为我会因为某种……过时的种族观念而杀人?

——开门见山吧,帕潘托尼乌女士,你认为什么应该遭受折磨与死亡,我对此一无所知。

——折磨?我从来不会故意给人带来痛……痛苦。你真是完全不了解我。

——我可以毫不犹豫地承认这一点,我不了解你。但你确实强制雷斯尼克女士参与了——姑且说是——某种极其不愉快的过程。

——我从来没有要她受苦!我不是那种会像小孩一样烧死小……小猫的变态。我从来不以伤害人为……为乐。

——你是说斯雷布雷尼察事件跟你没有半毛钱的关系?

——你怎么能……?你知道波斯尼亚战争期间都发生了什么吗?还是说,你只是看着那些新……新闻媒体颠倒黑白?

——我没有关于波斯尼亚战争的第一手资料,当时我正参与的是科索沃战争。

——所以你应该明白塞尔维亚与塞尔维亚人的区别,波斯尼亚与波斯尼亚人的——

——克罗地亚与克罗地亚人的区别。我很清楚国籍与种族的不同。但是这和你参与种族清洗有什么关系?

——我的父母，他们都是……学者，他们是在一次会议上认识的。我父亲是信奉东正教的塞尔维亚人，而我母亲是信奉天主教的罗马尼亚人。这就让她成了镇上其他人眼中的克罗地亚人。但克罗地亚人却称她为吉普赛人。我妹妹有个穆……穆斯林男朋友，而我是无神论者。我们全都是波斯尼亚人。

——你想说什么?

——我一直不知道自己是哪边的。

——大屠杀时你失业了一年多，但你的生活水平并未受影响。

——这有什么好……好奇怪的吗?我本来应该是个遗传学家的，那时却没有研究可做了。人们拿不到工资，我也不想再看着那、那、那么多人在面前死去，于是就辞掉了医院的工作。我父母刚刚去世，他们给我留了些钱。

——那么，我想我会很乐于看着你在美国受审。这儿写着，你会在纽约短暂停留，然后前往波多黎各。你为什么要回去?

——这与你无关。

——我们的确不太了解彼此，但是你要明白，我想知道的事情，你迟早得告诉我。何必非要给自己找不痛快呢?

——是谁在说折磨什么的?你有什么好生……生气的?

——你做过什么，你我心知肚明。如果你不记得了，我敢肯定，审判过程中会提醒你很多次的。

——我只是做了应该做的事。必须做，即便你没有勇……勇气。

——违背雷斯尼克女士的意愿提取她的卵子也是“必须做的事”？

——如果她自愿当然更好，但是她不愿意。

——……

——对……那是必须做的！

——当时当刻那并不是必须做的。你原本可以等她点头，或是等到需要采取极端手段的时候再做。

——不！我等不了！不能等！不能在乎其他人的感受！不能抱着乐观的希望妥……妥协，否则会死人的。

——你好像突然激动起来了。

——你见过村庄遭受袭击吗？

——没有。

——我也没见过。但，但是我父亲跟我讲过。围攻开始的时候我还在萨拉热窝。整个国家都……疯了，每个人都在互相攻击。塞尔维亚人打克罗地亚人，而穆斯林是众矢之的。村庄没完没了地被袭。后来有一天，他们到我们的村子里来了。

——谁？塞尔维亚人？

——这不重要。波斯尼亚人和克罗地亚人也杀了好多人，可是，对，他们是塞军毒蝎部队。你知道要吓住一座万人城市需要多少人吗？

——肯定比人们想象中的少。

——50 人可能就足够了。那天来的人却多得多。200 名塞军毒蝎部队的士兵袭击了我的村子，而我刚好不在。那些暴行我们都有耳闻，大家都知道毒蝎部队干过什么。村民们并非毫无防备，他们有武器，很……很多武器。人们本可以反击的。10000人对200人，几分钟就能分出胜负了。但是他们没有。镇上的领导人让大家保持冷静，待在家里，不要……不要激怒他们！不要把事情搞得更糟糕！他们以为不抵抗可以让事情简单些！

——是那样吗？

——也许是吧。那天他们只杀了27个人。

200人……算是很少了吧。他们当中有十几个轮奸了我的……我的妹妹，把她折磨死了。他们强迫我父母看着，然后杀了母亲，留下父亲，因为他是塞尔维亚人。那天他们强奸了很多人，杀死了很多人。整个镇子里，就那么100来个士兵在街上，却没有人采取任何行动，连试一试都没有。所有人就只是在……等着，指望着好结果。一个星期后，我父亲自杀了。

如果你没有做“必须做的事”，那就是后果。文森特和卡拉都只有20多岁，这意味着他们还有二十几年都具有……有生育能力。他们也许会死，也许会……会生病。我想，他们的孩子很可能也能够操控那个机器人，但还得等上好多年才……

——你应该明白，人要生儿育女，还有……其他办法。你有没有想过，我为什么会鼓励同在一个军事单位的两个人去发展一段关系？

——我认为那不是你的理由。我觉得你是因为喜欢他们俩才那么做的。或许你认为那样能让他们工作起来更顺利。

——如果我曾经——以任何方式、有意或无意地——让你误以为我很在意你的看法，那么是我做的不妥了。这种事不会再发生了。

——你为什么那么做，这根本不重要。我也很期待他们的孩子——以传统方式诞育的——能操控那个机器人。这应该是最好的情况了。培育十几个孩子，每个孩子都能够驾驭随便哪个控制站。但是，他们的……孩子，只会有父母的一半……基因，也许并不是有用的那一半，那就不管用了。我等不及想知道结果。我还得试着克隆他们。我也必须看看能不能将动物的基因拼接到他们的基因中，好让他们的膝盖可以朝后弯。

——你疯了。

——是吗？那如果他们有了孩子，你又会怎么做呢？把其中一个小孩的腿剁开，挪动他的所有腿骨，然后让他的膝盖朝后弯？那才叫残忍。我认为他们不会自愿让你那么干的。你根本就没……没好好思考过。我的计划至少不会把人弄得支……支离破碎。

——你成功了吗？

——当然没有！我都还没开始呢，你就把我从实验室拖出去了！外星人来得比我预期的早，不过，现在你总该明白我是对的了吧？

——3 分钟之前，我说我会很乐意看着你为自己的罪行受审。对大多数人来说，这代表着……不，我不认为你是对的。

——想象一下吧。几……几年后，外星人又来了，而卡拉受伤了。有多少人会在伦敦死去？他们会止……止步于伦敦吗？如果我能提供一个新的飞行员来取代她，你会说“不”吗？

——我可以想象你拯救了我们所有人，成了个超级英雄。在那个世界里，我会请求你的原谅，并且郑重地看着总统为你戴上勋章。幸亏我不是生活在那个世界。根据我的经验，你的审判会基于事实，而不是可能发生的事。

——我不这么认为。

——你认为审判不会基于事实？

——我认为不会有审判。

——虽然听起来有些奇怪，但大多数政府都不会草率地不经审判就处决犯人。他们认为那种情况……不太得体。

——我认为你不会把我交给美国人的，在你完全赦……赦免我之前。

——我们是生活在这个虚幻的世界中吧？不是生活在你的世界里？

——你不像是喜欢假设的人，我们就看看你对我的指控能在现实中走多远。我没有时间在实验室中克隆任何人。海军陆战队冲……冲进来时，我几乎都没时间去拿几件样本。我持有的假护照是俄罗斯人给的，但要想带着生物样本旅行，根本不……不可能不被盘查。所以我在离岛之前去了一家生育诊所，安排他们使用我带去的……样本。一共 4 颗卵子，3 颗没有受精成功。1 颗成功了。

——你说什么？

——我说的是，在波多黎各，有个 10 岁的小女孩，她有着漂……漂亮的绿眼睛，能驾驶你的那个巨型……机器人。当然，你必须给……给我想要的东西，否则找不到她。

——你想要什么？

——赦免全部刑罚。我还想回到研究团队。

——你真是疯了。波多黎各不过 100 英里宽，你觉得我要找个 10 岁的小女孩需要多久？

——我不知道。没有档案帮忙的话，大概要几个星期吧。你找到她的时候她早就不在那儿了。我这趟旅行就是要去救她的。我准备把她带到俄罗斯去，这样他们就可以开……开始训练她。他们会发现我没能赶上航班。他们会照顾她的。

——为什么你觉得我不会在你帮我们找到她之后就杀了你呢？

——噢，我信……信任你。你会认为那样……不太体面。

File NO. 1534

研究日志——地球防卫队顾问文森特·库蒂尔

地点：不详

我是文森特·库蒂尔，正在忒弥斯内部做记录。我……我也不太清楚自己在哪儿。我看不见外面，四周漆黑一片。我觉得这儿也不像是太空，一颗星星都没有。我可以把重心移到忒弥斯的两脚之间，所以我们肯定还站在地面上。我能听见……一些动静，是一种……很低的嗡鸣，像是一把不动的光剑，诸如此类。我对此最好的猜测是，我是在海里的某个地方，那声音是水流冲刷外壳发出来的。

我不太确定自己是怎么来到这儿的，但我有个很棒的想法。事发的时候，我正想试试看忒弥斯能不能自己来个……“瞬间移动”。还在伦敦的时候，萝斯和我就开始聊这个了。我们认为她按理说也可以那样移动。好吧，比脚底板有小火箭、背后有小翅膀什么的更合理些。毕竟她有7200吨重。

这都是一厢情愿的想法，因为我们期待的是与伦敦事件完全不同的东西。它来自外太空，所以不管它是怎么出现的，都肯定是在三维空间内运动的。我们想在地球上实现几乎是不可能的。地球的表面是弧形的，还有各种各样的地形得考虑。要到你看不见的远方去，这可是相当复杂的。搞不好你就撞进山里去了，或是陷入地壳里，又或是飘到几千米的高空。萝斯和我想要的是……对用户更友好些的方式。就像苹果公司做的那些：可以把地球平面化、替你扫平一切障碍的小发明。只要按一个按钮就可以到达你想去的地方，还能保证双脚落在地面上，不是在地底下或是半空中。反正，我挺早就到了实验室，在控制台那里试了试——得赶在卡拉也到那儿之前，要是不让她帮忙她会发火的。就在那时，我偶然地碰到了一个键。四周一下子变白了，安静了，然后我就到了这里。所以，好消息是：忒弥斯可以到任何地方去！

坏消息是：恐怕不等我告诉别人，我就得死在这儿。

按我的手表显示，我到这儿已经两天多了。我没有任何补给。我身边只带着一瓶水，已经喝光了。我现在真的想去吃奶酪汉堡了。双倍奶酪，再加培根……还有一大份蘸奶酪番茄柿酱的薯条……我想，空气应该不是问题。这个球体大约有14万立方英尺，所以等不到二氧化碳呛死我，我就先渴死了。

如果我猜得没错，是在海里——最大的可能是在大西洋——那么肯定没人能找到我了。或许我还能坚持几天，但我的注意力已经难以集中了。所以，要是我想做什么试验，那择日不如撞日，就今天了。我真希望能朝哪个方向走一走，可卡拉不在，我在平地上没法儿保持平衡。而且，我也看不见外面，所以想动一动的结果只能是让忒弥斯脸朝下摔倒。

我听了那天早上我记录的日志，做了笔记。还是跟你们重温一下吧，要不我这试验失败了的话你们就看不到了。会带你们走过去的。控制台的右上角有一个按钮，看起来像是字母 M 中间多了一横杠。我就是从这儿开始的——我们一直没能弄清它到底有什么功能，虽然看起来像是……“移动”——我尝试的所有序列都是类似的组合：加上一些数字，加上“回车”。

萝斯认为我们应该试试经纬度什么的。但忒弥斯不是在地球上建造的，很难想象别的星球也像地球上一样使用双坐标系。即使你假设所有行星都在一个相对稳定的轴上旋转，这也只能让你确定某一个坐标的自然起始点，要么是极点，要么是赤道，但是垂直于这个点的自然起始点，却没法儿找出来。经度是基于东西轴上一个完全随机的点确定的，我认为跟我们打交道的外星人应该没听说过格林威治标准时间。

如果他们使用的也是双坐标系，那么把忒弥斯作为参照点就更有意义了。坐标 0，0 就是她所在的位置，然后从这个位置推导。不过这样也有问题，那就是，如果使用经纬度之类的坐标，数字所代表的意义也会因为你所在的星球而不同。经度和维度测量的是地球中心到表面的角度，所以地表的距离——这么说吧，在体积更大的行星上，一度代表着更远的地表距离，在体积更小的行星上，代表的距离更短。行星越大，这种定位系统就越不精确。

这个问题还可以用别的方式来想象。我真正期待的其实是更简洁的系统：把你想要去的方向指给忒弥斯看，设定好距离，然后就能搞定。一个数字，不是两个。在距离太长的情况下不会太精确。你不能从纽约直接就跳到——不知道，假设说——巴黎。在这么远的距离上，你没法儿把方向定得太精确，但是你可以先跳到大西洋，然后……一边跳一边在途中调整方向。也许它的可行性不高，但我觉得，寻觅那些我知道自己可以用的东西更有意思。

我小小地试了一下，想让忒弥斯移动“1 个”距离。这个“1 个”距离是多远，我也不知道，但我估计会落在机库前面的空地上。于是……我试了我认为的那个“移动”按钮，然后是数字 1，然后是“回车”。当然，什么也没发生。我又把顺序颠倒过来按了一遍，还是没用。按住“移动”，再按数字 1，再松开。它们排列组合的也不多，我应该是都试过来了。我突然想到，让自己瞬间移动“1 个”距离好像有点儿傻，就像只迈一步似的。我发疯了似的试了数字 2。不行。我放弃了这种简单的方案，决定尝试用两个数字代替一个数字。

我试着把数字分开，在中间插入“回车”键，插入“暂停”键。我还这么试过：按住“移动”键，按数字 2，按“暂停”键，再按数字 2，松开。没发生什么特别的事，但控制台有了动静，就像我们按对了的那种声音。于是我又试了几次，但还是只有那些声音。我觉得非常沮丧，那之后我的日志记录似乎有点儿失灵了。我听见自己喊了几声“2”，然后就到了这儿。我一时之间不太记得自己做了什么，但这确实是由命令序列导致的。我知道自己至少按了 4 个数字，所以，要么是我们用的就是双坐标系统，要么就是我很白痴地插入了“暂停”，或者，也可能，这是个疯狂的四维玩意儿，而我就要死在这块大石头里了，飘在 4000 年前的太空中。

反正，我想试着复制自己之前做过的那一套指令。我费劲地挪动了一下忒弥斯，这样就能朝向背面的方向了。要是足够好运的话，我会感到同样的沮丧，然后又回到开始。

正要发脾气的时候，我收到了我太太的信息……卡拉，我爱你。那时候，他们让我签了一份保密协议，然后到芝加哥去看那些板子。之后我曾花了两天时间，干坐着想，想我的生活有多疯狂。我发现自己很……庆幸。庆幸萝斯的信任，庆幸我们找到了这个大屁股外星机器人。但最令我心存感激的，是遇见了这位疯疯癫癫、固执难搞、老是一肚子火气的飞行员。卡拉，要不是你时时刻刻咄咄逼人地对我，这一切都不会那么有趣。我撞断了腿，变成了终结者 T-800……我们还毁了一座机场！真希望我们没有杀死萝斯，所幸最后的结果还不错——就算是吧。天，我们还跟外星人近身肉搏！谁会干那种事啊！好吧，要是我词不达意，请别以为我觉得自己被剥夺了很多。我不是那个意思。我活得很满足，我非常开心。

我一直没跟你说过，我有多抱歉。很抱歉我让你觉得自己必须改变得面目全非。很抱歉我让你……收敛了你的光芒，其实我想要的只是你更闪耀地展现它。听起来真棒。

我希望你快乐，找到某个人。我会祝福你的，但他最好别是个怪胎……也别太好看了。当然了，没有男人你也会过得开心的。只是……我不知道该怎么说……我不希望你因为我而悲伤。如果我死了，那就死了吧。你伤不到我的，尽管做你需要做的事去吧。我不会在天堂里低头盯着你看的。也不知道他们会不会接收一个口音怪异的混蛋，而且，你也知道我有多恐高。

我想就是这些了。噢！差点儿忘了！如果你找到了忒弥斯，而我已经死了，你可能得清理一下你位置后面的地板。说正经的呢，可得好好刷刷。

好了，我们走吧！按住，2，2，松开。我喜欢这声音。2，回车。无效。

按住，2，2，松开。2，2，回车。无效。

松开，2……刚才试过这个了。再试一下。按——

……

啊啊啊啊对了！我又动了！四周仍然很黑，所以我肯定没挪动多远。我不知道是朝哪个方向移动了，但总归是动了！我做到了！

卡拉，忘了我刚才说的遇到什么人的事吧。去他的吧！我能成功的！

按住，2，2，松开……

File NO. 1539

采访保安瑞恩·米切尔

地点：密歇根科学中心，底特律，密歇根州

——你在这儿工作多久了，米切尔先生？

——大约1年了，长官。怎么了？

——你喜欢你的工作吗？

——我……你想怎样？

——我在你的语气里听到了愤怒的意味。有什么未解决的问题需要谈谈？

——哈！你是在开玩笑，对吧？

——你是真认为我在开玩笑，还是只是用了个修辞疑问句？

——我救了卡拉和文森特之后，在监狱里待了4年！

——难道你还期望别的什么吗？你被判了4年是因为你用

卡车把库蒂尔先生撞进了墙里。你既然违反假释条例，离开所在州，到波多黎各去找阿莉莎，那就必须服完整个刑期。

——你原本可以把我弄出去的，长官。

——美国政府想以叛国罪起诉你。那样的话你就得见见律师，为死刑判决上诉了。相反，你现在只是在博物馆里骂骂那些乱跑的孩子，我看不出你还有什么可抱怨的。

——你原本可以把我弄出去的！

——我们还是不要浪费时间去纠结我们“原本可以”做的事了，好吗？你我都知道，这次谈话不会最终着落在你伟大的道德胜利上。

——你知道我在去波多黎各前，在卡森堡说过什么吗？

——看来我即将揭晓答案了。

——没有。我什么都没说。萝斯来看过我几次，她是唯一跟我说过话的人。我尽可能地待在牢房里。他们也会带我去操场放风，两天一次，但我大多数时间还是自己待着。我一直忍不住去想自己对文森特做过什么。我——

——这是你真正所想吗？

——……你说得对。我一直忍不住去想我失去了什么，想卡拉。我没法儿……我想象着她会对我有什么看法，我受不了。我恨我自己，恨了很长很长一段时间。我……我希望她能重新喜欢上我。我一直忍不住去想，该怎么做才能让她……让她别把我当成个恶魔。我脑子里全是些疯狂的场景。你知道，她被恐怖分子抓走了，而我力挽狂澜，诸如此类的吧。我花了1年时间才能真正面对自己做过的事，不再折磨自己。我还是恨自己，但至少，我不是活在虚幻世界中了。那个恨和卡拉没关系了。

——这个故事有什么意义吗?

——有的，长官。有意义。有一天，莫名其妙地，我被叫去，得知被提前释放了。就是那种“你可以走了”。我不知道发生了什么，他们几乎是把我拽出去的。一天之后，我接到一个电话，去了波多黎各。卡拉在那儿，文森特也在那儿。然后事情就彻底乱套了，等我弄明白阿莉莎到底想干什么的时候，我已经伤害了他们……再一次。我……痛苦得要死。简直不敢相信发生了什么，但我还是强撑着做了。我救了他们。真的，我不是在做梦，我救了他们！我想不出比那更完美的事了，但我觉得……然后你就把我抓回了监狱，关了4年。没有人来过，连萝斯都没来过。

——我不知道该从哪儿说起。你意图谋杀库蒂尔先生。一有机会重获他们的信任，你就选择了协助阿莉莎圈禁他们，违背雷斯尼克女士的意愿对她实施了医疗手段。最终，在面对你忍受不了的后果时，你又选择做出正派的样子，装了那么几分钟。要是你还想要什么奖章，那可就很抱歉了。至于富兰克林博士，她死了，这应该是她不来探望你的合理理由吧。

——她又回来了。

——是的，她回来了，但是一直没见过你。你怎么会期待从未谋面的人来监狱看你?

——你明白的，长官，虽然乐子很多，但我插的这段故事差不多讲完了。你来这儿究竟想干什么?

——就在我们谈话的这个时刻，三角洲特遣部队正在准备一次营救行动。我希望你和他们一起去。

——我没法儿加入三角洲，长官。我不是“特战队员”。你必须得是……唔，必须得是三角洲的人才行。

——你可以以顾问身份加入他们。

——我不再是军人了！他们把这个也夺走了！

——我知道你是被不光彩地解职的。

——你当然知道，长官。

——我换个说法。三角洲部队正在准备一次营救行动，我希望你以文职顾问的身份和他们一起去。

——你认为派我去执行任务、看着一帮士兵去做我再也不能做的事，就能让我好受些了？

——你的个人感受不是我眼下最关心的事，不过我相信你会在这个过程中获得某种程度的救赎。

——你说什么？

——还记得你当时在波多黎各的倒戈是什么结果吗？

——阿莉莎跑了，其他人都被抓起来了。

——记得是什么促成了那次事件吗？

——是的，我记得。她说她从卡拉体内取出了一些——

——卵子。

——对，她说要把它们植入另一人的体内。她想造出——

——她想造出一些孩子，这些孩子具备雷斯尼克女士和库蒂尔身上的某些特质，可以操控忒弥斯。她想造出一批飞行员。

——她疯了。

——不管疯不疯，她现在似乎成功地……造出了一个孩子。不过还不知道忒弥斯会不会对她做出反应。

——是个女孩?

——你笑什么?

——卡拉当妈妈了！她知道吗?

——目前还不知道。

——等等……你没告诉她?

——我觉得还不到惊动她的时候，除非——

——你说你会告诉她，长官。你说过这话的！你跟我保证过会告诉她！

——我跟你保证的是，时机正确时会告诉她。

——已经10年了！ 10多年了！你在等什么?外孙子吗?

——我直到昨天才知道有这个孩子。即使是此刻，我也无法确认或否认她的存在，无法验证她是不是就是雷斯尼克女士和库蒂尔先生的后代。这就是此次任务的目的。

——为什么要派三角洲部队去?你大可以敲敲门然后问——

——我有理由相信，俄罗斯政府正派出一支军队，准备找回这个孩子。我不清楚他们的意图，但是鉴于他们已经在这条路上走了这么远，我对他们可不抱有……他们很可能不成功便成仁，抹去所有痕迹。

——他们会杀了那个女孩?

——如果其他措施都失败的话。我相信他们的最终目标是组建一支飞行员队伍，一旦条件具备就可以操纵她，将忒弥斯据为己用。

——为什么？

——他们可能认为，在没有联合国事先批准的情况下，这个武器应该更好地为他们的祖国服务——最好是在排他性的基础上。

——他们想用它来对付我们。

——目前我还不清楚他们的打算，不过这肯定是他们的选项之一，哪怕只是作为震慑。如果伦敦事件证实了什么，那么拥有忒弥斯的人面对传统军队就永远有恃无恐了。这可是一个非常强大的动机。

——为什么是我？你想让我干什么？

——正如你所说，也许就是敲门问一问那么简单。如果可能的话，我希望她能自愿离开。

——她的父母怎么办？她肯定有父母吧。

——美国政府希望孩子自己过来。

——这不是联合国的行动？

——不是。联合国和地球防卫队都不知情。

——为什么是美国？

——或许他们也认为，在没有得到联合国批准的情况下，自己一方的需求应该更好地满足。

——你觉得父母会把自家的孩子交到陌生人手里？

——所以你要说服他们。

——要是没法儿说服呢？

——那就让开，让三角洲上。

——让……给我多少时间？

——没法儿太精确，几分钟吧。

——三角洲会怎么干？

——需要怎么干就怎么干。

——那她的父母呢？

——他们不是任务的目标。首要目标是安全地解救孩子。

——他们要绑架那孩子？

——你给个其他选择看看？他们没法儿简单地征得父母的同意。

——为什么不行？

——因为那就得告诉他们要把女孩送到哪里去，而美国政府不希望相关人员知晓。

——这么说，你想让我跟他们撒谎？

——我想让你在 10 分钟内说服他们，让女儿跟你走。至于你怎么办到，这就不是重点了。这么说吧，我相信任何父母都不会愿意让自己 10 岁的女儿接受训练，成为飞行员，驾驶一架巨型战争机器，与强大的外星生物为敌，而她所不知晓的生物学父母的性命，正是被那些外星生物夺去的。建议你还是换个更有说服力的故事吧。

——就算这奏效了，可那对父母不见孩子回来，也会起疑啊。

——当然。他们会联系当局。他们会得到这样的结论：女儿被一个人口贩卖团伙绑架了，诸如此类。你最好稍微改变一下外表，戴个帽子什么的。反正，你编的故事只要能避免给孩子带来精神上的创伤就行了。

——这是不对的，长官。

——确实。不过，相较于10个携带自动武器的人闯入民宅抓走孩子，这个办法更可取。我们眼下并不拥有“正确”这种奢侈品。这是针对不理想情况的不完美方案。我估计，在不远的将来，这种事还多得很。

——我不干。

——你会干的。我建议你带好私人物品前往机场。90分钟内你的航班就要起飞了，你将在布拉格堡与三角洲部队会合。

——我没法儿现在就走啊。我怎么跟老板说?

——我相信你会找到说辞的，把它当作练习吧。

File NO. 1541

副本：绝对电台直播

地点：英国，伦敦

——刚刚播放的是杰森·巴亚达的单曲《众怒难犯》。我们在位于伦敦的全新工作室为您直播。您正在收听的是绝对电台、莎拉·肯特的节目《夜览》。很高兴能与诸位夜猫子一起共度今晚。现在……将近凌晨一点半，快到抽奖时间了哦！看看今晚我们为您准备了什么？噢，大家肯定会喜欢的！本周五将有非常令人兴奋的事情发生，大家都知道吧！我就知道你们心中有数！给个提示。那件事发生在非常非常遥远的星系中。没错！“星战”系列新电影即将上映，而我们准备了两张电影票，要送给……今晚第 11 位致电的观众。我们的电话号码是：020 7946 0946。拨通电话时会听到音乐哦。你好，我是绝对电台的缪斯女神。

[……]

你好，这位朋友。是你在线。

[你好！]

请问尊姓大名？

[安东尼。]

安东尼，你是做什么工作的？

[我在红砖巷的一家面包圈店工作。]

你们的面包圈店有好咖啡吗？

[有啊！]

好极了，诸位。你们听见这位老兄说的话了吧。如果你刚好在红砖巷附近，而又想来点宵夜，那就去找安东尼吧。我要告诉你一个小秘密，安东尼，在我们的新工作室里，我最喜欢的东西就是咖啡了。我们有全英国最棒的浓缩咖啡机。如果你在听歌的时候听见我“嗯嗯嗯”了几声，那就是我在喝拿铁了。好了，恭喜你，安东尼！你和朋友可以去BFI宽幕电影院参加《星球大战》的首映礼了！

我为你准备了些很棒的音乐……发生什么事了？你们在家里可能听不到，但是我这边外面起了一阵骚动。汽车喇叭不停地响。现在可是凌晨一点半啊，老天！

[莎拉，你得离开这儿。]

现在竟然有人来访！你没看见门外那么大个儿的红字写着“正在直播”吗？

[看看窗外。你得马上离开这儿。]

外面好像出了什么事。也许是阿森纳球迷对这次耻辱般的失败感到不甘心吧。还是不说那个了。我知道你们都很好奇，那我就看看窗外吧，然后……什么鬼啊！

[……]

妈的！

[关门声。]

File NO. 1543

采访地球防卫队科学部主管富兰克林博士

地点：纽约州，纽约市，地球防卫队总部

——他们回来了。

——忒弥斯回来了？

——不是。外星人回来了。看。

——他们到这儿多久了？

——20 分钟。

——在哪里？

——伦敦。

——伦敦？他们为什么会两次都选择在同一个城市着陆？

——他们选择着陆在同一个点。如果我没看错的话，这次着陆的位置和一年前的相距不过 10 英尺。

——机器人看起来不一样。

——对。这些东西不是批量制造的，每一个似乎都有自己的……个性。比如说，这一个闪的光是橙色的。这张是去年的照片。看看胸甲那里，这个平滑得多。雕刻更少。头盔也有细微的差别，在前额那里。看它的脸。一年前的那个棱角分明，给人很严肃的感觉。这一个好像更年轻，颇有些女性化。它这个表情几乎是在笑。我们把这一个叫作“许珀里翁”。

——也许在我们上一次暴力相向之后，他们这回派来的是不那么具有威胁性的代表。

——我不这么认为。它有 237 英尺高——比之前那个高 1 英尺——昂然站在上一个留下的那片废土正中央。这可完全不是“不具威胁性”的意思。

——这是实时画面吗？

——是的，怎么了？

——我在思考那些白色的小光点是什么。

——围绕在它四周的，我知道。我也在想同样的问题。5 分钟前还没有这么多呢。

——能拉近点儿看吗？

——不行，那不是我们的卫星。

——你打开电视试试吧。够久了，媒体早该到了。

——伦敦时间可是半夜。

——人们肯定发现它了。它站在那座城市里没什么灯光的地方，像座灯塔似的，几英里外都看得见。

——好吧。是美国电视有线新闻网。在地面上看更显得耸动。

——我没看见那四周有光点。

——肯定是用手机拍的。我换个频道，肯定有人能拍到像样的镜头——

——停。看。

——为……是人！是举着蜡烛的人！这得有上千人！这实在是——

——动人心弦。

——要我说，这真是蠢。

——上一次外星人造访伦敦时，我们派出迎接他们的是军队。

——我们派出军队可不是为了袭击他们。

——不管是什么原因，反正军队介入了，我们都知道结果如何。这些人正在尝试用蜡烛和和平标志来沟通。人最基本的本能应该是掉头跑开，可他们却没那么做，而是努力地想要与外来物种和平相处。

——我并不怀疑他们的勇气，但我们拥有你所说的那种本能，可不是无缘无故的。这是绝望，是徒劳。这些人会死的。

——我同意你说的，这是一种绝望的举动，但它可能会起作用。也许我们需要做的只是让那些外来者看看，我们拥有的能力其实远比上一次展示出来的多。

——你真认为这样能起作用?

——这种民众自发的行为能带来什么结果，我并不过于乐观……也可能想错了。仔细看看他们，有些人甚至还穿着睡衣呢。他们是从家里冲出去的，急切地想要告诉外星物种，我们不要战争。

——我在看呢，不过我没注意睡衣。我更关注的是，很多人还把孩子带上了。看，那儿有个婴儿。他并不是勇士，而只是有一对愚蠢、不负责任的父母。抱歉，我不觉得这有多动人心弦。

——我必须得说，你这反应真叫我惊讶。我还以为你愿意加入他们呢。

——因为我不想活了吗？还是失去理智了？如果你是这么看我的，那我可以告诉你，你错得离谱了。

——不幸的是，目前我看不到更好的行动方案啊。

——我们可以派出忒弥斯。上一次成功了。

——我们没有忒弥斯了。我们不知道她是不是毁了坏了，是不是还在地球上，所以我用不着费劲说服你吧，派出忒弥斯目前不在我们的选项里。基于这一点，努力避免全面冲突难道不是明智的？

——以上一次的结果来看，我不确定有没有避免冲突的可能。

——也许没有，但我们得试试看。如果没有这些“不负责任”的人，你还能派谁去促成和平呢？我真觉得军队不是好选择。

——确实不是。

——那还有谁？在这个节骨眼儿上，一群拿着蜡烛、不太明智的人，可能是我们和平解决问题的最大希望。我相信在找到忒弥斯之前，这是唯一的希望。我当然也担心那些小孩子，但也有人会说，孩子在场更有助于明确地传递我们的信息。

——我懂你的意思了。

——谢谢。

——没什么好谢的！我仍然不同意你的看法。我认为这是个馊主意，会死人，毫无意义。我只是无法提供更好的办法。反正现在，我有什么意见也是无关紧要的，因为那些人在那儿，带着他们的孩子在那儿。我认为蜡烛不会有什么帮助，但我们也不可能派军队去驱散他们。不管怎样，我真诚地希望这样真能奏效。

——我也是。不过，如果机器人毁了这些人家，我得敦促你帮助我们为接下来的事做好准备。

——你觉得我不会那么做？

——我——

——说真的，我觉得自己不该苟活，但你难道认为我就不会努力想办法让事情好转？你认为我不想救这些人吗？卡拉、文森特，所有人？我在努力。我真的非常非常努力。

——我知道你——

——我不知道该怎么办！我只是……不知道该怎么处理。我不够聪明。

——如果你可以让我把话说完，那么我会告诉你，我从来没有质疑过你想帮忙的意愿。而且，我完全相信，你做得到——即使你没那么自信。

——为什么？为什么你就觉得我什么都能做得到呢？

——如果没有你，我们根本不会在黑山找到那只巨手，不会想到要利用氩化合物来寻找其他肢体。说实在的，如果不是你完全相信有整个身体的存在，我们可能永远都不会去搜寻其他部分。如果没有你，1 年之前我们不会拥有忒弥斯。她打败了那个机器人，很可能救了数百万人的命。

——那不是我，那是所有——

——我还没说完。你是——据我所知——唯一一个哄过死神的人。有人花了相当大的力气才让你如今和我们在一起。我承认，我对他们不太了解，但我所知道的那一点点足以证明，他们不会无缘无故浪费时间精力，让一个陌生人起死回生。他们肯定有他们的理由。

——你这话说的，好像我是什么救世主一样。相信我吧，我可不是。

——我不相信你是某种预言的一部分，也不相信你拥有什么未解的神秘魔力。我觉得那些把你送回来的人也不相信这类事情。虽然我有理由相信你不是什么“天选之才”，但你毫无疑问就是那个被挑出来的人。我相信他们选你是出于非常实际的理由，基于你之所以成为你的那些东西：这是一位才华横溢的科学家，在人类最需要帮助的时候，她刚好处于最有利的位置。

——要是他们弄错了呢？

——那也坏不到哪儿去，我还是可以继续开心地和你一起工作。

——你说过我可以见见他们，那些送我回来的人。

——我说的是你可以见见其中一个，我只认识一个。我会遵守诺言安排你们见面，但我得先把其他事情处理好。寻找忒弥斯的事有眉目了吗？

——没有。我们知道的事实就是，没有人能神不知鬼不觉地把她移走。那么，就只剩下两种可能：要么就是有人用某种我们不知道的技术把她移走了，要么就是她自己移动了。

——她有可能在哪儿？

——如果还在地球上，应该是在地下，或是水中。因为只要她出现在地面上，我们肯定会知道。如果文森特被困住了，没法儿回来，那我就不知道还有什么办法了，只能寄希望于他自己逃出生天。要是他们能回来，我也许可以找出那个外星机器人的防御弱点。

——什么样的弱点？

——你看……这是去年摄政公园的镜头。我们一直没发现它的护盾，直到下雨了、有东西飞过去了才发现。但是看这儿……把镜头推近……它的脚。这是我们能得到的距离最近的镜头了。

——我什么也没看见。

——这正是我要说的。那个机器人的护盾向外延伸，有1英尺那么厚。这么一来，他的双脚周围、站过的地方应该有个洞才对。可是，没有，它的脚旁边的草还是竖着，长得好好的。

——阿喀琉斯之踵。

——对。无论护盾的边缘在哪儿，反正肯定没有延伸到地面。我也不确定这能有什么帮助，但现在我所知道的就这些了。

——继续吧，富兰克林博士。我们的时间可能不多了。

——我在试呢，可我甚至都不知道该找什么。

——要是库蒂尔先生在，他肯定能从虚构人物身上引经据典。我不像他那样对科幻小说感兴趣，所以只会简单地告诉你，“试”表明你对自己的能力和成功的可能信心不足。要找到忒弥斯。

——什么？我没听明白？文森特会怎么说？

——找到忒弥斯，你自己问他吧。

——你要去哪儿？

——再见，富兰克林博士。

File NO. 1544

采访联合特种作战司令部指挥官艾伦·S·西姆斯中将

地点：北卡罗来纳州，布拉格堡

——我相信总统先生称此次任务为“最高级别重要性”是很明确的。我知道，因为当时我就站在他身边。

——是的。8 小时前，他确实是如此明确的。我能肯定 3 小时前他也会这么说。但是 2 小时前，55，不，56 分钟前，巨型外星机器人又一次现身伦敦。那个玩意儿上次来的时候，造成了 10 万多人死亡。这么一来你就能理解了吧：此时此刻你那件“最高级别重要性”的东西已经不在我们的任务列表里了。

现在，我是美国陆军中将，在我们军界也算是有权有势的大人物了，不过你似乎也不怎么在乎这一点。那就接着说吧。我知道你可以直拨总统办公室，我等着就是了。

——我用不着给总统先生打电话。如果你不想干，我知道有的是人想干。

——现在可不是那么回事了。中情局特别活动科的疯子们可能会说“行”，但他们很快就会发现，一个单位都使唤不动、派不出去。没有海豹突击队，没有海军陆战队，没有特种部队，没有情报支援特遣队，没有太空运输系统。谁也动不了。你唯一能用的“三角洲”只有三角洲航空公司，不过也只能送你飞到那儿，下去干活儿你得自己来。

——三角洲的人现在在哪儿？

——在这儿，他们就没出发。事发时你的突击部队还在准备，是我亲自下达了中止令。我们得把所有的活儿都停下，直到这一切结束。

——那我派给你的那个文职呢？

——我让他哪儿来回哪儿去了。他气炸了，让我转告你，要是你搞不定，他自己会搞定的。现在，如果你可以原谅我了，我得先把一些不太开心的人从叙利亚弄出来。

——我坚持我的意见。他们现在必须出发，完成他们的任务。24 小时之内他们就可以回来。

——你愿意坚持就坚持吧。他们的任务——以我的理解——就是去绑架一个孩子。那个孩子长大后没准儿可以驾驶地球防卫队的那个机器人。我漏掉什么没有？

——虽然简单粗暴，但姑且算是对任务目标的准确总结。

——那么，不行。总统同意，是因为飞行员是美国人，可以为我们提供战略优势，但那是之前。如果我们正处于与外星生物发生冲突的边缘，去想 10 年后怎么把机器人弄到手是没有意义的。我们遵循这个计划，把所有资源都用在地球防卫队上了。我不想浪费一支我们眼下极其需要的三角洲小队，也不想冒险把联合国成员都得罪个遍——我们可能几小时后就得申请使用忒弥斯了。你那个见他妈鬼的任务不能执行！

——这项任务对地球防卫队也很重要。

——是吗？那你干吗不通过他们来提要求呢？如果地球防卫队开口了，那你就调人好了。妈的，给你一个排都行！

——你赞同这项任务吗？

——你还没回答我的问题。

——也许下次可以。

——有意思。好吧，是的，我赞同，12 小时之前。我赞同是因为，那时候——在和平时期这项任务是有战略意义的。我们在和平时期撒谎、骗人，因为我们知道另一方也会这么做。但现在可能要打仗了，而战时你是不能忽悠同盟的。不过你除外。

——什么意思？

——要是我没搞错，你是地球防卫队的创始人之一。

——这有些言过其实了。不过我确实起了点儿作用。

——那你为什么要纠结于一个飞行员呢？

——我是想帮助这个国家。

——好办法。拥有飞行员可以让我们增强对地球防卫队的影响力，但并不足以控制它。我不知道你对他们隐瞒了什么，但某个时刻，你的秘密必然大白于天下，我们会被大起底，弄个措手不及。我越想就越觉得，我们都被玩弄于股掌之中。

——你的想象力真是丰富。

——肯定是这样。看吧，你早有答案。我们不会去的。如果俄罗斯人傻到现在要去抓她，那就让他们去吧。只有一个飞行员，他们什么也干不成。我们会解决……稍等一下。

……

——怎么了？

——又有一个巨型机器人出现在斯卡哈里岛了。

——这个地名我不太熟悉。

——是布雷顿岛附近的一个自然保护区，在新斯科舍省。

——它发动袭击了吗？

——没有任何动静。不过，那个是我们……你们的。你是否介意告诉我，忒弥斯在加拿大干什么？

——我得走了。

——真猜不透。跟你聊天儿很愉快，欢迎随时再来……

File NO. 1547

采访地球防卫队司令尤金·戈文达准将

地点：纽约州，纽约市，地球防卫队总部

——见鬼，到处都是机器人！

——我想第二个应该是我们的。

——对，忒弥斯回来了。她正在返回这里的路上。文森特坚持要……让她“咻”回来——谁知道是什么意思。他没事，说再有一个来小时就能到这儿了。

——他说没说之前在哪儿？

——在海里。

——具体是哪儿？

——他就说了这么点儿。我也希望能多跟你说一些，但我真的没空聊天儿了。每隔 10 分钟就有更多的机器人冒出来。

——又多了？

——对！11个了！你没听说吗？这简直就是一场该死的入侵！泰坦巨神的名字都用光了！

——它们都在哪儿？

——你已经知道有一个在伦敦了。第二个出现在东京新宿车站的轨道上，大约凌晨4点的时候。5分钟之后，又有一个在雅加达蹦了出来。印度有两个，一个在德里，一个在加尔各答。

——都是同时出现的？

——都是1小时之内出现的。这些家伙配合得真好啊。开罗有一个，在尼罗河里洗了个澡，距离十月六日桥只有100英尺远。你知道这个名字是怎么来的吗？

——斋月战争[1]开始的日子。

——对。我看他们很快就有理由重新命名了。莫斯科也有一个。

——伦敦和莫斯科。安理会可难办了。

——才不会难办呢。法国也有。你真该看看那张照片。它出现在戴高乐广场，就在凯旋门的正前面。不管是谁在驾驶它，美学意识和戏剧天赋都没得说啊。

——我们附近有吗？

——还没有。离我们最近的在墨西哥城。还有一个在圣保罗。墨西哥那个连空地都懒得找了，直接撞进了一家小美术馆，从房顶上踩了下去。也许飞行员没那么好吧，街对面明明就有一个很大的

[1] 也叫赎罪日战争，指1973年10月6日埃及、叙利亚和巴勒斯坦游击队反击以色列的第四次中东战争。——译者注

城市公园。

——要找到好飞行员可是很困难的。你刚才提到了伦敦、东京、雅加达、德里、开罗、莫斯科——

——你漏掉了加尔各答。

——谢谢。巴黎、墨西哥城、圣保罗。一共10个地方。你刚才说有11个机器人。

——还有约翰内斯堡。

——……

——我知道……

——你的家人有危险吗？

——他们住的地方距离那东西有几英里远。他们正打算离开。我刚刚跟我妹妹通过话，她说公路仍然畅通。我不知道什么时候就会封锁。有几个以前跟过我的人护送他们。事情越来越糟糕了。德里和加尔各答最糟糕。5分钟前，路不通了，人们要想离开就只能靠步行。至于东京，我也不想待在那儿。

——我们可以——

——可以什么？拯救约翰内斯堡？非洲什么时候上过优先事项清单？我很感激你这种反应，但你应该知道，不会有那种事的。

——可能不会。我很抱歉。

——你有没有注意过他们对着陆地点的选择？

——他们选的都是地球上人口最多的城市。

——没错。你觉得这说明了什么？

——说明他们非常善于资源优化。消灭成本——一般来说——与人口密度成反比。

——这表达方式挺好。如果老鼠都挤在一个地方，那消灭起来就便宜多了……

——这样当然比一个一个地杀死我们节约时间。如果他们的意图就是这个，那么只需要少量的几个机器人，就可以消灭1/4的人类了。一旦大城市被摧毁，也就没有政府，没有供应链了。幸存人口中的很大一部分将在几个月内死于疾病或饥饿，剩下的人也几乎没有抵抗力。只用22个飞行员就能做到这些，你不得不钦佩他们。

［抱歉打扰你，司令，不过你也许想看看这个。］

——多谢，杰米……现在是24个飞行员。

——又多了一个？在哪儿？

——北京。

——也许还有另一种解释。他们没有袭击我们。

——目前还没有。

——他们使用这种策略，完全有可能是想恐吓我们就范。

——那还真是有效果。

——如果有的选，你会投降吗？

——你会吗？我会跟他们大打一架，不过我觉得我们投不投降，他们根本不在乎。你也知道，忒弥斯没法儿胜过所有机器人。见鬼，眼下她一个也打不过。

——我记得忒弥斯完好无损，恢复原样了。

——噢，忒弥斯是挺好的。可她打不过12个机器人啊。

——她可以试试。

——她哪儿也去不了，因为少了一个飞行员。

——你5分钟前还说库蒂尔先生正在回来的路上呢。

——噢，文森特是没事。不见的是卡拉。

——雷斯尼克女士？她昨天还在这儿。

——没错。可她现在不在。你能告诉我她去哪儿了吗？

——1秒钟之前我还完全不知道她不在呢。为什么你认为我就应该知道她在哪儿？

——她给你留了封信，放在我桌上了。上面写着："不知道我什么时候会回来。请把这个转交给他。"我猜她指的是你。

——我能看看吗？

——我可以告诉你里面写的什么，我记着呢。

——你打开了？

——我他妈的当然打开了！世界都快毁灭了！我丢了个飞行员，才不关心你的什么屁隐私！你到底想不想知道吧？

——说吧。

——去你妈的！

——……

——就写的这个！

——别的呢？

——没了。只有"去你妈的"。还有个感叹号。你是打算告诉我，还是要我问？

——问什么？

——你都干了什么好事，你个狗娘养的？

File NO. 1550

瑞恩·米切尔给地球防卫队卡拉·雷斯尼克上尉的邮件

亲爱的卡拉：

我知道现在你最不想搭理的人可能就是我了，也知道一封酒后邮件并不是修补关系的最好方式。我应该写一封正式的手写信件，但现在没有时间了。他们很快就又要派你和文森特去打仗了，而我觉得有些事应该在你出发前让你知道。至于酒，唔，我已经喝多了。本来应该先清醒清醒的，不过我说了，没时间了。

你有个孩子在波多黎各，是个女孩。我想她大概 10 岁、11 岁。她住在圣胡安康塞普西昂 599 号。阿莉莎趁你失去意识的时候取了你的一些卵子（可能是这个词），逃跑的时候把它们植入了一个波多黎各女人的身体里。她还用了文森特的一些东西，所以他是那孩子的爸爸。

我觉得非常惊恐，因为是我把你带去，才让阿莉莎有了可乘之机。但我以我哥哥的坟墓起誓，我对她的计划一无所知。我以为她只是想要做一些试验。当我发现她其实是想造人时，我就尽可能快地想办法让你和文森特离开那儿了。我不知道她想把你的孩子放进另一个女人的身体里。她说她会试试看。我以为我可以阻止她，我以为自己可以。但直到今天我才知道，她真那么做了。

这些就是我想告诉你的。我今天原本应该和三角洲部队到圣胡安去，把她带到这儿来的，但现在又不去了。或许有些俄罗斯人也正在找她。我不知道他们会不会计较今晚发生的事。如果会的话，那么你女儿就可能有危险了。我的任务是敲开她家的门，尽量说服她和我一起走，所以三角洲部队并不打算武力相向。我觉得，要是有人要敲开那女孩的门，也应该是你，而不是她不认得的俄罗斯人，或是我。当然，她也不认识你，她有自己的父母。可你是她的妈妈，她应该见的人是你，不是我。

我在脑袋里计划得很好，想象着很棒的故事。我想象着她跟我走了，我们在飞机上互相认识，然后我就能向你介绍她。你知道，我认为在和你见面之前，她还是有个认识的人比较好。而当你知道这就是你的孩子，我应该会很想看看你脸上的笑容。我不知道。也许你不会马上笑起来吧，这可不简单，但我还是很想看一看。

我一直觉得你会是个很棒的妈妈。唔，现在你已经是妈妈了，至于“很棒”，还得有孩子来帮你才行。有时候你可以粗放一些，用不着总是对变化做出最好的反应。你可能得花一些时间才能好好和她相处，不过这完全没问题。她也需要时间，因为如果她到这儿来了，那就意味着，她得失去自己认知中的父母。反正，你只要习惯了新生活，肯定会很棒的。

我知道你要说什么。我得解释一下，我对那个孩子一无所知，我只知道卵子的事。阿莉莎逃跑时，我们那个没名字的朋友说，他想等抓住阿莉莎之后再告诉你。我说你有权知道，但他一再坚持，我也没办法啊。我本该告诉你的。不过以后见之明来看，没告诉你也是好事，要不然这些年你就一直得担心了。一直想着是不是有人在某个地方的实验室里造出了自己的孩子，这 10 年可就太漫长了。

我想让你知道，虽然你认为我是个坏蛋，可我真的不是。我犯了错，很多错，真的。我那么对文森特真是太糟糕了。但那之后我一直在努力地帮你们。我救过他——这应该有点儿意义吧——我也救过你。我不是说，我们应该成为最好的朋友，但也许行呢。

我们在一起训练的时候，我的心里只有你。我希望你能向我敞开心扉。但是你没有，我就觉得，一定是我有问题，一定是我不值得你那么做。现在我才明白，那跟我没关系，只是你还没准备好。真希望我当时就明白这一点，那样的话，我也就不会伤害文森特了。我太爱出风头，这才把你推进了他的怀抱，真不该啊。我知道，现在说重修旧好已经太迟了，尤其是你和文森特还有个孩子。不过我还是希望能跟你和好，哪怕做朋友也行。

当父母得付出很多，再加上现在的局势，你会非常忙碌的。所有能用得上的助力，你可能都得抓住。我希望你知道，只要你需要，我随时都在。你的女儿已经不是个小婴儿了，所以我也用不着当保姆了，不过我可以当个大哥哥什么的。需要的时候，我的肩膀借你靠。你知道，我只想远远地守护着你。

反正，这就是我想告诉你的了。我之前应该已经说过了，我希望你在被派出去打仗之前知道这些，因为，唔，你也许会死。我知道你已经做好准备了，但我想你可能想先见见女儿呢？

就这样吧，祝愿你一切顺利。希望你也能让我了解事情的进展。

你的朋友 瑞恩

Part 3
血与肉

File NO. 1554

采访地球防卫队顾问文森特·库蒂尔

地点：纽约州，纽约市，地球防卫队总部

——卡拉在哪儿？

——我们稍后会讨论她的下落。我们今天要谈的事很多，库蒂尔先生。首先，请你告诉我，你和忒弥斯怎么会出现在加拿大。

——好吧。要是你看不见的话，就很难转圈。我以为我让忒弥斯转了一整圈，但实际上差了那么三十几度。所以我就跑到加拿大去了。从整体来看，我觉得自己干得还行。

——下面这个问题并不是要责问你，但我很好奇，你为什么会选择这个目的地。

——当时我不知道自己在哪里，也不知道要去哪里。我只是一直往前走，直到忒弥斯从水底下露出来，才能看见外面。直到打开手机，在谷歌地图上查找了一番，我才知道那个岛是什么地方。我从那里回到纽约，一直是在浅水区走的。这给了我一些时间来思考忒弥斯的运转方式。

——富兰克林博士跟我说，你和她聊过忒弥斯自主移动的可能性。她的意思似乎是，我们发现的东西都对我们没什么益处。我能否把你重回基地的能力看作我们战胜了这一魔咒的标志之一？

——噢，能啊。这甚至比我想象的还要好呢。我设法让忒弥斯在海底挪动，当时就能确定，我们面对的是一个多坐标系统。这对我们来说可能是一场噩梦。不过事实证明，用户体验比我想象的好很多。它是个……“瞄准－射击傻瓜系统”，差不多吧。将忒弥斯对准你想要去的方向，然后按下按钮，按钮代表的是你想要移动的距离单位。让我颇为困惑的是，这个单位是可以事先定义的。忒弥斯能移动的最短的距离单位是五六十英尺。这对她来说确实是很小的一步。所以对于比较短的距离，就可以使用这个距离单位，然后按下你想要的步数，她就往前走了。控制台最多可以输入三位数，所以最大数值是 777。这是八进制。如果是十进制的话，那就是 511。

——如果我没理解错的话，忒弥斯自主移动的最远距离是 511 个 50 英尺，大约是 25000 英尺。

——25550 英尺，差不多 7.8 公里。如果你希望每一步能走得更远些，那就得把距离单位设定得更大些。输入三位数也行。

——所以我们可以实现的最大距离是……511 个 50 英尺……

——511 步，将近 4000 公里。不过我不建议移动这么远，除非你想再跳进海里，或是陷进沙漠里。只要你能确定目的地，这就很好用了。长距离移动的话，我们需要使用地图之类的东西。我得跟楼下的伙计们谈谈。他们应该用不了多长时间就能编写出我们需要的程序。

——使用上安全吗？

——对我们来说是安全的。它真的替你把活儿全都干完了。你告诉它去哪儿，它就带你去哪儿。对目的地那边的人来说倒是没那么安全。人、车、建筑，好吧，凡是支撑不住这个重量的就都会被压烂。我们必须得当心点儿，不过这样真的比用船运来运去要快得多了。我可一点儿也不想念在海上漂上一星期的日子。卡拉会很高兴的，她在哪儿？

——我们稍后再讨论你太太。戈文达司令有没有跟你讲清现在的情况？

——他说外星人又出现在伦敦了。这可没好事。

——要真是仅此而已就好了。那之后，四大洲人口密集的地区又出现了好几个机器人。最近一个约 9 分钟前出现在里约热内卢。现在，地球上一共有 13 个机器人，他们的体量和形状都与你们去年打过的那个差不多。

——司令说伦敦的那个还没有动过。

——是的，一直没有动。所有机器人都没动。然而，考虑到我们之前的遭遇，袭击的可能性是不能视而不见的。在他们着陆的地区，人口密度将同时遭袭的后果推向无可估量、致命毁灭。

——你知道，要是他们又要让人凭空消失了，那我肯定会去的。卡拉也会去。但是你得明白，我们没法儿打过所有机器人。

——你可能是我们唯一的希望了。

——不是“希望”。这可不是空头交易，不过是数学计算罢了。我们可能运气不错，能赢一次，或者两次，但连赢13次是不可能的。我觉得我们的胜算连五五开都不到，不过姑且就这么认为吧。扔一次硬币是没法儿得到两个正面的。我们会去的。我们会去，是因为那样比坐在这儿干看着强。但是我们赢不了。你还是得有个更好的计划。

——北约的计划是，一旦你们失败了，就进行核打击。然而，就算核武器可以成功地对付外星人，但全球范围内13次大规模核爆仍然是毁灭性的，而且在未来几十年里都有影响。这绝不是我们的第一选项。我觉得有义务告诉你，如果外星人表露出敌意，那么只要忒弥斯尚可操作，派她出征的命令还是会下达的。

——“尚可操作”是什么意思？我可把她全须全尾地带回来了。

——我想，现在是讨论你太太的好时机了。忒弥斯没有损坏，但她“不可操作”，因为少了一个飞行员。雷斯尼克女士未经授权离开了基地。

——卡拉擅离职守？她会有什么麻烦吗？

——鉴于眼下的情况，军事纪律不成问题。关键点不是她违反军事条例，而是她“不在”。现在很可能是外星人大规模入侵的前奏，而没有她，这个组织，甚至整个世界，就完全没有与之对抗的能力。

——她去哪儿了?

——我想她应该是打算去波多黎各自治邦。

——波……为什么?

——看看这个。

——什么东西?

——一封信——一封电子邮件——瑞恩·米切尔写给雷斯尼克女士的。这封信把你太太卷入了一次营救行动——我只能这么推论。至于行动的目的,你继续读就会明白了。我还是得提醒你,这封信的内容虽然令人震惊、颇有煽动性,但它只是以一面之词描述了一个相当复杂的故事。你应该——

——我看完了。他在说谎吗?

——看完了?

——我看东西很快。那个王八蛋是不是在撒谎?

——不是。米切尔先生并不知晓所有事实;他这样完全无视自己行为的后果,而且几乎处于情绪崩溃的状态,实在是不负责任。不过他说的是真的。

——是真的?我有个孩子?

——这一点,我是真的不知道。帕潘托尼乌女士确实曾在你们被控制的时候采集了你们二人的生物样本,而实验室遗留的证据表明,她打算尝试试管授精。米切尔先生在信中未能提及的是——这一点对雷斯尼克女士十分重要——所有他急于透露的信息,从孩子的存在、与她的血缘关系,到俄罗斯人意图绑架孩子的威胁，都是直接从帕潘托尼乌女士口中听来的。我应该用不着解释为什么我不把她的话当成圣经吧。

——你找到阿莉莎了？

——我没有亲自找到她，但她确实被拘留了。

——你认为她在撒谎？

——她所面临的指控足以判她死刑或几辈子的终身监禁。鉴于她犯下的罪行，公开审判是不太可能的，但她很清楚，美国政府最想看到的就是她……彻底隐没。她知道如果没有讨价还价的筹码，自己很可能来不及开口解释就直接消失了，或是死得更平凡，比如一次海难、神秘疾病等。因此，她有充分的理由撒谎。退一步说，我也很想相信她。她让我们陷入的这场徒劳的追逐，也只能给自己换得几天时间罢了。

——她现在在哪儿？

——一间 24 小时监视的安全密室里。

——……

——你在想什么呢？

——一个孩子？

——是的，一个女孩。

——现在？

——她 10 年前就出生了，可我们直到今天才知道她。

——……

——库蒂尔先生？

——……怎么？

——你看起来并不生气？

——你说冲你生气？

——是的。10 年前我确实隐瞒了帕潘托尼乌女士的意图。但要是重来一次，我还是会掩盖住那些信息。你有资格生气，任何形式的。

——噢，我是很生气。只是……我想象不出卡拉的感受。

——我非常肯定，在面对你手里的这封信时，雷斯尼克女士绝对不会像你这样冷静反应。

——我也觉得不会。她看完这个肯定要疯了，不过我思考的不是这个。她不想……我真的很努力地希望她改变想法，但她不想要孩子啊。是我想要孩子，于是我争取，争取。

——现在呢？

——现在？现在世界都快完蛋了。你会让一个孩子来到这样的世界吗？今天？

——我之前说过了，这孩子几年前就出生了。

——我们怎么才能找到卡拉呢？

——你说她很抗拒成为母亲。那你觉得她会不会试着联系那个孩子？

——她会去的。不找到孩子她不会回来，她会不停地搜寻。她不想要孩子是有原因的，我认为她是害怕有了孩子就会消耗自己。但是既然现在有了一个——

——她很可能不会——

——算了。既然她认为应该这么做，那就没什么能拦得住她。

——你担心吗？

——当然，我担心。我很怕她会做出什么傻事来。

——我真的很抱歉，如果我——

——我真的不在乎。等事情完了我再跟你算账。阿莉莎给你的这些信息，你打算怎么应对？噢，他妈的瑞恩是怎么知道的？

——在我至少能确认一部分信息的准确性之前，我不想跟地球防卫队的人分享。我请求了美国政府的帮助。

——你跟他们承诺了什么？一个飞行员？

——没到这个程度，不过我确实留了活话。他们同意派一个三角洲部队的小队去解救那孩子。如果确实有一个孩子住在帕潘托尼乌女士提供的地址，那么为了让她的这段经历少些痛苦，我请了米切尔先生陪同前往。那里住着一个孩子的可能性很大，但之后也许会证实，她并非你和雷斯尼克女士的后代。英国出现机器人之后，我的请求就被拒绝了。

——姑且假设，他们确实去了，找到了一个小女孩。也姑且假设她就是像阿莉莎说的那样，是我们的女儿。你会告诉我们吗？

——我当然会告诉你们。

——我怎么知道你是不是说真的？

——我知道你对我的信任可能已经无法挽回了。不过，在目前这种情况下，信任并不是首要的必备条件，简单的逻辑就足够了。对你隐瞒你女儿的真相，我这么做——任何人这么做，理由都只有一个，那就是在未来让她当飞行员。我，或者其他人，首先需要确定的是，她能否激活忒弥斯内部的一个或两个头盔。这或许可以在你们不知情的情况下完成。但退一万步说，她总归需要接受训练。忒弥斯需要两个而不是一个飞行员来操控，所以她的训练需要你或雷斯尼克女士在场。很有可能是你在场，因为你是唯一一个在解剖学上能与忒弥斯下部肢体控制系统相容的人。她激活头盔的能力，再加上她与她父母一方或双方可能也有身体上的相似性，这些会让我或别人都无法隐藏她的血统，无法逃过你们智慧的推断。

——真的？给我戴高帽子呢吧？你建议我们如何做呢？

——等待。既然我想要掩盖的信息被公开了，那么我就重申对三角洲部队的请求好了。这次是通过地球防卫队，而且无须米切尔先生。

File NO. 1556

新闻报道——英国广播公司伦敦记者雅各·劳森

地点：英国，伦敦

［30 秒准备，雅各。］

——不！不！别切我的画面！我们这就走了！

［你什么意思？走了？］

意思是我的摄像师和我要离开了，还有 5 分钟就能走到面包车那儿。

［为什么？他们都准备好切入……20 秒了。出什么事了，雅各？］

你拖一拖吧。那玩意儿动了，我他妈的得躲远点儿。

［什么叫“动了”？我看着二频道的画面呢，它根本没动静啊。］

我告诉你吧，杰克，那个机器人动了。它……转移了重心。它的手动了。

［转移……你不能这么对我啊雅各。你让我拿什么补 3 分钟的天窗啊？］

天气预报。找点儿今天早上的画面播一播吧，我他妈的才不在乎呢。上次这玩意儿动了之后，死了 10 万人。当时碰巧——噢，等等——就是这儿。

［你这是妄想症吧。我们全都看着它呢。我跟你说啊：它一点儿也没动。］

妄想症，杰克？我们正走在土路上呢，杰克！你明白我在说什么吗？我们正走在土路上，因为上一个机器人让这里的一切凭空消失了。我们还是离得太近了，走远一点儿视野会更好。

［那你们要去哪儿？］

没有暴土扬尘的地方！我们要坐面包车，到市中心的废墟边缘那儿找一幢建筑。我可以给你传些那边的画面。

［你们多久能到？］

我不知道。给我们……20 分钟吧。

［雅各，废墟边境就在两公里之外。你们两分钟就能到了。］

可这儿有 5 万人啊，杰克。到处都是小孩，帐篷多得你数都数不过来。我们前方有个食品供应站，配有——我不知道——50 个烧烤架，几百人排着队等汉堡包呢。这些人在这儿建起社区了，要挤过人群实在是太困难了。我们得给面包车开出一条路啊。

［那这 5 万人，他们也打算离开吗？］

没有，杰克，他们没打算。这些人来来去去的，但是我看没有想逃跑的意思。

[那你也不应该逃跑。你是记者啊，老天爷，就连小孩都没你这么一惊一乍的。]

滚蛋吧，杰克。我们要走了。

[你的摄像师有什么要说的吗？]

珍妮特，你要留下来吗？

{滚吧，杰克！}

[好吧，好吧，我把你那段砍掉。]

他们打算播什么？

[让他们即兴发挥3分钟吧。他们不会高兴的。你的职业生涯到此为止了，雅各。你们俩都是。]

你了解我，杰克。我替你上了十几次战场了，还给你挡过子弹。

[给我挡子弹的是你的包，雅各。你从来没受过伤。]

又走了6英尺。我们别再说了。我的意思是，我不是那么容易害怕的。我告诉你吧：这次的事我感觉非常糟糕。

[希望你是对的，要不然有你好看的。]

我倒真希望我感觉得不对。我们上车了。到了之后我会给你打电话的，杰克。

[不不，别挂断。我要在天气预报之前切入你的画面，不过从现在起，你得在镜头里出现5分钟。]

珍妮特，杰克说我们有5分钟。

[她怎么说？]

她在笑。

[这才像话。]

珍妮特，看我们后面的那个镜子。你看见那个了吗？

{看见了，那是什么？}

[那是什么，雅各？]

空气……很难解释，机器人四周的空气变得越来越……厚，就像……

[像烟雾？]

不完全是，像是一层薄雾在它四周慢慢形成。不管是什么，反正不像是自然现象。我看到人们在跑。

[是机器人弄出来的雾？]

我觉得是。我看不见雾是从哪儿冒出来的。现在空气变成白色、不透明的了。我看不见机器人的脚了。这不像雾。这像是……像是干冰冒出来的烟，非常非常多的干冰。珍妮特，你能再开快点儿吗？它追过来了。

[有危险吗？]

我他妈的怎么知道？它移动的速度比任何人都快得多。我们距离公路大约 300 英尺，但它已经在我们后面了。

油门踩到底，珍妮特！那边！那条路！我们进城了。走黄金巷。那玩意儿完全超过我们了。现在连 10 英尺外也看不见了。

妈的见鬼了！那东西穿过了面包车的后门，穿过了车底板。珍妮特，停车！

[雅各？]

……

[雅各?]

我在呢。妈的!我们……我们撞上了一辆停着的车。我的脑袋,流血了。珍妮特!珍妮特!珍妮特不省人事了,我得把她弄出去。来吧,姑娘,我带你出去。

[我派人去帮你,告诉我你的位置。]

我正带她往克伦威尔塔里走。杰克,你最好快点儿。她……她的血管发暗,几乎是黑色的!她的皮肤全白了。

[她死了?]

我他妈的不知道!我抱着她呢,没法儿试她的脉搏。那些烟雾,进入建筑里面了,哪怕门关着。我得带她躲开烟雾。我试试电梯。

[雅各,她死了吗?]

我在电梯里。我会带她到顶层去。但愿那个伤了她的东西不会追上去。

[警察没有回应。]

……

[你听见我的话了吗?]

……

[雅各!]

她死了。珍妮特死了。该死的外星人杀了她。她……变得僵硬。她的皮肤……就像有人把所有的血液都从她身体里抽走了——

[天啊。]

他们卷土重来了,杰克。他们会把我们都杀了的。

［我得找人去帮你。要是没人去，那我就亲自去找你。］

你还是操心你自己吧，杰克！那些烟雾现在应该已经过河了，要不了多久就会飘到你那儿。

［你觉得它能飘这么远？］

我现在正从窗子往外看。就我目力所及，烟雾到处都是。所有低于25层或30层的建筑都被完全遮蔽了。看起来就像一片白色的海洋，几座最高的建筑从里面耸起。让所有人都离开办公室，到顶层去吧。那里应该是安全的。

［那你呢？］

我吸入的烟雾和珍妮特一样多，不知道为什么我没死。我感觉还行，就待在这儿等它散去吧。

［注意安全，雅各。］

再见，杰克。

File NO. 1567

采访地球防卫队科学部主管富兰克林博士

地点：纽约州，纽约市，地球防卫队总部

——富兰克林博士。

——……

——富兰克林博士，你在干什么？

——我……我没干什么。

——你坐在地上，闭着眼睛，四周摆着上千个尸袋。你肯定不是“没干什么”。

——一共861个。看起来是随机的数字。为什么不是800整，或1000整呢？

——我估计是因为他们的运输机上刚好能装下这么多尸体。

——我猜也是。

——你还没回答我的问题。

——什么问题?

——你在干什么?

——我在试着想象，400 万个尸袋堆在一起，会是什么景象。我能看清它们吗?还是说那就像无边无垠的死人海洋，向西面八方延展着?

——我不知道答案。如果这对你很重要，那么计算一下也并不困难。

——不，不重要。只是“400 万”这个数字的真正含义不是那么好理解。你知道吗，要连续 3 个月不眠不休，才能把他们的名字一个个念出来。

——看来这个数字让你衍生了相当多的想法。你应该知道，“400 万”只是根据非常粗略的数据计算出的死亡人数，是个近似值。我们不清楚有多少人在袭击发生前就已经设法离开了伦敦，有多少人住在遭袭的范围内，有多少人聚集在外星机器人周围，等等。最终的实际数值——如果有的话——可能出入很大。

——无论数值如何，还是很让人悲伤。

——死亡 400 万人确实是个悲剧。

——我不是这个意思。我的意思是，因为数量巨大，他们的死变得没那么重要了，这才令人感到悲哀。

——我不太明白这次事件的规模怎么能降低死者的悲剧性?

——就是这样。卡拉告诉过我，当年我们搜寻巨型肢体时，曾经导致弗拉格斯塔夫 8 人死亡，那时我……另一个萝斯，非常悲痛。

我只能想象那种感受。我当然感受到了第一次伦敦遭袭时 136000 人死亡带来的重压，但这个感受肯定不是一个人死亡的悲伤乘以 136000 倍。现在我感受的悲伤也不是一个人死亡的悲伤乘以 400 万倍。

——这看起来很正常。

——是吗？你不认为我应该平等地看待自己杀死的每一个人吗？

——你没有杀死过任何人，富兰克林博士。这是只有人类拥有的责任感——我当然也希望能阻止这种悲剧发生——但是你没有杀过人。杀人的是外星人，都没有先跟我们聊一聊就动手了。

——这一切由我肇始，不是他们。我掉进一个大洞，然后这一切就开始了。我原本有机会把它抛在脑后的，可我不但再次找到了那只巨手，还把忒弥斯拼合完整了。有几个人拥有第二次选择机会？我有。看看我这次都干了些什么。我应该停下啊。

——严格地说，一直在搜寻的人并不是你。是另一个……富兰克林博士——

——我应该停止搜索！我应该抛下忒弥斯！她知道，所以她才把我给杀了！

——是库蒂尔先生和雷斯尼克女士杀的你，不过他们不是故意的。

——你不觉得我是被我自己拼起来的机器人给杀了吗？我发现的机器人把所有人置于危险之中，而她杀了我。这真是一种诗意的正义，但求你至少从这里看到些讽刺吧。

——你发现了一种强大武器。和危险的东西打交道必然会有

风险。每天都有人死去，死于枪械，死于电动工具，死于化学清理剂。你发现的是一件外星武器，有200英尺高，数千吨重，并且有摧毁军队的能力。你日复一日地和它在一起工作。要是你的保险公司知道你在干什么，你的保费肯定会翻上几千倍。你的死亡将是毁灭性的打击，但这种可能性也极高。而且，我也不相信你还有别的选择。我怀疑你是被某种超出你自己控制的力量推着走向那只巨手的。

然而，你确实还有第二次机会。你现在在这里。你在这里，所以才能帮助我们拯救他人。你可能无法救下所有人。这一点，早在袭击发生之前我就告诉过你了。但我还是有信心，相信你能拯救一部分人。这听起来可能不太美妙，但拯救一部分人可能就是我们目前能期待的最好结果了。出于这样的信念，出于对你的负罪感的敬重，我想要知道，你从这些来自伦敦的尸体身上悟到了什么。

——他们死得十分惨烈。十来个法医日夜轮班做了尸检，但他们检出的死亡方式是一致的：极其严重的脓毒症。炎症迅速地扩散至全身，死者应该还经历了高烧。血液凝固得很快，无法全身循环。因为缺氧，所有器官都开始衰竭。肾脏、肝脏、肺先后失能，人就死了。就像从内到外燃烧起来一样，大口大口地捯着气儿。

你仍然认为带着孩子到机器人四周野餐是个好主意吗？

——我从来没觉得那是好主意。我只是说，那是向外星人展示我们和平天性的最好机会。我现在还是认为那是我们最好的选择。

——对这些死去的人来说可不太好。

——确实不太好。所以，我们这就可以确定，和平不再是选项之一了。这些受害者的死亡过程有多长时间？

——很快。我敢说也就是1分钟之内的事。我们从伦敦各地调来了监控录像。那气体的高度达到了230英尺，它以完美的圆形扩散，半径大约有12公里，18分钟内就覆盖了约450平方公里，20分钟内所有的人都死了。那个外星机器人不久也消失了。有人发现它的踪影吗？

——它几乎立刻就出现在了马德里。

——那儿的人疏散了吗？

——戈文达司令正与遭受直接威胁的13个地方政府协调商议。

——那其他机器人，有没有……？

——没有。很幸运，它们都没有释放气体——到目前为止还没有。我们姑且假设这只是时间问题吧。如果幸存概率都像伦敦那样，且城市中仅有一半人口滞留，那么在30分钟内，死亡人数将达到1亿。

——有多少人幸存？我听说只有几百人？

——救援队搜索整个城市后又发现了一些。我收到的最新数据显示，幸存者将近1400人。

——这个幸存率还真是低得吓人啊。

——是的。大部分幸存者是在事发地方圆5公里内发现的。距离越远，气体对人的影响就越小，因此有更多人可以逃走。我认为接触过气体且幸存的人数并不会因为距离的差异而有所变化。

我已经请求将一些幸存者送来这里进行检查。

——他们已经在这儿了。1 小时前就到了。

——做过检查了吗?

——还没有，不过他们在飞机上就已经留了血样。1 小时之内我们会拿到检测结果。我已经跟其中 4 人聊过了。等他们回来时我再跟其他人谈谈。我让他们去吃东西了。

——他们是怎么避开致命毒气的?

——他们没有躲避。按照他们的说法，气体是避无可避的。他们试图把自己封闭在屋子里，用手边能拿到的所有东西去封堵孔口，但是雾气——这是他们的说法——却还是漫进来了，好像什么都阻挡不了它。他们说雾气是穿墙而入的。我知道很多人都没来得及跑进室内，其中有些当时就在外星机器人周围。他们完全暴露在气体中，直至它消散，足足吸了 1 小时。

——他们是怎么活下来的? 症状不太严重吗?

——什么症状? 他们没出现症状，健康得很。也不完全是吧，有个人得了很严重的流感，但我认为那跟气体没关系。他说自己已经感冒好几天了。不论那个“浓雾”到底是怎样伤人的，反正他们对它是完全免疫的。

——这是为什么呢? 你有没有什么想法?

——没有。他们在物理上有很多不同。他们来自世界各个地方。我会尽可能多地搜索信息，看看他们是不是在饮食习惯和生活习惯上有共性。可能他们在工作的地方，或是家里，接触过什么东西——比如某个牌子的肥皂、洗发水。我聊过的那几个没有服用过药物。我会继续问的。可能和其他人谈话时会发现什么吧，不过说实话，我觉得最终很可能一无所获。这些人里有6岁的小女孩，也有80岁的老大爷，他们的日常生活能有什么共同点？这事可能不该我来做。

——你应该停止自我怀疑，富兰克林博士。我对你解决这个难题的能力相当有信心。

——你一直说得我像一名专家似的。我不是。我有自己擅长做的事，但不是这个。不过，有件事得问。你想让我见的那个人，那个带我穿越时空的人，他是不是外星人的后代？那些把忒弥斯留在地球上的外星人？

——如果是又怎么样呢？

——我这只是个想法啊：如果这些人，这些幸存者，是忒弥斯建造者的后代呢？他们显然不完全是外星人，可也不完全是人类——这就能解释袭击者避开他们的原因了。

——我在想的正是同一件事。我发现很难把这些人的幸存看作简单的巧合。如果——像和我联系的那个人说的那样——在漫长的历史中，具有外星血统的人一直就在我们中间，那么他们就很可能对袭击中的气体具有某种免疫力。你能想办法来验证这个假设吗？

——我说了，这不是我的专业。我不具备处理这类问题的知识，也没接受过相应的训练。你现在需要的是一位遗传学家。

——我大概知道谁能帮忙了。

File NO. 1570

采访阿莉莎·帕潘托尼乌博士

地点：纽约州，纽约市，地球防卫队总部

——有必要用到手铐吗？

——没必要。这只是安保机制，成功逃逸的概率是无穷小的。不过，鉴于你和这个团队成员过去的交情，我相信这些限制会让大家都轻松些。

——我的手被……绑在一起，也没法儿工作啊。

——链子有14英寸长。这是我要求的，可以让你动起来自如些。如果有什么不得不做的工作需要双手分开得更远，我会为你提供一名助手，他的行动是不受限制的。

——我们是同、同一条战线上的了。你明白的，对吧？

——你已经养成了择机变换立场的习惯。

——死了400万人。我的意思是，其实现在已经没有别的立场可选了。不是我们就是他们。我认为他们不会……拉拢我加入他们的队伍，哪怕是我自己……乐意。

——第二次世界大战造成了6000万人死亡，却仍然有立场可言。

——那，得死多少人，才能让你……相信我？

——放心吧，帕潘托尼乌女士，我本人并不怕你。这些限制并不是为了我。我相信就算世界上只有你和另一个人还活着，库蒂尔先生也会希望你戴着这个。这么一来，要回答你的问题，我会说，大约7125亿。

——文森特怎么也在这儿？你们没派忒……忒弥斯出战？

——我们做什么、不做什么，与你无关。你来到这里的目的非常具体。

——可我现在只是在……闲聊啊。

——那就聊聊伦敦事件中死去的那些人吧。法医说他们都死于脓毒症。

——差不多是这样。

——你是说他们不是死于脓毒症？

——也不完全是。他们是死于全身炎……炎症反应，而脓毒症意味着存在感染。那气体中没有有害的病原体，没有病毒，没有……细菌，至少我是这么看。

——你的意见是什么？你没有分析他们送来的气体样本吗？

——没有可分析的。我收到容器的时候发现它们是空的。不过，根据细胞样本观察，我相信气体中含有一种非常非常微妙的分子。它会与长链 DNA 结合，导致基因产生不同的蛋白质，而这种蛋白质是人体无法辨认的。于是，人体认为这些细胞都感染了，开始自我攻击。排异反应极其严重，而且几乎是瞬……瞬间发生的。

——受害者的基因构成有什么不同寻常的地方吗？

——我没查过，不过应该没有。

——我让你来这儿，是因为你的专长是遗传学。我不明白为什么你不对受害者进行最基本的基因分析。

——我没有亲……亲自清点伦敦的尸体，但你给我的报告上说，约 400 万人暴露在气体中，幸存者将近 2000 人。

——据最新统计数字，是 1988 人。

——这个比例大约是 0.5‰，1% 的 5%。这说明暴露在气体中的人有 99.95% 都死亡了。我不用做什么检……检测就能告诉你，在 99.95% 的人口中没有什么真正特别的东西。那些活着的人，那 1988 人，反而更……更有意思。

——很好。那么关于那些活着的人，你能告诉我什么？你应该至少检查了送到我们这儿来的幸存者。

——我已经对这 27 人进行了完整的基因组测序。他们的基因真的很……很差。

——怎么讲？

——他们都有基因变异和突变的混……混合物，大多数都非常不利，这些人甚至不该存在。

——就因为不好的基因？

——因为罕……罕见的基因。出现这种异常现象的人不该超过1个。

——请解释一下。

——每个人的DNA里都没什么“错误”。他们大多具备单核苷酸多态性现象……

——不好意思，我对遗传学知之甚少。

——他们的不同只在于核……核苷酸的一个碱基对，两个字母。用G和C取代了T和A，诸如此……此类。这些差异的绝大部分都属于基因的非编码领域，没有谁真正关心，或是真正了解。那些发生在基因内的差异通常更有趣，我们正逐渐揭开它们的运作之谜。更为常见的差异被称作“多态性”，而那些见于不到1%人口的差异则叫作“突变”。人们不大可能发生多重突……突变。

——但那些幸存者却是这样的?

——其中很多人都是。突变种类一多，外星人就辨……辨认不出他们所寻找的DNA长链了。这些人绝对不该有这么多……多种的突变，但事情就是这样。

——显然是如此。这个可能性有多小?

——唔，我给你举个例子吧。你给我送……送来的这些人，都有髓系细胞触发受体-2突变现象。髓系细胞触发受体-2的作用之一，是帮助调节对大脑中疾病和损伤的免疫反应。使髓系细胞触发受体-2不能正……正常反应的变异有很多种，这些人的变异却都是同一种——R47H突变。这非常罕见。在冰岛这样特定的地方，这种现象只占人……人口总数的0.5%多一点，在其他地方就更难找到了。所有幸存者都有髓系细胞触发受体 –2 突变现象，两个基因副本都有。这已经相当相当罕见了，我甚至都没用相关的频次分析。

——它是损耗性的吗?

——已经证实的是，它会增加罹患阿尔茨海默症的风险，不过大多数有这种突变的人都没得病，所以，不是。他们的断裂点簇集群区 –2 也有突变现象，这会增加罹患乳……乳腺癌的风险。

——所有幸存者都有吗?

——是的，都有，两个基因副本都有。

——这种突变有多罕见呢?

——这很……很难讲。它在某些人种中会常见些，但总的来说，它的比例低于人口总数的 0.5%。你明白我……我的意思吧。假设这两种突变之间没有关联，0.5% 的 0.5% 意味着，在……100 万人中，你只能找出 25 个同时拥有两种突变的人。当然，反过来说，并不是所有幸存者都有这些共性。

——你在这些人身上查出的突变，是否会增加他们感染疾病的风险?

——不会。它们大多都不会有什么影响，而且其中一项还对这些人有好处。他们都有前蛋白转化酶枯草溶菌素 9 突变现象，有助于降低坏……坏胆固醇水平。这种突变的发生概率为总人……人口的 3%。你计算一下就会知道，400 万暴露在伦敦气体中的人里，同时具备 3 种突变的应该不超过 3 人。

我检查过这些人，他们共同具备的单核苷酸多态性现象多达几百种，其中还有 57 种罕见的基因突变。你很难在地球上找到同时拥有这么多罕见特……特征的两个人，人口总数就不够。我需要所有幸存者的血样来确认，但我几乎可以打赌，他们肯定有相同的特……特征，尽管这似乎是不可能的。这些人幸存下来可不是巧合。

——这些幸存者之间会不会有某种关联？要是我没弄错的话，拥有共同的祖先会增加他们基因的相似性。

——有些人有血缘关系。在你送来的27人里，有6人互有关联：一对兄弟，一对兄妹，一对……母女。除此之外，没有关联。英国血统16人，丹麦血统1人，摩洛哥血统1人，印度血统4人，加……加拿大血统1人，法国血统1人；那对母女是俄罗斯人。这些人之间的关联就像你和我之间的关联，你得追溯很久远才能找到共同的祖先。

——你觉得这些人是被外星人故意放过的吗？

——是的，这肯定是刻意的。唔，也许不是肯定的，但那样就没……没意义了。

——为什么这么说？

——理论上讲，外星人可能不知道这些多态性的存在，这只是他们的武器的一个缺陷。但他们制造的分子，针对的是DNA长链，以我对遗传学的了解而言，这里有太多复杂的变数，而且完全没……没有必要。他们完全可以制造更简单的分子，以所有人都具备的DNA短链为目标。他们可以使用毒气。对他们来说，制造肉毒杆菌毒素简直形同儿戏。若以相同的方式传输，他们有上百万种东西可用，不会留下活口，而且更容易制造。他们这么干其实是在给自己找……找麻烦。

——假设——暂且假设，这些人确实拥有共同的祖先，你所说的分子是否能够刻意设定，以避让开这些后代？

——这个想法很有意思。但是，不行，起不了效。你无法知道你的孩……孩子遗传了什么样的基因。

——那不可能是完全随机的啊。肯定有些是可以预测的吧？

——有一些是可预测的。你的基因中只有一小……小部分来自你的父亲，还有一小部分来……来自你的母亲。

——那 DNA 能不能……是 DNA 吧？

——是。

——DNA 能不能用来编写外星分子呢？

——不能。时间太长的话就没……没有效果了。怎么解释呢？假设你想瞄准某个无名氏的所有后……后裔，而这位无名氏生活在1000……1000 年以前。你能够确认的是来自无名氏的基因就只有他 DNA 中的 Y 染色体。这是性……性染色体。你可以在这个 DNA 里使用标记，但 Y 染色体严格遵循父系遗传，就是父亲传给儿子，儿子传给孙子。没有女性。如果你想保留无名氏的后代，你要用的是线粒体 DNA，它是遵循母系遗传的。这样一来，得出的结果就自相矛盾了——你要找的是父系遗传中的女性。这在某种血统中的比例微乎其微，最终往往会消亡。只要父亲没生出儿子，或是母亲没生出女儿，这种基因就不存在了。你可以换个角度来看，从你往上追溯 16 代，你只能与其中 4 人拥有同样的 Y 染色体或线粒体 DNA。

——你能否不要从……正常的 DNA 中找那些特定的标记？有的是父系和母系都可以遗传的吧？

——那个叫作“常染色体 DNA”。正如你说的，一半从母亲那儿得来，一半从父……父亲那儿得来。每个基因你都拥有两个副本，但你只能遗传其中一半给你的孩……孩子，并且无法选择想要遗传哪些。这就叫作“重组”。常染色体 DNA 每一代都会重组。这就意味着，与某一位祖先相同的 DNA 被多次分成了两半。相同性越来越低，越来越低，随着时间推移，后代身上就几乎剩不……不下什么特定祖先的基因了，这些后代也就没有什么相似性可言了。

说回幸存者，无论他们的基因突变是哪一种，其父母应该也携带有相同的突变，但可能不是两个基因副……副本都有。他们的父母应该已经死在这次伦敦事件中了。那个俄罗斯小姑娘就看见她爸爸死了。这些人的孩子也是。幸存者中不少人有孩子，这些孩子也全都死了，只有一个除外。他们的孩子没有与他们相同的基因特……特征，因为另一半 DNA 是从双亲的另一方得来的。经过漫长的时……时间，基因相互混淆。如果外星人想要留下某个家族的人，那么他们的气体会除掉该血统的大部分人，留下谁完……完全是随机的。

——这就是说，只有特定个体的后代被留下来了，而其中大部分都是被除掉的。你能确定吗?

——也许是这样的。很小、很随机的一部分留了下来。

——幸存者的基因有没有……不同寻常的地方?

——你有没有在听……听我说话?是的，出现如此多的基因变异是不同寻常的。我想我刚才已经说清楚了。

——你的确说清了。我的意思是，单独来看呢。如果不考虑

他们共有的基因特征，甚至不考虑他们基因突变的数量，把他们当作普通的个人，你有没有什么发现？

——我好像没理解你的意思。

——我想知道，你能否肯定，他们是彻彻底底的人类？

——人类？我……我不……唔……他们的某些基因突变确实……罕见，但也仅仅是“罕见”。除了有很多相似点之外，他们的基因没有什么真正特别的地方。我没有检测过外星人的DNA，所以也就无从比对。

——去年的袭击事件中，有两名外星飞行员丧生。我可以让你接触他们的遗体。你能比对一下他们和幸存者的基因构成吗？

——外星人有DNA吗？

——我说不好。我不想假装理解这种区别及其含义，不过，要是我没记错，他们核酸中的糖是……阿拉伯糖。

——这不可能啊。

——富兰克林博士也很兴奋。

——她兴奋也是应……应该的。这确实……不寻常。还有别的吗？

——你可以自己读，自己看。我会提供给你遗传学家的初次检查报告。你需要多长时间来确定他们的基因结构是否与幸存者的一致？

——我不能保证比对得出。你这说的完全是在苹果和橘子之间找相同，不过我当……当然会试试看。谢谢！

——不要谢我，好像我给你帮了什么忙似的。你可能是地球上唯一一个我不愿意取悦的人。要是一年前有人跟我说，我会让你接触到你梦寐以求的东西，我肯定会告诉他们……算了，我看这已经是最接近地狱的冰点了。

File NO. 1571

副本——在线游戏聊天儿室监视——列那程序

魔兽世界——艾格文王国

[**伊娃 002**]：埃西！我能走了！

[**天空跳跃者**]：嗨，伊娃！你要去哪儿？

[**伊娃 002**]：去你那儿呀！我可以去了！我可以在你那儿过夜！

[**天空跳跃者**]：那你妈妈呢？

[**伊娃 002**]：她说可以。

[**天空跳跃者**]：？？

[**伊娃 002**]：我想干什么都行。

[**天空跳跃者**]：怎么办到的？

[**伊娃 002**]：我妈现在相信我了。我说的事真的发生了。

［天空跳跃者］：什么发生了?

［伊娃 002］：伦敦的那些人。我看见了。

［天空跳跃者］：那个真是惨透了。

［伊娃 002］：她以为我能跟神对话。

［天空跳跃者］：你真能?

［伊娃 002］：不能啊！怎么可能!

［天空跳跃者］：我也不知道。所有人都吓坏了。我爸妈都不去上班了。天黑时也不让我出门。

［伊娃 002］：我这儿也是。到处都是当兵的。但是拜托！我会把我找到的石头带给你!

［天空跳跃者］：我问问吧。伊娃，那些人死了，你就不怕吗?

［伊娃 002］：我怕。在其他人被吓到之前我就怕死了。但我想见你啊。

［天空跳跃者］：什么时候?

［伊娃 002］：随便。我们可以做首饰。我有些新的小玩意儿，很多呢。

［天空跳跃者］：我问问吧。

［伊娃 002］：我得从这儿出去！快说“行”!

［天空跳跃者］：好了别说了！都说要问问了。你想玩游戏吗?

［伊娃 002］：好啊，不过我们得换个服务器。到处都是圣骑士。

［天空跳跃者］：圣骑士差劲死了。等下。我跟米格尔说了，我们在这儿开打。

［伊娃 002］：我马上回来。

[天空跳跃者]：什么？别啊！突袭开始了！

[伊娃 002]：楼下很吵。我听见我妈在叫。

[天空跳跃者]：？？

[天空跳跃者]：？？

[天空跳跃者]：？？

[天空跳跃者]：？？

[天空跳跃者]：？？

——拦截结束——

File NO. 1574

采访联合特种作战司令部指挥官艾伦·S·西姆斯中将

地点：北卡罗来纳州，布拉格堡

——三角洲小队就位了吗？

——他们几小时前就到圣胡安了，已准备好出发，就等你发话了。

——谢谢。感谢你在这件事上给予的帮助。

——愿意为地球防卫队的朋友们效劳。好了，赶快行动起来吧，好吗？把GSSAP-2卫星[1]信号切到大屏幕上，谢谢。目标应该就在这栋房子里。红点代表的是三角洲第三小队。街对面的面包车里还有4个我们的人。小队一越过栅栏，这4个人就会到游泳池后面去。

——还要监视多久才能进去？

[1] 美国2017年发射成功的空间监视卫星。——译者注

——我们这就进去。从昨天晚上我们就调用了卫星，面包车已经守了两小时。没有人进出，也没有亮过灯。其实我希望多观察一阵，不过考虑到目前的情况，我们就尽力而为吧。对了，这可是光天化日之下。荷枪实弹的军人在安逸的小区里翻墙入室，立马就会有人打 911 报警的。

恶灵，我是鹅妈妈，你们状况如何？

[已就位。进展顺利。]

——给他们的命令是什么？

——定位并提取出一位大约 10 岁的年轻女性。成年人有潜在敌意，授权使用武力。

——他们还应该留意一位 30 多岁的美国女性。

——恶灵，待命……她是谁？

——陆军一级准尉，地球防卫队上尉。她应该没穿军装，千万不要伤了她。

——你还有什么要告诉我的吗？现在可不是玩惊喜的时候。

——没了。

——她最好别拿着枪。

——如果她在，而且活着，那很可能是有武器的。

[鹅妈妈，要干吗？]

——真他妈扯淡。恶灵，待命……她知道我们要来吗？

——不知道。

——我为您的上尉感到遗憾，长官。不过要是她拿枪对着他们，那肯定是会被撂倒的。

——不行。必须避免那种事。

——那么当她看到一群戴着面罩、举着 M16 的人闯进去又会作何反应呢？

——我说不好。

——你说不好。那我刚才说了，只能表示遗憾，保护她不是我们的任务。如果你不能警告她，那就祈祷她别挡路吧。我们的人是第一位的。

——让我说清楚些。我们的星球正在遭受外星力量袭击。我们唯一可堪一用的武器是身在纽约、200 英尺高的外星机器人。能操控它的只有两人，那个女人是其中之一。我为迟来的警示向你诚恳致歉。我希望能联系上她。换句话说，你的人的性命排在她之后。

——你是说她是卡拉·雷斯尼克？

——没错。

——恶灵，我是鹅妈妈。新指令。

［哦，好。］

——找一位 30 多岁、身着平民服装的女性。她携带有武器，并可能对你们有敌意威胁。不要开火，即使对方开火也不要。

［鹅妈妈，你能再说一遍？］

你听到了。

［鹅妈妈，我必须得——］

是卡拉·雷斯尼克。

［……收到，鹅妈妈。指令传递中。］

——旁边那条街上的是什么？

——好像是一个男人在遛狗。GSSAP 控制，瞄准他。如有必要我们可以对他开枪吗？你该不会告诉我文森特·库蒂尔也失踪了吧？连带他的狗一起？

——库蒂尔先生不喜欢狗。你要是特别想的话，那就尽管朝着那个男人和他的狗开枪吧。

——恶灵，转弯处有个男人在遛狗，正从西面向你靠近。

[收到。我们会盯住他。靠近目标。]

如果谁有犹豫，现在还可以说。

[鹅妈妈，我是恶灵。请求突破。]

授权突破，恶灵。重复：你们可以突破。

[收到，鹅妈妈。诸位，听我指令。三，二——]

——那道光是什么？开火了吗？

——那是震撼弹。

[清理！……清理！]

[刺客一号，储物间已清理。]

[清理！]

[车库已清理。]

[收到，刺客二号。前厅已清理，正在上楼。]

[刺客一号，我们给你断后。关门。遮窗。]

[清理！……清理！……清理！]

[清理完毕！鹅妈妈，我是恶灵。我们在主卧室发现两个已死亡的平民。]

收到，恶灵。是小孩吗？

[不是，长官。是两个成年人。]

其中一个是不是……

[一个西班牙女性，一个黑人男性。没有雷斯尼克上尉的迹象。]

——肯定是那对父母。他们得翻翻壁橱，找找床底下。孩子可能躲起来了。

——恶灵，全面搜索。

[刺客二号，全面搜索楼下。我们要找一个小家伙。]

[收到。]

——中将，我的西班牙语不太好，不过那个应该是——

——恶灵，我是鹅妈妈。当地警察已在路上。估计3分钟到达。

[收到，鹅妈妈。刺客二号，两个卧室已清理。我们发现阁楼上有动静，现在去看一眼。两分钟内撤离。]

[楼下已清理。]

[我靠！]

[刺客一号，还好吗？]

[还好。是只大屁股老鼠。阁楼已清理。]

[鹅妈妈，我是恶灵。整座房屋已清理。没有发现目标。请求处理尸体的指令。]

——就这样？

——就这样！她不在这儿！谢谢，恶灵。不管他们，收队。

[收到，鹅妈妈。我们可以回家吃晚饭了。]

快点儿吧。今晚吃烤肉卷。鹅妈妈先去了。

File NO. 1576

内部备忘——国土安全部

自：海关与边境保护局，特派员

致：国土安全部

对象：厄尔巴索

据估计，现有6万墨西哥公民聚集在帕索德尔诺特大桥及附近，寻求美国庇护、每日前往华雷斯城的人日渐增加。桥上已发生孤立的暴力事件，且频率迅速上升。

应海关关长请求，边境巡逻署战术部队今早已部署就位。尝试使用37毫米口径气枪清理大桥，未能成功。

海关与边境保护局办公人员的意见是，即便有国民警卫队和当地执法部门的支持，他们也不再有能力在当前的武力条件下保证入境点的安全。

我们的建议是，立即授权所有南部入境口岸使用致命武器。

File NO. 1578

采访地球防卫队司令尤金·戈文达准将

地点：纽约州，纽约市，地球防卫队总部

——天杀的！他们要把我们全都杀了！

——所有机器人都放出气体了？

——是的，同时。

——13个同时放出？

——除了马德里的那个。也许他是在等他的同伙一起干，我们很快就会知道了。如果和伦敦事件一样，那么20分钟后就见分晓了。

——我们如何应对？

——应对？你他妈的想让我干什么？

——我的意思是，这些国家正在遭受攻击，他们有没有进行反击？

——他们往印度派了地面部队。

——暴露在气体中?

——戴着面具。很蠢，我知道。

——机器人让他们消失了吗?

——它们用不着费那个劲。这些人还没等从运输车上下来就死了。现场混乱至极。巨大的恐慌。人们互相踩踏，成百上千，甚至上万地死去。轿车、卡车在人群中穿行。大象……人性有时候真是丑陋。俄国人和法国人随后都派出了战机。但是，没用，只轰出了一个半英里宽的大洞。10分钟之前他们还想轰炸莫斯科。

——毫无用处，我猜。

——雾气里什么也看不清，但我们知道那些机器人还在。莫斯科周围可能都剩不下什么了。真有胆，把自己的首都都炸了。

——还有什么堪称损失的吗?

——呃，他们自己炸了克里姆林宫。

——那里面肯定是没有活口了。

——也许吧，不过，有些东西可以在两小时、两周、两年之后恢复。现在，要是想让莫斯科重新变回能住人的地方，可有10年的建设在等着他们呢。

——也许他们是不想让外星人在着陆时使用他们的基础设施。

——他们是想殖民地球吗?

——要不然他们何必用气体除掉大量人口呢?他们有能力让一切瞬间消失。现在这么做，我能想到的唯一理由就是，他们想

要保留建筑。

——我不这么想。

——你能想出其他理由？

——不能。但我还是不这么想。

——你是想继续详细说明，还是你的推理就到此为止了？

——你见过我住的地方。

——你住在酒店里。

——我是说，城外的那个住处。

——我见过，但我看不出这有什么意义。

——如果你能够造出这些东西，这些机器人——这种巨大结构的能量来源多少有点儿“自我维持”的意思，固体般的光柱能切割物体，上帝知道它们还有什么别的能耐——你会想要住进那种蹩脚的房子吗？我有一架白色的篱笆墙，还有一棵病恹恹的苹果树，水管差不多有 100 岁了，窗户也是四处漏风。风景的确不错，但房子本身烂透了！他们为什么要住进这种地方？我想象不出莫斯科市中心能有多丰足。

——那么——

——我认为你说的有一点是对的：他们使用气体的确是为了保住某些东西。我不知道那究竟是什么，但我觉得他们肯定不是在找住处。我想不通，他们把我们从地球上抹去，又能得到些什么？

——不论他们的动机是什么，要是我们想不出阻止的办法，他们绝对会大获全胜。

——我觉得你或我都不是能力挽狂澜的人。如果那些搞科学的家伙研究不出什么，那我们除了干看着也没别的办法。

——北约正在准备核打击。

——什么？他们疯了？

——我不赞成，但我确实也没有可替代的方案，找不到理由反对它。

——该死！他们想把数百万无辜民众也炸死吗？核弹可不会停在那儿等着我们撤离。他们要扔核弹的地方可是挤满人的城市啊。

——外星人发动袭击时，那些人无疑也会死。

——也许会吧，但我们不能替他们杀人啊。不行，这行不通！你知道这行不通。

——我不知道。

——你应该知道。放射性降尘会覆盖数百英里，会污染水、土地、所有东西。人会生病，会死。我告诉你，这比死于气体的人还要多。他们一样会死得很惨。这主意太蠢了，简直没法儿形容有多蠢。

——我们说话的这会儿工夫，就已经有 800 万人吸入了外星气体。20 分钟内，这 800 万人就可能全死掉。我们必须得……做点儿什么。

——你听我说：萝斯可以，科研团队可以。你和我做不了什么，这一点是肯定的。

——不是这么回事。

——你可真有一套，我希望你自己心里有点儿数。我是地球防卫队的司令，这意味着，我控制着这个星球上唯一一件可堪战斗，或者至少可以迷惑敌人的武器。这件武器现在在机库里干坐着，就因为某人不想告诉我的飞行员，他们有个女儿。

——我并不知道他们有个女儿。

——你告诉我他们有！就因为这个，我丢了个飞行员。

——我只是转述了帕潘托尼乌女士告诉我的信息。我从来没验证过这些信息。

——好吧，你肯定以为她说的是真话。拜你所赐，现在那个精神病患者正在我的实验室里干活儿呢。

——她待在这个地方的唯一理由就是她的遗传学知识。她是一位出色的科学家，一个聪明绝顶的女人，这是毫无疑问的。然而，这一切并不能证明她说的就是实话。

——那干吗不告诉大家呢？你瞒了快 10 年了。

——10 年前我所知道的，和帕潘托尼乌女士现在宣称的，完全是两回事。我保持沉默的原因——当时和现在——是不言而喻的。现在全世界都在找雷斯尼克女士，放在 10 年前她也会这么干。

——所以你就全都告诉那个犯过罪的白痴了，还觉得自己的主意挺不错。

——我承认，跟米切尔先生分享这些重要的信息是我的错误判断。我正努力补救，只是我犯这个错误的时机不太妙。

——赶上世界末日了。

——非常不幸。

——得了吧。

——如果你可以让我把注意力放在眼下的难题上，而不是我个人的缺点——

——请便。

——我说“不是这么回事”，并不是要逃避导致我们无法行动的责任。我的意思是我们还是可以做点儿什么。你想要寻求永久性的解决方案，这无可厚非，但这个方案肯定是来自富兰克林博士和她的团队的。你和我应该尽可能地为她多争取些时间。

——你认为我们该怎么做?

——如果我们无法阻止外星人杀人，那么我们至少可以让他们干得不那么顺当。

——怎么做?

——我们可以要求大城市的居民到人口较少的地方去寻求庇护。

——所有的大城市？你疯了吗?

——我们可以从拥有两百万人口的城市着手。

——你最近有没有看过窗外？纽约街道上有45000士兵在巡逻，还有两万警察在三班倒。抢劫杀人屡屡发生，几乎没办法控制事态了。而我们嘴里吐出的谎言却告诉民众，没什么可担心的。这时候跟人们说应该离开，你想没想过会发生什么？再说了，他们能去哪儿?

——农村，也许。

——农村的人也没准备啊。没有事先预警，世界上哪片村庄田地能容纳数以百万计的难民？暴力事件、卫生问题、食物短缺，都是困境。就算这样能奏效，这么多人聚集的地方不是又成了外星人的新目标了吗？外星人能在半小时内毁掉一座城市，又能瞬间出现在其他地方，我认为迁移人口根本不能解决问题。

——我并不是说，大规模地迁离会很顺利。这个过程中会有人受伤，或者死亡，不是人人都走得了。我也没认为这样催生的新群落是可持续的。他们得在完全无法律、无规则的情况下生存，而没有死于暴力的人也会很快面临饥荒、干旱和疾病。但是，他们总归能多活几天。只要富兰克林博士和她的团队能在这几天里找到对付外星人的办法，就意味着有更多人能活下来。如果科学团队没有找到解决方案，那么我们也用不着担心脱水或食物短缺了。我的观点是，如果外星人的每次袭击都要杀掉十几万人，那就拖久一点，让他们多花些时间才能除掉所有地球人。

——那好吧，就让人们挪挪窝吧！我会请联合国协同各国政府的。如果找些非政府组织来帮忙，也许能让事情好办点儿。

——很好，这事就交给你了。

——那你做什么？

——富兰克林博士和帕潘托尼乌女士正在研究伦敦幸存者的数据，我看看能不能帮点儿忙。

——要对他们做什么？那些幸存者。

——他们已经被隔离了。

——隔离！我还以为重点就是他们没有受影响。

——我无法解释他们为什么没受影响，把他们隔离开应该安全些。

——你觉得他们跟外星人袭击有关系吗?

——我认为没有直接的关系。不过，我非常肯定，这些人的幸存绝不是巧合。他们肯定是被挑选出来的——以某种条件——不管他们自己有没有意识到这一点。

——为什么?

——不知道。目前没有确凿证据证明他们除了走运还有别的特殊点。可我忍不住觉得，他们或许不是纯粹的人类。

——不是纯粹的人类……就像你不愿对我们提及的那个朋友?

——不，不完全是。我相信我的联系人。他从来没说过自己是外星人的后裔，但他非常了解地外文明。如果这些幸存者知道些内情，我倒真要惊讶了。我的联系人的身体也……挺特别的。我怀疑导致第一批外星人突然出现的，就是他的血统。而那些幸存者——我曾有机会见过一面——看起来就是完全正常的人类，生理结构和他不一样。他们充其量也就是……远房表亲。

——你没想过要问问他们?

——很不幸，我想过。

File NO. 1580

采访记者、伦敦幸存者雅各·劳森

地点：纽约州，纽约市，联邦调查局第141号安全密室

——停下！不不不不！啊啊啊啊啊啊！停下！请停下！

——告诉我，为什么。

——我叫雅各·劳森，是英国广播公司的记者。这是非法的，你不能这么做。

——显然，我能。告诉我，为什么。

——我要求通知我国政府。我要求与律师对话。

——告诉我，为什么。

——什么为什么？我他妈的不明白啊！不！住手！啊啊啊啊啊啊！

——告诉我，为什么。

——我叫雅各·劳森。我是英国公民。根据《维也纳公约》，我要求通知英国领事馆……不！不！不！啊啊啊啊啊啊啊！住手！快住手！我不能……为什么要这么做？我……啊啊啊啊啊啊啊！

——好了，停。先生，花点儿时间冷静冷静，没有人会伤害你。

——你们为什么这么做？我没做错事！

——冷静下来了吗？

——我不知道要在这儿干什么。我要求跟负责人对话。

——你目前可能还搞不太清这个屋子里到底谁是“负责人”。我问你有没有冷静下来？

——我有没有……好，我冷静了。

——那么告诉我，为什么。

——什么为什么！

——鉴于我们各自的情况，跟你抱怨说我多讨厌这些报告，似乎显得有点儿自私。不过我得告诉你，你这么不配合，让我感觉很不安。精神错乱的定义已经成了陈词滥调了，但长话短说，就算你一直拒绝回答，也不会有什么结果。继续。

——不！不！不要！住手！不不不啊啊啊啊啊啊！

——告诉我，为什么。

——啊啊啊啊啊啊！

——告诉我，为什么。

——……

——告诉我，为什么。

——……

——没有应答了。用凉水给他洗洗脸，多谢。现在把这软膏给他涂在指尖上，尽管多涂些。

——……啊，天哪。啊啊啊！谢谢！请停下吧！

——这可以麻木手上的神经末梢。这几位先生在你指尖插入的针碰到了骨头，于是引起了严重的神经反应。痛感应该瞬间就可以完全消失。

——谢谢。请别再折磨我了。

——各位，把针拿掉。你刚刚休克了。现在右手会慢慢失去知觉。深呼吸。他们不会再把针插进你手里了。

——谢谢！我实在受不了这个了！

——恰恰相反——这么说你可别介意：为了尽可能减少对你的身体造成伤害，我正在忍受着巨大的痛苦。从某种意义上说，你在这里遭受的种种不快，大多是由你自己造成的。这几位用的针很小，但你指尖的神经却非常敏感，它们向你的大脑发送的脉冲，会让你感受到与实际物理伤害完全不成比例的剧痛。只要痛痛快快地回答我的问题，你很快就能从这不幸遭遇中恢复，几乎不会留下什么后遗症。

——可是我什么都不知道啊！

——我还没说完。如果你执意坚持，拒不合作，那么小伤也就意味着，这个过程可以无限进行下去。你不会痛死，但也永远不会习惯。疼痛的独特，就在于它不像嗅觉、触觉那样，无法习惯，也无法神经性适应。

——我不知道你想让我说什么！我什么都没干啊！

——你的右手已经受到了一些神经性损伤，想再造成新的不适也不太容易了。我会让你休息一两分钟，等痛劲儿过去了，我们就可以在你的左手上故技重施了。

——不！别搞另一只手！求你了！求求你了！

——我理解你身处陌生的地方、被陌生的人询问的感受，但在过去的 20 分钟里发生的事应该让你明白了，请求停止——尽管很礼貌——是不会成功的。

——你想知道什么我都告诉你。

——自打你来到这里，我一直在问一个非常简单的问题，但每一次你都拒绝回答。

——我不知道你想让我说什么。我什么都不知道啊！告诉我，你想听什么，我照说就是了！别再伤害我，求你了！

——这不是我的专长。不过，我倒认识这些定期打报告、做汇报的人。他们告诉我，对即将到来的痛苦的预测，往往比痛苦本身更难熬。我不知道最令我羞愧的事是什么，是和这些人打交道，还是问不出一句实话。我们可以继续了吗?

——不！不！不！

——各位，左手小指，请吧。

——不！不要……啊啊啊啊啊啊！

——再一次。

——啊啊啊啊啊啊啊！

——告诉我，为什么。

——［咳嗽］

——再深点儿。

——不要……啊啊啊啊啊啊啊！啊啊啊啊啊啊——［咳嗽］。

——我们暂停一下，好让你可以反思一下自己的答案。

——［咳嗽］什么为什么？你认为我该知道什么？

——我相信你什么都不知道。

——你……你怎么能这样……我敢说你肯定以为我知道什么，知道某些重要的事。

——是吗？肯定？我们谈话时，有千百万人已经死去或正在垂死。我怎么以为，根本无关紧要。紧要的是我能问出来什么。我不能再感情用事地心软了，也不能再相信你。我们可以继续了吗？

——等等！等等！拜托！你想知道什么？外星人为什么去伦敦？他们为什么袭击我们？为什么别人都死了而我还活着？

——这些问题的答案能让你免于遭受难以想象的痛苦。

——但我他妈的什么都不知道啊！我不知道那些该死的外星人为什么要来！我不知道他们想在我们身上谋求什么！我不知道他们为什么选择伦敦！我唯一知道的就是，我在乎的人都死了，只有我还活着！

——告诉我，为什么。

——要是我知道，我能不告诉你吗？我儿子死了！我妻子死了！我的朋友，我的家人，全都不在了。难道我希望他们死掉？要是能跟他们交换，难道我会说个“不”字？我有多想替我儿子去死，你懂吗？

——……我懂。

——你相信我？

——我相信。

——你相信我！

——……

——你不会住手的，是吗？说啊！

——我不会。

——为什么？

——这就毫无疑问了。我不必在每个人身上都来这么一遍了。

——……

——诸位，左手无名指。

——我叫雅各·劳森！我是英国公民！根据《维也纳……啊啊啊啊啊啊！

File NO. 1585

驾驶舱录音——美国空军 B-2 隐形轰炸机 - 北约部署

地点：葡萄牙领空

09:15:31［**哈马尔 11**］：安德森·豪斯，我是克里斯·帕克。我正在靠近西班牙领空。速度，每小时560英里。高度，30000英尺。

09:15:40［**航空指挥部**］：谢谢，克里斯·帕克。现在开始最后清点。

09:15:45［**哈马尔 11**］：收到。……

09:18:03［**哈马尔 11**］：清点完毕。已准备好投放。

09:18:10［**航空指挥部**］：收到，克里斯·帕克。投放 30 秒倒计时。

09:18:14［**哈马尔 11**］：安德森·豪斯，我们真要这么干？

09:18:17［**航空指挥部**］：是的，克里斯·帕克。确定投放。重复：确定投放。20 秒。

09:18:24［哈马尔 11］：安德森·豪斯，克里斯·帕克请求你向母舰确认。

09:18:28［航空指挥部］：命令已下达，克里斯·帕克。投放 10 秒倒计时。

09:18:31［哈马尔 11］：安德森·豪斯，我必须再问一次确认。

09:18:33［航空指挥部］：这里是母舰，克里斯·帕克。确定投放。五，四，三，二，一。投放、投放、投放。

克里斯·帕克，我是安德森·豪斯。你已错过空投区域。

……

克里斯·帕克，我是安德森·豪斯。请回答。

09:18:57［哈马尔 11］：收到，安德森·豪斯。我们有一些……空投仓的技术问题。

09:19:09［航空指挥部］：克里斯·帕克，我理解你。没人因此兴奋，但我们得完成工作。改为 270 空域投放。

……

这是命令，克里斯·帕克，不是建议。

……

克里斯·帕克，请回答。

09:19:31［哈马尔 11］：收到，安德森·豪斯。正在转向 270 空域。

09:19:35［航空指挥部］：收到。按计划进行。

……

克里斯·帕克，投放倒计时，五，四，三，二，一。投放、投放、投放。

09:20:10［哈马尔 11］：安德森·豪斯，我是克里斯·帕克。小家伙们不动了。见鬼……

09:20:22［航空指挥部］：克里斯·帕克，我是安德森·豪斯。请再讲一遍。

克里斯·帕克，你的状态？

我们在雷达上看不见你了。克里斯·帕克，请回答。

克里斯·帕克，请回答。

……

File NO. 1587

采访地球防卫队科学部主管富兰克林博士

地点：纽约州，纽约市，地球防卫队总部

——外星人毁掉了马德里。

——不是，富兰克林博士，不是外星人。

——看啊！什么都没剩下。全都完了。

——我很清楚，马德里确实从地球表面被抹掉了。但该责备的不是外星人。那是我们自己干的。

——什么意思？我们炸掉了马德里？

——远不止轰炸。大约 20 分钟之前，一架美国 B-2 隐形轰炸机向西班牙首都投放了一枚 B83 核弹，其当量为 1.2 兆吨。没有可见的爆炸，也没有腾起蘑菇云。电磁脉冲摧毁了西班牙境内所有的电子设备。一束大约 32 英里宽的明亮白光覆盖了整个城市3秒钟，消散之后，一切就都消失了。只余那个硕大的外星机器人，矗立在有史以来最大的巨坑底部。

——我不信……新闻说，是外星人发动了袭击，就像伦敦那样。

——要不然你希望新闻怎么说？说西班牙民选政府要求北大西洋公约组织向一座拥有600万人口的城市投放核弹？

——有多少人能在他们投下核弹之前疏散？

——没有疏散，也没有预警。他们想要绝对保证能击中目标。就那么干了。

——是你干的吗？

——我和这件事没有任何关系。我曾试图阻止他们，但我不得不接受这样一个事实：和这场危机波及的范围相比，我所拥有的所有影响力都相形见绌。我已经开始觉得，这些年来，我对世界的掌控变得……松弛了，但也有可能我根本就出不了什么力了。

——不是这样的。这些只是……异常情况。

——恐怕未来的日子里，这种“异常”还多的是。

——也许不会的。

——富兰克林博士，我认为我的责任之一，是督促周遭的人将注意力放在他们的工作上，不问外界情况如何。我最不愿意的就是成为别人的负担，或是让我个人的感受阻碍大家前进的进程，但是在这个非常时期……你笑什么？

——你是在跟我求鼓励？

——我宁可去找阿莉莎，如果她在这儿的话。

——开玩笑！话说回来，她去哪儿了？

——我派她到伦敦去检查其他幸存者了。

——那之前在这儿的那些幸存者呢？

——和阿莉莎一起上飞机了。我看不出他们还有什么必要留在这儿。

——所有的？

——有一个人除外。劳森先生，很不幸，没走成。

——那个记者？他怎么了？

——他犯了心脏病。

——什么时候？怎么犯的？

——我不知道他心脏有旧疾。他在审讯现场倒下了，我们没能救活他。

——审……你对他用刑了？

——是的。因为大多数都是，大约……是的，我对他用刑了。

——为什么？

——我以为他知道些什么。他不知道。

——他死了。

——死了。

——我不知道该作何反应。你想让我说这不是你的错吗？

——不。我对他的死负有全部责任。询问之前我应该先弄到他的医疗记录的。我大意了。

——困扰你的不是你把人折磨死了，而是之前忘了查医疗记录？

——别这么苛刻，富兰克林博士。意志坚强、聪明机智的人刚刚朝自己的国家投下了核弹。而 12 小时之前，美国政府在墨西哥边境枪杀了 600 多人。那些可都是手无寸铁的男人、女人、小孩，他们只是想寻求庇护。

——我们现在就变成这德行了？

——这个问题我问过自己很多次。想要和你见面的人——可能是外星人后裔的那位——曾经提起过，如果我们看起来不够有担当，建造忒弥斯的人也许会选择把我们送回石器时代，好让我们再花上几千年慢慢成熟。我想他的话就是这个意思。我有时会思索，我们需要的是否恰恰就是这个。

——一个崭新的开始。

——一个崭新的开始。

——你把一个人折磨死了，我原本应该觉得震惊。但我没有。我想我正变得和你一样愤世嫉俗。

——我并不愤世嫉俗。不过我们确实是非常不同的两个人。

——也没那么不同。

——噢，非常不同。不论你以为自己改变了多少，你和我，我们仍然是两种动物。

——我认为你想错了。

——那我问你：你是否相信美国政府在入侵伊拉克之前，就大规模杀伤性武器一事对民众撒了谎？

——这有什么关系吗？

——回答问题。

——是的，我相信他们撒了谎。

——你觉得那么做是错的吗？

——你这是什么意思？当然是错的！

——为什么？

——……

——因为撒谎不对？

——诸如此类吧。

——你看，我也认为入侵伊拉克是错误的，但理由与你完全不同。当时，有权有势的人认为——其中有些人确实那么想——中东地区的强大军事存在对我们的生活方式影响巨大。他们相信民主、言论自由、我们珍视的一切，都取决于我们在中东的军事存在。想象一下你也如此相信这些吧。简单点说，以某种不可解释的神秘现象来想象，你就会知道这的确是真的。如果建立重要军事存在的机会增加了，你会因此对美国人民撒谎吗？

——不，我不会。

——这就是我们之间的根本区别。你不会为了巨大的利益去牺牲自己的原则，而我会忍不住考虑一下。我是个……实用主义者，而你，富兰克林博士，你是个理想主义者。

——这有那么糟糕吗？

——一点儿也不糟糕啊。要是没有了理想的保护，像我这样的人还能干什么呢？

——我认为你的良心正面临着考验啊，因为你已经跨越过太多界限了，推着你走到这一步的一切，你都在想办法把它们合理化。你之所以这么做，是因为你认为这么做对。

——我之所以这么做，是因为我认为还有拯救人类的微渺机会。我从来就没觉得这么做对。

——那么这之后呢？我猜劳森先生并没有招认外星大反派的计划吧。

——没有。不过，我还是有所发现的：他对外星气体的免疫能力，很可能是遗传自远古外星访客。我现在可以很肯定地说，在人类进化的过程中，除了智人还有其他分支，但显然我们完全没有意识到这一点。

——暂且不论好赖，我觉得你这看法可能是对的，否则外星人避开他们就说不通了。阿莉莎有什么说法？

——目前还没有得出任何结论，但她已经在夜以继日地工作了。我必须承认，我很少见到有人能像她一样，对某件事情如此热情高涨。如果她失败了，那肯定不是因为她没努力。

——她确实很有献身精神，尤其是对一个女人而言。

——……

——怎么了？

——外星机器人出现在中央公园北端。

——这里？

——恐怕是。请打开电视好吗？

——看。它已经放出气体了。

——多久会抵达咱们这里？

——怎么办啊？

——富兰克林博士，多久？

——每小时25英里的话，估计……5分钟，或者更快。

——我们得保证忒弥斯的安全。外星人有可能在我们撤离后毁掉她，我们不能冒这个险。

——我给文森特打个电话，他可能还在机库。

——很好。我这就叫其他人到停机坪去。

——别。今天早上尤金乘直升机去了华盛顿。把大家带到联合国总部去，气体到不了20层楼的高度。

文森特？我是萝斯。纽约出现了外星机器人，距离这里大约两英里……对，文森特。它已经释放气体了，所以我们没时间了。你想办法带忒弥斯离开这里吧……我不知道，某个安全的地方。除了这里，哪儿都行。是的，我知道。我会把其他人送到那儿的……谢谢你，文森特。也祝你好运。

对讲机……按钮在哪儿？这个。注意，注意，我是萝斯·富兰克林博士。这所建筑中的所有人，你们需要立即疏散。这座城市正在遭受攻击，致命气体将在几分钟内抵达此设施。请立刻前往联合国总部主楼，顶层。这不是演习。重复一遍：你们必须撤离这座建筑，到主楼20层以上的地方寻找掩体。重复：这不是演——

——可以了，富兰克林博士，我们得走了。

——你怎么还在这儿！我还以为你去盯着大家撤离了。

——我是去了。他们已经都走了。要是不管你就自己离开，那我也太不绅士了，富兰克林博士。

——你先走，我马上来。

——你要干什么？

——我不能丢下我的笔记啊。

——计算机里的文件每天晚上都会存档。

——我知道。我把所有的事都记在记事本上了。

——为什么要那么做？

——这样你就不会监视到我所有的东西了。

——要是能活下去，我可得记着你这一次冒犯。怎么停下了？

——……

——富兰克林博士，为什么那样看着我？

——我想时间不够了。

——除非你还能提供另外一套方案，否则“冒险试试”也强于干坐在这儿，等着感受你曾提及的那种“极不愉悦的体验”。

——无尘室。玻璃封闭的。

——你确定它能把咱们和气体隔离开？

——我不知道。它的生物安全等级为三级——

——你确定我们没法儿及时赶到主楼？

——非常确定。

——那就去无尘室。

——跟我来……进来。一旦所有门都封闭了，就什么都不能进出了。气体必须穿过玻璃墙壁才能接触到我们。

——这里没有通风系统吗？

——我关上了。几小时之后，这儿的空气就会耗尽，但这也足够支撑到气体消散了。

——二氧化碳中毒好像比外星访客对付我们的招数好一点儿。

——你就不能说点儿好听的？

——你和我都读过同样的报告，你也跟幸存者聊过了。我们现在做的这些，他们当时都尽力试过了，却还是没能躲过那气体。再说，这里和外面隔着至少6道门。如果气体能侵入这么深的地方，那隔不隔着一层玻璃也就没什么区别了。这有什么特别的？

——它很厚啊，它……我说不好。但要是你在那儿释放某种空气传染病毒，它就能保留住病毒。肯定有效。

——很高兴看到你有了新的求生意愿。

——这不是你说的吗，那不是好的方式……算了。我还是想跟你的那位朋友谈谈。

——如果你愿意的话，我现在就可以给他打电话。

——为什么不能等这一切过去呢？我希望同事们都及时赶到联合国总部了。

——他们还年轻，可以一路跑。我相信他们会赶到的。

——希望他们两分钟前赶到了那儿。你看正门那里。

——还有墙壁，也穿过来了。

——要不了多久就会灌满整个实验室的。

——但愿这些玻璃比实验室的墙壁更牢靠。

——这玻璃可贵着呢——

——我们就祈祷纳税人的钱花得是地方吧。我可不想因为有人偷工减料而送掉小命。

——答案很快就能揭晓了，现在四周都是气体了……看吧！我就跟你说这里是安全的。

——看看下面，富兰克林博士。

——不！气体从地面渗进来了！

——也穿过了玻璃。

——不！不对啊！

——仔细看看。

——怎么会……？我还以为——

——这是个好主意，富兰克林博士。来跟我坐在一起。

——它进来得很慢。

——没错，玻璃显著地拖慢了气体蔓延的过程。你的钱还是花得很值的。

——我的意思是，*真的*很慢！我们可能还有时间。它得——

——富兰克林博士，气体消散需要几小时。就算它以这种速度蔓延，要灌满这屋子也只需要 10 分钟、20 分钟而已。

——如果我打开通风设备——

——富兰克林博士——

——那气体就能有个——

——富兰克林博士！

——我不想死！

——我知道。过来，跟我坐在这儿。

——看来我是没机会见到你的……那位朋友了。

——也许是吧。你有没有什么想问的？或许我能回答你。

——……

——富兰克林博士？

——什么？我想知道的事……太多太多了。

——我们可能没时间聊那么多。如果你只能问一个问题，那会是什么？

——很简单。你是谁？你为谁工作？

——我说了，只能问一个问题。

——我——

——没关系，这两个问题的答案是完全一样的。我……谁也不是。

我曾经是一名大学教授，在蒙哥马利学院教美国文学。我以前……和现在判若两人。我结婚很早，太太希望我成为一名作家。我永远也……她得癌症死了，当时我们的儿子才 12 岁。

——对不起。

——多谢你。那是一段艰难的日子。我可能算不上世界上最差劲的父亲，但要独力抚养一个孩子还是远远不够好。亨利，我儿子，似乎很容易就能原谅我的种种不足。我们有一阵关系很不错。父母往往觉得自己对孩子的生活方式负有很大责任，可他们的影响力与孩子的朋友、爱人根本没法儿比。我儿子 15 岁的时候遇见了一个女孩，她是美国参议员的女儿。那姑娘不错，比我儿子大 1 岁。我以为她对我儿子会有正面的影响，但结果是我儿子把坏毛病传给她了。他以前试过吸毒，但是没钱满足毒瘾。我太太去世后，我选择留下房子——我想给儿子稳定的生活——所以还完贷款之后就几乎没什么钱了。但是那个女孩有钱——她父母有钱。两个叛逆期的年轻人坠入爱河，以为此情无限期。可几个月后，他们却成了孤魂野鬼。我以为夺去儿子性命的是可卡因，但没想到，其实罪魁祸首是酒精。他们在去音像店的路上，迎头撞上了一辆酒驾车。

那个司机有两次酒驾入狱的案底。他以交通肇事杀人罪被起诉，却因为血液样本遭到污染而被判无罪。

——你肯定愤怒极了。

——是的。我一无所有了。我太太和我有很多朋友，但他们是她的朋友，所以她不在了之后，他们很快就把我忘了。我丢了工作，也没了房子，支撑着我的一切就只有愤怒。我从银行取出了账户里的所有余额——差不多 1000 美金——让亨利的朋友拿这些钱全买了可卡因。然后我查出了那个司机的住址。我穿上最考究的衣服，跟他的房东说，我是政府的人，就这么进了他的屋子。我把毒品藏起来，走了，接着匿名报了警。

——有效果吗?

——当然没有。我曾在好几个场合明确向警察表示过不满，他们没用多久就发现了那个神秘的“政府的人”到底是谁。打完电话 4 小时之后我就被捕了。我早知道会被抓住。我没戴手套，他们很快就能在可卡因袋子上检出我的指纹。

——然后怎么样了？

——他们把我放了。两个人——穿着比我那身更考究的衣服——把我带出去，然后开车送我回了家。一周之后，我收到了一份邀请：参议员请我去他家。

——跟你儿子约会的那个女孩的父亲。

——没错。我当时还不知道他的身份。其实他是参议院国土安全和政府事务委员会的高级成员。县官不如现管。只是打了几个电话，我就重获自由了。我们长谈了一番，谈了父母心，谈了我们所在的这个世界，还喝了很棒的威士忌。

——你们提及那些不幸的事了吗？

——一句也没提。将近 1 个月之后，我又收到了他的信息。我们在华盛顿的一家意大利餐厅碰了面。他说我身上同时具备勇气和愚蠢，但这些能让我达到目的——

——伸张正义。

——不是。驱使我的不是什么不公正的感觉，而是纯粹、彻底的愤怒。我想要的就是复仇。参议员跟我说，想要达成目的需要更大的赌注。我告诉他，我不会去杀掉那个害了我们孩子性命的司机，我记得当时有一种特别羞愧的感觉。然后他就问我，有什么是我可以牺牲的。我松了一大口气。我一无所有，甚至连想要活下去的愿望都没有，所以就毫不犹豫地给了他答案。

吃完饭之后，我被带到了城外的一间小公寓，有个护士来给我抽了血。我不知道到底抽了多少血，但那之后我在床上躺了整整两天。有个人在门口丢下一个大信封，我就起来了。信封里有 500 美金，一张银行卡，还有一张当天报纸的复印件。第三版上写着：杀害大学教授的凶手已被捕。那个害了我儿子的司机，在自家床上被逮住了，他什么都不知道，但是身上全是血——我的血——地上还扔着一把刀。我家被洗劫一空，里面有打斗的痕迹，客厅地毯上有一大摊血。目击者说看到他的车停在波托马克河边的路上——

——继续讲啊！

——抱歉。我看着你鞋子边的气体走神儿了。

——噢，天啊！

——等我们从这一切中脱身……也许我们可以在这张桌子边继续刚才的谈话。富兰克林博士，你抖得像片叶子。

——我们就要死了，不是吗？

——人总是要死的，富兰克林博士。我把胳膊搭在你的肩膀上会有些不礼貌吗？啊，我讲到哪儿了？

——你死了。

——哦，对。尸体一直也没找到。我远远地旁观了自己的葬礼。没几个人来，这让我可以更容易地和之前的生活一刀两断。

——你是怎么样为……你一直没说过，你到底为谁工作。

——当时我也不太确定，不过很快就清楚了，就是那个参议员。他有自己的私人日程表，而我就用各种方式帮他推进。那张银行卡让我得以接近中情局的一笔受贿基金——是参议员挖出来的。他让我找个安静的地方待着，于是我就选了北维吉尼亚的一个小镇。那是我太太出生的地方。直到大约 1 年后，我才再次有了他的消息。伊拉克库尔德内战之后，他帮人担保了几份重建合同，惹得国防合约审计局盯上了他。他想让我“说服”国防合约审计局放他一马。我拒绝了，当然，不过事情是明摆着的：我在这种事上没有发言权。

——那你怎么办呢？

——我买了一身更考究的衣服，然后跟国防合约审计局局长见了面。

——你就坐下来跟他谈？

——我还以为我能说服他。

——结果呢？

——我在这方面的能力并不像我以为的那么好。我又被捕了，这次是被联邦调查局。

——那个参议员又把你弄出来了？

——没错，是的。联邦调查局局长亲自来找我，带我出去走了走，问他能不能帮上忙。我跟他说，我需要他来对付国防合约审计局。第二天，国防合约审计局局长就卷入了一场卖淫丑闻，不得不辞职了事。那之后，执法部门和情报界就知道有我这么一号人了。我有好几次想弄清楚联邦调查局到底有什么问题，但都只是徒劳。又过了几年，我听说那位联邦调查局局长当时接到了总统办公室的电话，电话里说我是为“一个为美国最大利益服务的组织”工作的。这类说辞我听过很多种，但这个是我最喜欢的。

——我猜，你不再跟那个参议员干了。

——噢，是的。那之后不久他就死了。骨癌。

——既然不是他，那你现在在为谁工作呢?

——唔，那议员是唯一一个知道我全部情况的人。我没有名字，但在情报界的名气越来越大。我有一张银行卡，四处旅行了几个月，然后我突然意识到，也许我的位置很独特、很微妙，能给世界带来一些正面积极的变化。

——你肯定不是这么简单。你是想告诉我，根本没有什么躲在幕后、操纵世界种种的秘密组织吗?

——我想告诉你的是，如果真有这样一个组织，那么我从没听说过它。我也肯定不是为那种组织工作的。这些年来，我在世界各地都有了联络人，可以利用的手段也比以前显著增加了，但我确实不是为某一个人工作的。不知你问的是不是这个。你或许会称我为……自由职业者。

——我……这太荒唐了！那别人就相信你?

——为什么不相信呢？我有他们最想要的东西啊。

——是什么?

——心灵的宁静。人们选择相信我，相当大的一部分原因是，这样可以让他们睡个好觉。我们生活的这个世界是可怕的。战争、全球变暖、疾病、贫穷、恐怖主义，这些都令人惊恐。每个人都是，那些有权势的人更是如此。他们害怕这个世界，害怕自己在其中扮演的角色。他们吓呆了，被责任麻痹了，因为害怕做出错误的决定而无法选择。我便提供救赎和心灵的宁静。我以全知全能、拨乱反正、力挽狂澜的全球机构为形式，向人们兜售

“神”的观念。

——为什么要这么做?

——啊!1999年，土耳其一处考古遗址中发生的事引起了我的注意。现场发现的证据——虽然不那么确定——让我相信，拥有先进技术的生物可能在几千年前就出现在这个地区了。

——你知道?还是有人意识到这个了?

——我并不知道。我只是推测。国家安全局向你在芝加哥的研究项目提供资金时，我了解到你童年的发现，立刻就有了兴趣。

最重要的是，我将这个项目视为潜在的遗产。我所做的事，需要……需要一种特殊的心态。在这方面，它和执法部门没什么两样。我开始思考：我可以一件一件地把世界上的坏东西除掉，直到一点儿不剩。但不幸的是，世界并不是这样运转的。也许它就是需要某种平衡才能运转下去。不提是什么原因吧，反正我很快就明白，自己要做的就像是在泥里挖一个坑。把一个坏人从权力中枢剔除，1年后，你所替换上位的那个人仍然会败坏腐烂。警察阻止醉汉殴打自己的妻子，醉汉不会故技重施的概率能有多少?警察真的在阻止坏事发生吗?还是仅仅把不可避免的坏事延后了?我渐渐明白，善与恶远不是我能左右的，唯一在我控制下的只有时间。我可以与时间赛跑，创造时间差。我无法让世界真的变美好，但我可以让它的某个部分在短期内变美好。我以此获得宁静。但有的人就不行。我刚才说了，这需要一种特殊的心态。

但是，随着年纪渐长，你就会发现，不能继续挖坑的时刻总会到来，也会明白那些坑迟早全都被泥巴填死，好像你从来就没存在过一样。要承受这些越来越难了。在我这样的工作中，永恒就是我的圣杯。我认为这是一个可以留下痕迹的机会。

——如果你能回到过去——

——也许能吧。

——是啊。你希望事情有所不同吗？

——除了世界末日以外的事？

——我不是这个意思。你愿不愿意过上……正常的生活？

——我希望儿子没有死，我希望太太还在。如果这些是不变的，那么我很可能还是会选择同一条路。这条路并不好走，但总的来说，我觉得自己做的好事多过伤害。

——我想这是我们所有人都在求索的。

——我有一个遗憾。

——什么？

——我希望有人能把我开了头的事进行下去。我从没想过自己的时间也会不够用。我曾经希望找个继任者，找到这么一个人……把他护在羽翼之下。我寻找的是——

——一个儿子。

——……也许吧。我想留下某种形式的遗产。有一度我还以为库蒂尔先生是个不错的候选人呢——

——现在选他也可以。

——现在他有家庭了，有孩子了。他有太多可失去的东西。我刚才说，一度觉得库蒂尔先生是个不错的候选人，后来我发现，理想人选其实是你啊。

——我？

——必须是你。你聪明，有献身精神。你没有家庭，也没表现出想要成家的意愿。我第一次见到你时，你还太天真，太……脆弱。但你重新出现后，就变得更有韧性，不再那么——

——我还想自杀呢。

——只是一时判断失误罢了。我的意思是，你在面对世界抛过来的种种时，不再那么……容易受伤了。我能肯定，过去的你是绝对无法在这些天来的打击中迅速重整自我的。

——你是指我他妈的那几天什么也没干吗？

——我刚才说你可以取代我，这绝不是恭维。

——你做的那些事我干不来。我又不是……詹姆斯·邦德！

——我寻找的可不是勒索各国政要的人。我希望我的继任者能保护好忒弥斯档案，保存好这些改变世界的大事件的记录。就是说，我已经收集了大量的敏感信息。如果让你知道了我知道的事，你就可以从任何一个人那里得到自己想要的任何东西。

——谢谢你想到了我。但我——

——抱歉插一句，我们好像已经没有什么可爬的了。不爬了吧？

——气体已经盖满了我的脚。你有什么感觉吗？

——目前没有。

——它们会怎样呢？你的那些档案？

——我不知道。在我的——要称之为“职业生涯”我还真有些犹豫——收集到的东西都存在一个保险箱的硬盘里。钥匙和存取卡在我上衣的口袋里。我只能希望，来帮我们收尸的人有足够的好奇心和冒险精神。最近期的文件在 U 盘里，也装在上衣里了。听了这段录音，要弄清密码就很容易了。

——是什么？

——我儿子的名字。

——再跟我多说说关于你的事吧。

——你想知道什么？

——不知道，什么都行。讲讲你是怎么认识尤金的，你们两个好像很熟。

——那可是个有趣的故事，但是讲起来也很长。富兰克林博士，认识你是我的荣幸……［咳嗽］

——喂？

喂？……［咳嗽］

File NO. 1588

任务日志——地球防卫队顾问文森特·库蒂尔

地点：纽约州，纽约市，地球防卫队总部

——我是文森特·库蒂尔。我在一号机库旁边的控制室里。大家都走了，我让他们去联合国总部了。如果能及时赶到顶楼，他们应该不会有事的。我希望萝斯也能赶到那儿。机器人出现的时候她正在实验室里，离主楼可远着呢。

我从保险箱里拿了备份驱动器，还有些通讯设备。其实我也不知道冲出去的时候该抓些什么。但愿这建筑别被毁了，那样的话，抓不抓都无所谓了。

我希望自己能打得过那家伙。之前已经死了很多人了，但它出现在我们的家园，这就太不一样了。我们的邻居，街对面干洗店里的小伙子们，不知道他们有谁活下来了。也许没有人幸存。我有路可逃，而他们没有，这感觉太糟糕了。我甚至都不敢相信，自己会为咖啡店里的混蛋感到遗憾，他可一直都对卡拉横眉立目的。我现在要去一号机库了。

擦咧！差点儿忘了！我得在我们的柜子那儿停一下。卡拉的柜子里有一些她的私人物品：一张她妈妈的老照片，我送她的小玩意儿。我有一张大卫・鲍罗斯[1]的签名照。噢，我的结婚戒指还在那儿呢，为了这个我也非回去不可啊。要是我死在那儿了，请转告我太太，我是为结婚戒指而返回的。她肯定很感动。

——她会觉得你是个超级大白痴。

——卡拉？是你？噢我的天啊！快过来！你真是疯了！

——好了，松开！你要勒死我了。

——抱歉。

——文森特，这是伊娃。伊娃，这是文森特。

——……

——文森特，你没事吧？

——没事……

——那倒是说句话啊，你们俩。

——很高兴认识你，伊娃。你想看看忒弥斯吗？

［她在这儿？］

我想应该是的呀。

——文森特，我有很多事得跟你说。

——我已经知道了。我们那位“朋友”告诉我了。

[1]《星球大战》中黑暗尊主的饰演者。——编者注

——那个混蛋，我要——

——以后再说吧。我们真的得走了。离这儿1英里的地方，有个大机器人正在释放有毒气体呢。这边走，伊娃。

——我们有多长时间？

——不知道。气体扩散得很快。也许，3分钟？她是不是……？

——我也不太确定。你不觉得她有点儿像我吗？

——不是“有点儿”，是简直诡异。

——嘘！她就在咱俩后头呢！

——她知道了吗？

——不知道。我还没告诉她。她已经受够折腾了。她……她有些暗黑。

——有多暗黑？最喜欢的乐队是“治疗乐队”，诸如此类？还是“面目可憎的我应该被活活烧死”那种暗黑？

——她……她不是你想象中的那种小孩。前1分钟她还是个正常的10岁小姑娘，可后1分钟就像——

——像什么？

——她谈论垂死的人，谈论他们的感受。她很……暗黑。她目睹了自己父母的死亡。

——可怜的孩子。

——是啊。俄罗斯人比我先到。3个人在午夜破门而入，当着她的面把她的父母打死了。

——你在哪儿找到她的？

——海地。

——海地？你是怎么跑到那儿去的？

——我知道他们不能带她搭乘商业航班，那附近的私人飞机也没有带俄罗斯标志的。我推测他们会在几个岛之间中转，然后飞出古巴。我的计划是一个港口一个港口地找，希望有人会留意到3个口音奇怪的大汉。很走运，我只试了一次就成功了，就在圣胡安。他们租了一艘船，要去多米尼加共和国——我在码头上碰见了船长的太太。我在蓬塔卡纳追上了他们，然后跟着他们一路在岛屿间中转，一直跟到了太子港。

——那你又是怎么带着她回来的？别告诉我你打翻了3个克格勃[1]啊。

——我还以为他们是雇佣兵呢。没有。我贿赂了海地警察，把他们逮起来了。对了，现在我们可没钱了。

——噢，好极了。我太太把我们所有的积蓄都送给了坏警察。

——也不是所有的。我还租了车呢。

［哇塞！］

——对，我们到了！这么亲眼看着，她显得更大了，是不是？你想进去看看吗，伊娃？

［真的可以吗？］

当然，真的。咱们去兜兜风。

——你确定我们可以让忒弥斯走出去吗？我们可不能带着伊娃上战场啊。

——噢，我们不是要“走”……我也有好多事得跟你说啊。对

[1] 1954年至1991年期间苏联的情报机构。——编者注

了，你怎么能在我失踪的时候擅离职守呢？

——我以为她有危险。

——那我就没危险啦？我被卡在海底了好吗？

——真的啊？

——对啊，不过我想说的是——

——我不知道该怎么办！我只能眼睁睁地看着大家忙乱着找你！在路上的时候我就觉得……妈的！

——怎么了？

——电梯不工作了——

——我正担心这个呢。我估计 5 分钟前就没电了。

——可是灯还亮着呢！

——是啊。我走进控制室的时候听见了发电机启动的声音，但电梯可能没跟它连着。你知道吧，这就是说——

——你行吗？

——试试看吧。每次我们乘电梯的时候，我都会看着那架梯子想：谁会傻到要爬那玩意儿啊？

——伊娃，电梯不工作了，所以我们得从那架大梯子爬上去。文森特第一个爬，你跟着他。

——为什么我得第一个爬？

——相信我，文森特。如果有谁的脚在你脑袋上方晃悠，那么你肯定会往下看，而你不想往下看。

［我害怕。］

——我们俩也害怕啊，伊娃。

——文森特恐高，你得帮他保持冷静。上吧，文森特！我们没时间可耽搁了！好。现在轮到你了，伊娃。你一直看着文森特就好。我就在你后面。

——驾驶舱有多高来着？

——想点儿别的吧。你刚才说你被卡在海底了？

——当时我以为自己就要死了。我不确定眼下这节骨眼儿谈这个好不好。这样可以让我不去想自己怎么个死法吗？

——那就别提这个了。你的手掌出汗了吗？这些横杆一沾湿就会变得很滑啊。

——哈！哈！太好笑了！伊娃，西班牙语的“混蛋”怎么说？

——别接茬，伊娃。他就是想转移注意力。文森特，说到“混蛋”，你刚才说那位“暖融融先生”都告诉你了？

——对啊。他都说了。你偏偏是从瑞恩那儿知道这件事的，我看这让他觉得别扭极了。

——去他妈的。

——我跟他说你气疯了。

——我没气疯。我只是不想再见到他了。永远。

——很好。真高兴我想错了。要是你生气我也会恨他的。

——你不恨他吗？他也对你撒了谎啊，你知道的。

——也不完全是那样……哎呀，我们太粗鲁了吧。还是说点儿别的吧。伊娃，我完全不了解你。跟我说说你的事吧，什么都行。

［我不——］

说说吧！这能让你的注意力离开梯子。好吧，别介意，是让我的注意力离开梯子。我不了解你，但我怕得要死——以一种……很有男子气概的……方式。跟我说点儿好玩儿的事。

［唔……你知道我为什么叫这个名字吗？］

因为伊娃·贝隆？

——伊娃是从波多黎各来的，不是阿根廷。

［这是个机器人的名字。］

——那可真是有意思啊。

——噢，赞啊。你抓住他的注意力了，现在。

［我出生的那天，刚好是地球防卫队成立大游行的日子。我父母都是很厉害的极客，科幻小说的超级粉丝。他们从来没见过忒弥斯这么了不起的东西，于是就想给我也起这个名字。但他们又想到，大家都给孩子起这个名字了，所以就用了另一个机器人的名字。］

机器人？

［对。"伊娃"在西班牙语里是很普通的名字，但也是一个大型机器人的名字。它来自我父母特别喜欢的一部日本动画片。那部动画片太老了，我从来没看过。］

——"伊娃"是"新福音战士[1]"的意思？太酷了！

——当然了，文森特知道它。

——对啊！它超棒的！不过我们的这个更大。

——伊娃，我看你现在有粉丝了。

[1] 新福音战士的英文为"Evangelion"，所以伊娃说她的名字"Eva"来自新福音战士。——译者注

——我……我们看过这部动画片的 DVD 啊，你知道。

——噢，是吗？

——是啊！

——好吧，好吧！如果伊娃从来没看过，那我们就刚好可以一起看啊……他笑了，是吧？

［是啊。你也笑了。］

我估计我是——

——对了，虽然没有机器人的名字那么酷，但我的名字也有来头，是个电视人物的名字。

——是吗？谁啊？

——朗·普尔曼[1]，带妆的。我妈有一回跟我说过，说她在怀我的时候特别喜欢看《美女与野兽》。是法语的，对，而且给琳达·汉密尔顿配音的人口音很做作。但我妈就是很爱看，而且还直呼“野兽”的名字：噢，文森特！结果她就这么给我起了名。

——你怎么从来没跟我说过？

——我有点儿忘了，真的。

——你父母给你起了个“野兽”的名字，真特别。

——噢，我说了嘛，那是我妈的心思。我觉得她肯定没跟我爸商量过，要不然他绝对不会同意啊。不过我也想象不出我爸会花太多时间来给孩子起名。这名字可能是我妈自己起的。

［嘿，你们俩？有白色的东西涌进屋子了。］

[1] 美国一位受过传统演艺训练的知名影视演员，代表作品《美女与野兽》。——编者注

见鬼！

——这正是我要说的。文森特，你能爬得快一点儿吗？只要再快一点点就可以了。

——这已经是我最快的速度了。气体灌满屋子要多久？

——唔，反正一秒一秒地越涌越多了。还是得快点儿。伊娃，你试试——

［啊啊啊啊啊！］

没事的。我拉着你呢。

［你还好吗？］

还好。你的鞋差点儿把我的耳朵剐掉，但是没事。

——你们俩怎么样？我不想往下看啊！

——我们很好，文森特！继续爬啊！伊娃，爬！快爬！就算你掉下去我也会抓住你的。

［卡拉？］

怎么了？

［你应该跟我换个位置。我要在你后面。］

我们已经这么爬了，伊娃。文森特，还有几步就到了。

——我已经爬到顶了，但是够不到舱门啊。

——只有几英尺远。你一只手抓梯子，另一只手去够。

——我做不到！

——你当然做得到！左手抓住梯子，右臂伸直！

——我够不着。

——你得看着啊，文森特！快点儿！在那边！往右挪一点儿。

你做得到！现在退到下一级横杆上，抓住边缘！

——我害怕啊！

——你做得到！松开左手，腿使劲蹬。使劲！对！你做到了！爬进去，接着伊娃……伊娃，我要你紧贴着竖杆，把腿搭在这个横杆上，让我从你和梯子之前爬过去。好了，我抓住你了。文森特，我们没时间了。我会用我的右臂把她举上去，你必须接住她。

——快点儿，气体就在你下面了。

——我知道！准备好了吗？好了吗，伊娃？走！抓住她！抓住了吗？你抓住她了吗？

——抓住了！来，伊娃！进来。

——没时间了，文森特。关舱门吧！

——卡拉，别犯傻！伊娃，你自己用力往里爬。我得到你的另一边去接卡拉。坚持住，卡拉！我来了！

——没有时间了。

——有！1 秒就够了！

——你现在是个父亲了。照顾好她。

——不！不要！

——我爱你。

——别关门！卡拉！不！

[别叫了。]

卡拉！伊娃，你让开！

[不。]

我叫你让开！

[要是你打开那扇门，我们都会死的。]

外面的是你妈妈!

[我知道。但她已经死了，现在。]

Part 4
至　亲

File NO. 1591

私人日记——地球防卫队顾问文森特·库蒂尔

“别犯傻！”

这就是我对卡拉说的最后一句话，我和我太太的诀别之言。我没说“我爱你”，却告诉她她是个大傻子。已经没有意义了……事情不该是这样的啊。她本来不会……只要我提早1秒钻进忒弥斯，爬得再快一点点。这绝对不应该。我发誓我不会因为自己不够强壮而让别人失望。但我害怕，而且不够快。现在，她死了。她早就知道。开始爬之前，她就知道会是这种结果了。所以她才最后一个爬。

一开始我就不应该做什么试验。我应该跟她一起去。我才是那个……我跟她说过好几百万次我有多想要个孩子。她以为我不能去，所以才自己去找那个孩子了。而我干了什么呢？什么也没干。

我已经发现了，却迟疑不前。我没有向自己的太太伸出援手。我没有去找我们的女儿。他们说他们会派人去，而我就说……那好啊！我是个懦夫！我是个骗子！

至于父亲，我肯定不是了。开什么玩笑！我什么也不是。父母应该保护他们的孩子。我做不到。我连自己的太太都没能保护好。我从来都做不到。是卡拉在保护我。卡拉关上舱门的那一刻，这个孩子就同时失去了父母。疯狂的是，我原本可以把它再打开的。我会毫不犹豫地打开舱门，然后大家一起死。我会在同一天害死自己的太太和女儿。但伊娃拦住了我。她才10岁，就救了我一命。

我不知道该如何说服自己，说自己做得到。在我看来，这太……

问题在我。我应该抱住自己的小女儿，自豪地看着她在我的臂弯里享受安全感。我应该跟她讲讲我对这个世界的认识，而她就听着，大睁着眼睛，笑着。她需要我的时候，我就会出现在她左右，那感觉应该很好。我绝不会大喊大叫，只会安静倾听，看见她幸福快乐，我自己也会觉得很不错。我应该是个很棒的父亲，我们应该是个很棒的家庭，就像我8岁时街对面的邻居特伦布莱一家。他家的小孩跟我年纪差不多，棒球打得很好。他的父母从来不吵架——至少我认为是这样——所以他们总是笑盈盈的。我们算不上朋友，但某个夏天，我们一起出去逛了几小时。他家还有游泳池呢。我们下午吃了肯德基。我想成为他，我想要他那样的家庭。也许那就是我一直以来在追求的东西。

卡拉知道那样的家庭是什么样的。她知道变成那样要付出什么，也知道我还没准备好。她要是和瑞恩在一起就好了。全世界我最恨的就是那个混蛋。但我恨他也正是出于这个原因。他不会爬得这么慢，也根本用不着第一个爬。如果有必要，他同时背着她俩都行。

现在，世界正在走向终结，我也把自己推向了末路。几百万人都死了，我的悲哀没什么特别的。但我害死的那个人，是能够拯救世界的人啊。忒弥斯再也不能战斗了。她现在只是个镇纸了。我尽了全力，不出去看她。我受不了。走进那个球体，看着卡拉的那套装备悬在顶壁，一想这个我就承受不住。在那里面，我总是背对着她，但我能感受到她的存在。我追随她的声音，追随她的呼吸。没有卡拉，就没有忒弥斯。

现在我没用了。我帮不了萝斯。我帮不了伊娃。我不知道自己应该怎么办。

File NO. 1593

对联合国大会的演讲——地球防卫队司令尤金·戈文达准将

地点：瑞士，日内瓦，联合国总部

主席先生，秘书长先生，大会成员，女士们，先生们，我今天在这里……我今天在这里要向诸位……啊，去他妈的讲稿！

我本来应该向诸位通报我们目前情况的概要，但你们已经知道了：真他妈有大麻烦了。我们把一切都押上了。地球上有 13 个外星机器人，它们都有能力在一纳秒内把自己送到这颗星球的任何一个地方。它们还可以瞬间释放出一种气体，几分钟之内就能杀死方圆 20 英里内 99.95% 的人类。我需要指出的是，它只杀死人类；猫、鸟、虫子，全都安然无恙。在过去的 5 天里，每个机器人都这么干了两次，只有马德里的那个除外——它没机会了。截至目前，伦敦、东京、雅加达、德里、开罗、加尔各答、巴黎、墨西哥城、圣保罗、约翰内斯堡——我必须换口气——北京、首尔、孟买、布宜诺斯艾利斯、伊斯坦布尔、卡拉奇、班加罗尔、深圳、圣地亚哥、金沙萨、利雅得、吉隆坡、悉尼和纽约，已经全是没有人烟的鬼城了。莫斯科废墟一片，人口为零，马德里则仅余一个弹坑。

你们可能还听到了传闻，说我们失去了一名飞行员。传闻属实。卡拉·雷斯尼克上尉死了。两天前死于纽约。我们正在制订应急计划，不过它奏效的可能不大。这就意味着，目前，我们只能将忒弥斯用于运输。她可以瞬间移动，但是没法儿走路，也不能打斗。此时此刻，她正躺在深林里，盖着树枝和伪装网。

那些外星机器人对……唔，我们掌握的所有方法……都是免疫的。请问问印度，他们的地面攻击取得什么效果了。俄罗斯在莫斯科投入的火力比“二战”时还多，但毫无用处。就连核弹也没起作用。我再说一遍：*核弹没起作用*。在未来的10年里，全欧洲有一半人都得因核辐射而荧荧发光了，可马德里那个机器人还是好好地站着呢。上次我们开会的时候，这些后果我可全都跟你们说了，可你们不听我的。你们吓坏了，而且像吓坏的人那样做了一堆蠢事。你们现在必须停下来，不要再强攻了。你们赢不了的！它们比我们先进，比我们强大。占上风的是它们。

我从你们的脸上看出了期待，你们希望能听到些积极的消息。但现在的情况没有任何乐观可言。已经有超过1亿人死亡了——1个亿。这个数字可能还会增加。公民自由受到了限制，到处都是如此。诸位所代表的政府，大多实施了某种形式的戒严令。我们正在失去生命，失去生活的方式，我们正在失去——优势位置。

我也失去了某个……某个非常亲近的朋友。他正是我今天站在这里的理由。他让我卷入了这场混乱。我不想要这份工作，也不想当什么司令，但我了解军队。而这些？我是个军人，我最最不愿意做的，就是跟你们这些人打交道。可他认为这是一件善事，他说服了我。在座的有些人知道我说的是谁，你们应该明白，他多有说服力。老实跟你们说吧，我真的指望他能让一切好起来。可是他没有。他死了。太多人都死了。我差点儿就失去了所有家人。我很幸运，他们还在。我知道你们当中有些人没这么幸运，我向你们表示最深切的同情。今天，很多人都沉浸在悲伤中。我无论讲些什么都无法……开解一二。

我仅有的一条好消息是，它们现在暂停了杀戮。它们已经有 36 小时不再释放气体了，所有机器人都是。它们没有移动，也没有任何动作。

这是为什么呢？我他妈的一点儿线索也没有。也许它们是想看看，我们会不会丢核弹把自己炸死吧。这种情况会持续多久？我不知道。

那么……我还待在这儿干什么呢？我想要的是什么？在我有答案之前，还是先来说说诸位一直避而不谈的事吧。你们为什么要听我的？失去了唯一一件武器的地球防卫队还有什么用？好吧，我不知道我们还有没有用！我不知道谁是有用的。我所知道的、之前就曾经告诉过你们的是，如果这场要命的混乱还有解决方法，也绝不该是军事上的，而应该来自我们的科学团队。我们没有可供使用的强大机器人了，但我们仍然拥有最重要的东西：聪明的人，强大的大脑！他们现在正在一处山洞里工作着，努力地拯救这个世界。就让他们好好干吧。

也许有办法阻止这一切，也许有某种东西能中和那个气体。就算我们没办法了，还有那些幸存者呢。每两千人里就有一个人幸存。他们不是简单地躲过一劫，而是彻底对外星气体免疫。我们也不知道这是为什么。他们是很幸运，但他们大多也曾眼睁睁地看着挚爱的人在自己面前死去。要是我们能复制出使他们……不死……的东西……唔，肯定人人都想来一片吧。

地球防卫队的车库里有一个……保安，我还不太清楚他的名字。今天早上，就在我出发之前，他说："长官，你看，它们没准儿就那么走了呢。"看上去真他妈的天真啊。我特别想给他后脖子上来一巴掌。他可能看出来了，因为他做出了防卫的姿势，然后说："没准儿啊！"你们知道吗？他是对的！它们没准儿就那么走了！事实是我们对这些家伙一无所知。我们不知道他们为什么来这儿，不知道他们在想些什么。我们不知道他们如何思考，就算知道，我们可能也无法理解。我假设他们不会离开，所以会继续工作，因为他们现在收拾行李、打道回府没有意义啊。但意义也不是必需的。迄今我们应该弄明白一件事，那就是我们并不是宇宙中最了不起的生物，当然也不是最聪明的。宇宙中存在很多我们无法理解的东西，这才合乎逻辑。

我还抱有希望。我相信一定有解决的办法，只是需要等待。办法总会有的，至少我是这么想的。如果我们不能在这场浩劫中活下来，那么一定是因为我们太愚蠢、太自私、太贪婪，以至于无法找出办法。

我意识到，有件事我一直都做错了。我任凭自己的自尊心作祟。我以为……我仍然认为我们幸存的最大希望系于地球防卫队。我以为你们这些人只是些碍事的家伙。我忘了，地球防卫队应该是这间屋子的延伸，你们都应该是其中的一员。让你们袖手旁观、什么也不做，我真是太蠢了。天啊，我真不该那么做。我知道，在这件事上，你们拥有的权利和我们一样。我知道你们也想要伸出援手。

今天早上，我已经下令将外星气体的相关数据与在座诸位所代表的政府共享。你们现在应该已经拿到了。我知道你们很多人都在研究治疗方法，要是还没有着手，那就赶快让最优秀的人参与进来。该死，让最差劲的人也加入。你永远也不知道哪块云彩会下雨。我们还将与各国共享有关机器人的信息，所有信息。这些信息将对所有人开放。今天晚上，这些数据就会挂到地球防卫队的网站上。全世界都应该知道。我们活下去的关键，也许就掌握在某个地方的某个特别聪明的孩子手里。请确保他能知晓资料。这就是我希望诸位做的事。请帮助我们。别再派你们的军队徒劳送死了，别再发射导弹了。请帮帮我们吧。

我心怀希望。

我要说的就是这些。现在，你们回家吧。回家，告诉家人，你爱他们。几十次，几百次地告诉他们。趁你还能做的时候赶紧做吧。如果我们能活下去，也还是要一直这么做。到头来，这才是最重要的事。

File NO. 1594

采访地球防卫队顾问文森特·库蒂尔

地点：堪萨斯州，莱内克萨市，影子政府地堡

——你可以坐着，文森特。

——谢谢你，萝斯。我还能叫你萝斯吗？

——为什么不能？

——不知道。你坐的是他的椅子，你正在录音。坐在我面前的是你而不是他，这感觉很怪异。

——相信我，坐在桌子这一边的感觉更怪异。

——你确定他死了？

——我就在现场，文森特。

——我知道。我只是以为……以为他能狡猾地逃脱，要挟上帝，说自己手里有他的裸照什么的。

——他在最后时刻表现得很有人性。他真的很喜欢你，你知道吗？

——是啊……我想是吧。瑞恩把我的腿撞进墙里，我在医院醒来的时候，他正坐在床边。他肯定坐了好几小时。其实他让医护人员叫他一声就好，但他还是选择留下来。这些年来，我一直都特别想知道，他要的到底是什么。时间久了，我就习惯了，觉得他可能就是关心我吧。话说回来，也许他认为获得我的信任对这个项目很重要。谁知道呢？

——也许二者兼而有之。他确实关心你。看起来是挺奇怪，但你是他最为亲近的人。

——他叫我“库蒂尔先生”。

——那只是表示尊重。

——真是怪人。我希望能多了解他，我想知道他到底是谁。

——……我也是。

——萝斯，我——

——怎么了？

——我不想让你误解。我很高兴，真的松了一口气，你还在，还安全，但你是怎么——

——怎么在气体中活下来的？我也不确定。阿莉莎已经从伦敦回来了，正在研究我的血样。我估计我和其他幸存者一样存在基因异常的情况。

——这是不是说，你是……？

——外星人？混血外星人？不知道。我猜应该是吧。我一直都非常想弄清楚，以前的我到底是谁。而这只是——

——他们会不会改变了你的 DNA ？在他们……送你回来的时候？

——10 年前，他们说我的基因图谱与我的——好吧，她的——完全符合。他们说我就是“我”。他们当时很可能漏掉了什么。我得等阿莉莎多做一些测试才能知道。说实话，这多少让我松了口气。如果我不是萝斯·富兰克林……我知道这听起来很怪，但是——

——你完全可以按自己的方式去感受啊。你早就知道你不是……我疯了。对不起。我不是那个意思。

——不是，不是！我就是这个意思！谢谢你。另一方面，如果我是他们中的一个，如果我确实有某些外星血统，那么他们选择让我起死回生也就说得通了。

——为了救一位远房表亲，似乎麻烦重重啊。我认为你们那些人可能这整件事都办错了。

——也许吧。但愿还有更好的解释。我们一直在说我的事，你呢？你还好吧？

——我……我也不知道自己是什么感觉。我还……麻木着。

——如果有谁能哄过死神，我觉得那肯定是卡拉。

——是吧？我就知道。往死神脸上吐口水，打掉他的牙。是我害死她的，是我的错，你知道吗？

——文森特，这——

——不不，就是这样的。如果我爬梯子时能再快一点点，如果我不那么恐高，如果我第一下就抓住了舱门……有太多“原本可以”了。我只要再提前——多少？两三秒——到那儿就好了。卡拉就不会死了。我就还有太太，伊娃也就还有……称之为“妈妈”的人。但是我没做到，于是她掉下去了。她死了，不再存在了。她以前是活生生的一个人，现在不是了。

我挺聪明的，知道自己还没接受已经发生的事。我可以叙述，可以解释，你知道。卡拉死了。我太太死了。但这还不是真的。我无法相信，自己竟会对你说这些——一想到这些我就觉得自己是个大混蛋——但我最想知道的是，她掉下去的那一刻，在想什么。她会怪我吗？我不希望她最后的思绪是自己怎样被丈夫害死。这太糟糕了，不是吗？多自私啊！我啊！我啊！我啊！

10年前，我害死你的时候——

——文森特，别说了。

——请让我说完。我曾经害死了你，那感觉和现在有些相似。但是你那次，感觉立刻就袭来了。痛苦、内疚。对某个人的感觉再也不会有了，立刻就能意识到这一点。也许是因为世界就要走向末路了吧，可这就像是在拍电影啊。是……模糊低沉的，瓮声瓮气的。

我的脑海里一遍一遍地回放着她掉下去的那个画面，某个时刻我才能理解它的意义吧。舱门关上了，但我还能看见她。就算我一直盯着看，那画面也不会更清晰了。她坠入虚无之中，双臂张开，没入了白色烟雾的海洋，然后就消失了。重复。她坠入虚无之中，双臂张开，没入白色烟雾的海洋。再重复。

——你哭了吗？

——我哭了吗？事情发生的时候我哭了，在忒弥斯里面。我哭了好长时间。但是那之后，再也没哭过。为什么这么问。

——我也没哭。卡拉是我最亲近的朋友。我可以试着解释她之于我的意义，但这已经无济于事了。我知道。但是我没有哭。昨天，我目睹了一个男人的死亡，就在我的面前。我还以为下一个就轮到我了。纽约死了多少人？200万？300万？卡拉也死了。今天我就又来实验室了。已经司空见惯了。文森特，别折磨自己了。没有哪种感受是真实的了，没有了。

你笑什么？

——我在想卡拉。那个……没什么的，只是些傻乎乎的回忆。

——不行，我想知道。

——我有没有跟你讲过我们的新婚之夜？

——跟我说说吧。呃，也不用全都说。

——噢，我可以把整个来龙去脉都告诉你。我当天是跟一个推销员共度良宵的。鲍勃。不，是真的，他就叫这个名字。典礼结束之后，酒店还有个招待会。但宾客们一开始慢慢地离场，卡拉就拽着我和她的几个童年伙伴去了他们以前常去的酒吧。地方不怎么样，但我们玩得挺开心。我和她的朋友还跳舞来着。

——卡拉不跳舞。

——对，她不跳舞。可是她在台球桌上赢了所有人。卡拉是能够……能够玩起来的。她喜欢打台球。她的朋友一直给她买酒，买了好多。酒都不重样。一群有家庭有工作的成年人，假装自己二十几岁，这么玩上几小时，他们很快就会犯蠢。卡拉喝了一杯……我记不清了，之后就吐在了台球桌上。真是乱套。我们当然被轰出去了。我只好耍了个诡计，才说服工作人员让我们回去。

——呃，那个……“诡计”？

——噢，你不知道吗？

——我没被人从酒吧轰出去过。

——我跟他们说，我们玩得很高兴，正聊着自己的事呢，这时有个戴白袜队棒球帽的孩子闯了过来，吐到了我的脚上，弄脏了我的鞋。我到洗手间去，把鞋擦干净，但卡拉看了觉得恶心，自己也吐了。你懂吧。你们这些人是怎么搞的？竟然有人吐在别人的鞋上！这可是我的新婚夜！

——那你们又进去了吗？

——当然。20分钟后，卡拉和两个调戏女生的家伙吵了起来。她根本不认识那个女孩啊。可他们把她惹毛了。他们到外面去干架了，所以我们也没再被轰出去。

——卡拉赢了吗？

——你说呢？卡拉可能不胜酒力，但她随时都能把两个混蛋打趴下。不过她摔在一块碎玻璃上了，手伤得厉害。

我们打了个车回酒店，可费了九牛二虎之力。卡拉几乎走不了路，而且还在流血。我们费劲地想用那傻不拉几的塑料片打开房门，声音肯定很大，把隔壁的鲍勃吵醒了。他一开始气坏了，但后来就看到了卡拉的手。伤口很深呢。他说我们必须给伤口消毒，然后绑上合适的绷带——卡拉手上贴了个创可贴，是我们离开酒吧前贴上的。于是我们就坐在走廊里，等着鲍勃到大堂去拿急救箱。结果酒店没有急救箱，我们只好把卡拉放在鲍勃房间的沙发上，然后坐着他的车，在城里转来转去地找便利店什么的——只要没打烊就行啊。等我们回来的时候，卡拉已经睡熟了。我想叫醒她，但她睡得死死的。我们清理了她的伤口，缠上了洁白的绷带——好吧，是鲍勃弄的——然后就让她继续睡了。我只好跟鲍勃干坐了一夜。他不知道我们是什么人，所以我们就在小酒吧里喝了个海涸河干，聊了聊在中西部推销管道产品的事。有趣的一夜。

——真遗憾，你的新婚之夜没有洞房花烛。

——不不，我说真的呢。那一夜很有趣啊。

——我想念她，特别想念。

——她就像姐姐一样爱你。

——……伊娃怎么样？她是叫这个名字吧？她好吗？

——伊娃……伊娃挺好吧……我猜。她已经知道了。反正她早就知道卡拉是她妈妈了。

——她怎么知道的？

——我也不明白。我还没跟她谈过这个事。我觉得这意味着她也知道我了，知道我是她爸爸。可我现在不能当那个。

——文森特，你总得当她的什么人啊。她现在一无所有了。

——这正是……正是我想跟你谈的。我——

——怎么了？

——我想请你照顾她。

——文森特，这——

——只是照顾一阵。我需要离开一阵。

——她需要你。

——可我现在对她没好处。

——文森特，她从小认知的父母，在她面前被人杀死了。她发现卡拉是她的亲生母亲，第二天又目睹了她的离去。现在，世界面临着末日，她在这座地下军事基地里举目无亲。她需要的是自己的父亲，而不是从没见过面的奇怪女人。她需要你，而且也没法儿等着你走出悲伤。你不知道该怎么当她的父亲？好啊！她也不知道该怎么当你的女儿。你们得共同渡过难关啊。

——我不是说，她这一辈子我都要躲起来默默守护了。我只是还没准备好当她的父亲，现在，今天。

——文森特，我觉得你没听懂。没人在乎你有没有准备好，这不取决于你。你是她的父亲，这一点你是无法改变的。

——……

——卡拉知道了会怎么说呢？

——这不公平。我现在不知道该怎么办啊！我做不到！我觉得那孩子比我做得好。

——我刚才说了，我还没见过她。

——你没让她到卡拉的位置去试试？

——她是未成年人，文森特，我需要征得她父母的同意。那就是你。

——你还没问过我。

——因为我估计你会说“好”。

——你不想让她试试吗？

——噢，我想啊。我很好奇，跟所有人一样。我还有点儿希望咱们能奋起反抗呢。但如果她是我的女儿，我是不会让她靠近那个机器人的。

——我也想跟他们干一仗。我不愿意这么安静地待着。我……我太想为卡拉报仇了。但我不希望伊娃的人生里只有暴力。

——你会怎么做呢?

——我不知道。

——你说你需要离开。那就带上她一起走。

——去哪儿?

——随便你想去哪儿都行。

——我可以——

——什么?

——我可以，或许，带她回加拿大。找一处安静的地方，离城市越远越好。你知道，就是给她尽量正常的生活，哪怕只是短短的一段时间也好。

——很美好的想法。

——不，不美好。是很蠢的想法。那是电影场景：小木屋，小溪流，小女孩在草地上玩。我可不是农夫。就算我是，也买不起农场！我们最后只会睡在车里，四处乞食。

——你没有车。

——我也没有携带 10 岁儿童过境的证明。

——我估计现在没人在意这些了吧。

——噢，他们可在意呢。觉得加拿大更安全的人可不止我一个。成千上万的人在边境集结。目前，他们已经用上了催泪瓦斯和橡胶子弹。有十几个人已经死了。我看他们不会让任何人过境的，有证明也不行。

——你可以留在这儿。这里没有小木屋和草地，但是安全，至少目前是。

——我不太确定，对伊娃来说，到底什么算是“安全”。他们也许根本不准她离开。

——“他们”是谁？尤金在日内瓦，阻止各国继续轰炸自家人民。这里的负责人现在就是我。

——伊娃的门口有警卫。

——为什么？

——你心里清楚。我们是外来客，萝斯。在地球防卫队也许你说了算，可这儿是美军基地，到处都是美国军人，他们不会服从我们的命令。

File NO. 1597

采访“烧伤”先生，职业未知

地点：华盛顿特区，杜邦环岛，新唐朝中国餐厅

——早上好，富兰克林女士。我可以叫你萝斯吗？真是久仰大名了！

——当然可以。你希望我怎么称呼你呢？

——“烧伤”先生就可以。我得保留一些匿名性，至少一半吧。

——你和……我们共同的朋友……有些共同之处。

——我们的共同之处比你想象的多。他会被人怀念。虽然我不知道是谁，但就是有人想念他。我肯定会想念他的幽默感。他可是个有趣的家伙！

——我不确定自己会不会用“有趣的家伙”来形容他。

——或许你只是缺了点儿幽默感。接到你的电话我很惊讶。你竟然还知道这个地方，这更令我惊讶。

——他都记在笔记里了。

——你读过了吗？我嫉妒死了！里面都说什么了？

——新唐朝，杜邦环岛。“烧伤”先生。宫保鸡丁。

——还有什么？谁杀了肯尼迪这你也知道了吗？

——没有半个字是关于肯尼迪的。

——差劲。你该看看菜单，服务员很快就会过来了。

——我大概会点宫保鸡丁吧。

——他们可能还没准备好呢。我从没有这么早来过。而且鉴于最近发生的事，这家店竟然还没关门。

——抱歉，我真的需要跟你谈谈。

——当然！谈谈！我能为你做些什么，萝斯·富兰克林？

——我是我吗？我是萝斯·富兰克林吗？

——希望如此啊！要不然我可就坐错地方了，而那边那位女士一脸刻薄相。看看她，好像要用叉子叉人似的！

——她可能是个很好的人。有很多长相和善的人实际上一点儿不和善。

——你说的可能没错。我们确实会因为第一印象而歧视别人。但那个女人除外。我知道她就是刻薄。看看那双眼睛！啊！终于来了！

[您可以点菜了吗？]

好的！我的朋友要宫保鸡丁。我要……算了，两份宫保鸡丁，两份凉茶。

[马上来。]

谢谢。

——你还没回答我的问题。

——真的吗？“我是萝斯·富兰克林吗？”你大老远的来华盛顿就想问我这个？

——他说你会——

——我说我会跟你谈谈，尽可能明白地解释一下发生了什么。那是几百万几百万地死人之前。可现在呢？砰！我不是我！严肃点儿，谁在乎这个呢？

——我在乎。

——你知道，我们的那位“朋友”可有趣得多！你出了一场车祸，醒得比自己以为的晚了点儿。仅此而已。可以继续了吗？

——他说我是个复制品。

——噢，扯淡！我还以为你——至少是你——能理解这意思呢。如果能让你感觉好点儿，那么我会说，带你回来的那套设备我也用过十几次。你没听我抱怨过这个吧。我还是复制品的复制品呢！

——这对我很重要。我必须知道。

——好吧……你认为你拥有灵魂。你认为自己是特别的。“你只是一堆物质”这个念头让你觉得自己不特别了。唔，你不特别，不比宇宙中其他伟大的东西特别多少。

——那不是——

——别插嘴。等一下。我要给你看样东西……这个！你知道这是什么吗?

——这是一张“创生之柱”的照片。它是鹰状星云中的大量气体和尘埃。这张照片是哈勃望远镜几年前拍的。

——你还真知道!

——我喜欢这张照片。我一直对这个很着迷。

——你喜欢的是什么?

——它是个恒星摇篮。那个区域的气体云塌缩,形成新的恒星。

——它很大,是吧?

——噢,是啊!

——有多大?

——整个星云吗?我不太清楚。可能有数万亿英里宽吧。

——好,所以它是超大的一堆尘埃。你觉得它有什么让人着迷的地方?

——唔,它就是让人着迷!巨大的星云,比我们能想象到的任何东西都要大。然而在整个宇宙中,它只是一个小点。它不停地往外喷恒星!恒星可能会拥有行星!

——而某些行星上可能拥有生命!其中一些生命是有知觉的。

——对!太令人敬畏了!那是——

——神?

——也许。

——它也消失了,你知道。创生之柱。它的光线传播到这儿,被拍成照片的时候,它可能已经不存在了。

——可能是吧。

——那么你，萝斯·富兰克林，造就你的物质和造就创生之柱的一样。不多一点儿，也不少一点儿。这就是你的特别和伟大之处。

——……

——我想说的只有这些。希望这能教会你以无灵魂的自我活下去。你出车祸的时候，我，和我的一些同事，对你进行了高分辨率的扫描。

——你在现场？

——我扶住了你的头，所以它才没撞到车门上。你死了之后，我们就用扫描结果来重建你。你是不是曾经存在过，这二者根本没区别。我向你发誓，现在的你和过去的你在成分上是一样的。

——我——

——嗯？

——你钱包里总是放着鹰状星云的照片吗？

——对啊！

——为什么？

——我喜欢这颜色。现在我们能说点儿有意思的话题了吗？我真的好想念那个老家伙啊，你懂的。

——为什么要救我？为什么带我回来？

——唔，我想想啊。因为这样你就不会死啊。应该就是这种想法吧。

——可为什么偏偏是我呢？

——我都开始怀疑自己了。因为你很重要。

——他死前也这么说。我不重要！我不是救世主。你刚刚才说过，我并不特别。无关紧要，你说了。

——我没说你是死而复生的。可能“重要”这个词不太对。“有用”是不是好一点儿？你是有用的，这样可以吗？

——有什么用？我知道这和外星人的到来有些关系，可是……我不……不够聪明，无法独自力挽狂澜。

——唔，你确实没有那么聪明，但也足够聪明了。足够了。这不是智力竞赛，你懂的。如果我们想要个天才，那我们就会选你的同事了，是叫阿莉莎吧？

——可你选了我？

——天啊！你还真是不太聪明！怪不得我们得帮你。

——帮我？

——你孩提时曾落在一只巨手上，然后以那只巨手作为研究课题，还把它变成了你的第一份工作。这过程可不是那么……方便。

——你在说什么？

——我在说，来自普通学校的A减成绩学生通常是不会被重点研究型大学录取的。

——你的意思是，是你让我进的芝加哥大学？

——把你弄进好学校算是容易的部分，把你弄进物理研究所——

——我不相信。我一直都热爱科学，自打我记事起就喜欢。

——你确实挺擅长的。我们只是要确保你有机会得出结论。

——……

——你可以说话了。我说完了。

——你刚刚告诉我，我没有灵魂，我是不是复制品都无所谓，你说我这一辈子都是被人精心安排好的，我为之自豪的东西其实根本不是我应该得到的。我……我不太知道应该做出什么样的反应。

——啊，应该得到的。你当然可以自豪。所有的事情都是你自己亲力亲为的。我并没有替你做作业，找到机器人的也不是我。你只是时不时地需要被人提醒一下，好找到正确的方向。

——可为什么偏偏是我呢？为什么我是……有用的？

——噢，我可不想告诉你这么多。但这个问题你问了我两遍耶！

——……

——现在，你有什么好玩儿的想问我吗？你懂的，不完全关于你的一些事情。

——外星机器人为什么不再四处移动了？为什么不再释放气体了？

——的确是好玩儿的问题。

——那为什么呢？

——我不知道。你应该去问问它们。也许它们想休息一下，或是成立工会了。也可能是想给你做出回应的机会。

——我不明白。回应什么呢？

——我怎么知道啊？不过既然它们杀了那么多人，肯定是有理由的吧。

——我们在朝鲜用了忒弥斯，这可能激怒它们了。他认为那些外星人不希望我们用他们的武器自相残杀。也许仅仅是找到忒弥斯就够让他们生气的了。也许我们根本不该去找。

——我之前和咱们的那位朋友说过，他们才不在乎我们是不是自相残杀呢，也不在乎用没用他们的武器。再说，因为你们杀了些人，他们就要杀几百万人，这不是很蠢吗？他们真的不喜欢插手别人的事。

——不喜欢插手！他们正在把我们赶尽杀绝啊！我认为这就是插手。

——那么他们就可能是在寻找停战的理由吧。

——我觉得你想帮我们，又觉得你不想帮我们。这到底是怎么回事呢？

——这种句子完全没有意义。你听过渔夫和海鸥的故事吗？

——请讲，洗耳恭听。

——噢，我可有点儿喜欢你了！我要讲了。从前，阿拉斯加有一位捕蟹的渔夫。秋天，每天清早，他都要划着小渔船到海里去捕一些帝王蟹。他和伙伴们会到每一处下了陷阱的地方去检查——他们称之为“鱼篓”——拎起来，抓走大小合适的螃蟹，丢进一些饵料，然后再把鱼篓沉下去。有一天，渔夫正在分拣鱼篓里面的螃蟹，这时他注意到有一只小螃蟹——这些小东西是要扔回海里的——其实根本不是螃蟹，而是一只牡蛎。渔夫打开牡蛎壳，瞧啊，里面有一颗超级漂亮的珍珠。

他想着这颗珍珠将怎样改变他的生活，能给妻子和孩子买多少多少东西，然后就把珍珠放在舵轮旁边的小盒子里，继续当天的工作。他开始分拣另一只鱼篓里的螃蟹，这时，一只海鸥落在了舵轮上，用嘴巴叼起盒子里的珍珠飞走了。渔夫来不及阻止，只能眼睁睁地看着，他……整个人都毁了。他的梦想破灭了。绝望很快变成了愤怒。他觉得那只海鸥来偷走珍珠，就是为了要伤害他，所以所有的海鸥都是魔鬼，击破人的梦想的可怕的恶魔。

当然了，那只海鸥只是把它当作一口吃的，以为可以用来喂孩子罢了。而在海鸥巢里，没有一只小海鸥能嚼得动珍珠。所以它就被丢在那儿，亮闪闪的——小海鸥等待妈妈爸爸归巢时就看着它玩。

渔夫开始用枪打鸟。第一枪没打中，只是把鸟都吓飞了。它们还是围着渔船转，但是和那个轰然作响的东西拉开了一段距离。渔夫试着设置陷阱，可他不太擅长。海鸥每次都能毫发无伤地叼走诱饵。渔夫又尝试了弹弓，结果把自己的手给弄伤了。他瞄准海鸥扔爆竹，哎哟，真是馊主意。

最后，渔夫治好了手上的烧伤之后，带着毒药上了船。好多好多毒药。厉害了，这些毒药足以杀死阿拉斯加所有带毛的玩意儿。他往小鱼、面包，还有早餐松饼里塞了毒药——真丢人，那些松饼多好啊。他给所有东西都塞了毒药，然后扔进海里，给海鸥吃。有些海鸥吃了，死掉了，但更多的毒饵沉入了海底。你真该看看那些螃蟹都乐成什么样了。看呀，天上掉馅饼了！所有螃蟹都赶过来了，成了人们见都没见过的螃蟹大聚会。它们有螃蟹舞曲，还有个又长又窄的舞池，它们跳啊跳啊，一直跳到了凌晨。

到了早上，渔夫突然醒过味来。但已经太迟了。所有螃蟹都死了。他什么都捕不到了。他丢了工作，没法儿养家糊口了。村子里的人都一样，不得不离开。而那些海鸥，当然还在那儿。春日的一天早上，海鸥妈妈决定打扫打扫鸟巢。小海鸥长大了，可永远学不会整理房间啊。海鸥妈妈环顾四周的垃圾，觉得十分伤感。不过有一件事是肯定的，那就是她已经看腻了那颗亮亮的、圆圆的小球。她叼着珍珠飞起来，把它丢到了一艘废弃渔船的甲板上。

——……

——你觉得这故事怎么样？

——真是个……悲伤的故事？

——对啊，挺悲伤的。也许该换个快乐些的结尾。比如，海鸥因为挨了枪子儿很生气，于是开始往人们头上扔东西，石子儿什么的。结果有一只小海鸥找不到足够小的石子儿了，就把那颗珍珠扔了下去。珍珠刚好落在了渔夫的手上。这样好点儿没有？

——我不太确定……你就打算这么帮助我是吗？

——帮助？我只是以为你会喜欢这个故事啊！你好像快崩溃了耶。

——这故事里的比喻很吓人。我猜那些海鸥就是我们吧。外星人是不是认为我们故意偷了忒弥斯？

——噢，我明白了。珍珠可能是用来比喻忒弥斯的。真可爱！

——他们是不是认为我们偷了他们的什么东西？

——不。要是你问的话，他们也不捕鱼。不过，他们要是尝过螃蟹肯定会喜欢的。

——所以这些外星人根本不喜欢插手管闲事，但是觉得有必要……干点儿什么。我从你的故事里只弄明白了一点：他们可能是出于错误的理由才这么做。我们就是那些螃蟹，不然他们为什么要杀我们呢。可海鸥又是谁呢?

——喔，你正自言自语呢，知道吧。我做的已经太多了，超出原本应该的了，所以剩下的路就靠你自己了。从好的方面来说，你应该感到欣慰，因为你的成功就是你“应该得到”的。啊！上菜了！

——我能不能再问一个问题?

——是好玩儿的问题吗?

——我们是不是……亲戚?

——的确好玩儿。我们看起来像亲戚吗?

——我是问，我是外星人吗?或者有一部分外星血统?

——这到底是什么意思呢?

——我和你一样吗?你的祖先，很久很久以前的祖先，并不属于这个星球，对吗?

——如果不属于，那么对我有什么影响呢?让我更好，或更糟糕?

——我……我不知道该怎么回答。

——你应该知道。真的应该知道。

File NO. 1600

个人日志——地球防卫队顾问文森特·库蒂尔和伊娃·雷耶斯

地点：堪萨斯州，莱内克萨市，影子政府地堡

——真不错啊，伊娃。这是今天画的吗？

——昨天晚上画的。我睡不着。

——画的是……？

——是的，是你。

——是我？我的鼻子怎么这么大啊？

——只是画画嘛。

——画得好，伊娃。你很棒，是吧。床边的那幅是谁呢？

——我妈妈。

——你的——

——我在波多黎各的妈妈，不是——

——她叫卡拉。

——我知道。

——……你刚才说睡不着，是做噩梦了吗？

——唔……嗯。

——我也是。

——我讨厌这儿。讨厌这个睡袋，还有——

——还有什么？

——没什么。很傻。

——你可以告诉我。

——……

——说吧！

——我有——

——嗯？

——我以前有一只长毛绒海龟。跟你说了很傻。

——它可以帮你入睡。但现在没有。

——他们什么也不让我拿。那些人——

——如果是破破的地鼠，可不可以帮你入睡呢？

——什么？

——一只长毛绒……地鼠，差不多有这么大。

——不！那只海龟是妈妈给我的！

——地鼠也是……是卡拉的。我不知道它背后的故事，但是她把它和其他东西装在盒子里了。地鼠少了一只眼睛，有几处还皱巴巴的，但是它……好吧，是只地鼠。如果你想要，它就是你的了。

——……

——唔，考虑一下吧。我能不能问问你，在忒弥斯里面的时候，你是怎么知道……卡拉就是你的……亲生母亲的？

——我也不太肯定，就是觉得她可能是。她看起来很像……像我想象中的妈妈。

——那你怎么知道在波多黎各抚养你的人不是你真正的父母呢？

——他们是我真正的父母！

——抱歉。你的亲生父母。

——我妈妈是波多黎各人，爸爸是伯利兹人，而我却是……白人。7岁时，我弄断了好朋友的胳膊，因为她说了我妈妈的坏话。不光是她。所有的小孩，都说我妈妈到处跟人乱搞。有一阵，我自己都要相信了。我送朋友去了医院，之后父母就跟我解释了。我不太明白。我没看过妈妈怀我时的照片，也没看过自己出生时的照片。我不知道人是怎么生小孩的。

——……

——你看什么？

——你的眼睛和她很像。卡拉。

——……

——抱歉，伊娃。我不是故意要让你难受的。

——我能问你点儿事吗？

——尽管问。

——你想要什么？

——我只是来看看你怎么样了。

——我是说，你想要我做什么？你不是我的“真正的”爸爸。你没有抚养过我，只不过是给了什么样本——

——伊娃，我知道你很难过。你有权利难过。你失去了父母，后来遇见了卡拉，她也死了。但是——

——我还有一个。

——一个什么？

——一个妈妈。我还有一个妈妈。

——一个妈妈？谁？

——阿莉莎。

——什……阿莉莎？谁告诉你的？

——她创造了我，不是吗？

——我不相信。谁告诉你的？

——她告诉我的！

——你什么时候跟阿莉莎谈的？

——你不在的时候她来看过我。她说她在实验室里把我造出来，这样一旦你们当中有人死了，我就可能成为忒弥斯的飞行员。她说你想阻止她。

——让我捋清楚。阿莉莎来看你，然后告诉你，是她造出了你？

——对。

——……

——这是真的，对吗？

——这……这其实要复杂得多啊。

——你会告诉我吗？

——我会告诉你吗？现在不会！某一天也许会。让你听到了这些东西我真的很抱歉。

——不用抱歉。她是唯一一个没有对我撒谎的人。

——伊娃，你看，我不太确定，你是不是以为——

——我知道你和卡拉不想要我。

——卡拉不愿意被阿莉莎打晕，被绑在桌子上，违背自己的意愿取出卵子。这不代表她不想要你。她根本不知道你的存在。谁都不知道，除了阿莉莎。卡拉一听说你的消息，立刻就消失了。她违反命令就是为了去找你！当时情况很糟糕，死了很多人，但她还是去找你了。你知道她离开的时候我在哪儿吗？

——在哪儿？

——我失踪了。我驾驶着忒弥斯，被卡在海底了，当时谁也不知道我在哪儿。可她还是义无反顾地去找你，因为她担心你有危险。你明白我的话吗？在她看来没有比这更重要的事了。她这一生都没见过你，一次也没有，可你却是她在这个世界上最重要的东西。

——她不在乎我。她只想要忒弥斯的飞行员。

——卡拉是为了你才死的。你这忘恩负义的小家伙！放尊重点儿！

——我看见她死了。

——我也看见她死了。

——我是说之前。我之前就看见她死了，在梦里。我看见一个金属女人，就像忒弥斯，现在我才知道那是她。我以为她是向上坠入了云里。这没什么意义。我一直都做那些梦。他们以为我脑袋有毛病，他们以为我疯了。

——你看见她的脸了吗？在梦里？

——没真看见。那不……不太一样。但我知道那就是她。

——好吧，伊娃，我跟你说些事情吧。我也看见她坠落，在我的脑海里，一遍又一遍地坠落。我现在仍然能看见她。她向后坠去，胳膊张开，消失在白色的海洋里。你看见的就是这个画面，对吗？

——对。

——我也是。我能看见的只有这个。一遍，又一遍，再一遍。昨晚我突然想到，卡拉抛开了一切，只为了找到你。她抛下了工作，抛下了我，在世界最需要她的时候抛下了所有，只是为了确保你不会出事。为了救你，她愿意付出一切，牺牲一切。而她就是这么做的。她付出了自己的生命，救了你。这对她来说是最重要的事。所以，当她关上舱门，坠入白色烟雾的海洋中时，她的脸上肯定带着笑容。我知道的。她死得其所，死得骄傲。闭上你的眼睛。

——不。

——闭上眼睛！我要你看见她。卡拉。你的妈妈。看见她的脸上带着大大的微笑。她赢了。她和俄罗斯雇佣兵较量，和外星机器人较量。她和全宇宙较量，而她赢了。你妈妈是个到处惹是生非的家伙。我知道你还不了解她，但卡拉为自己感到骄傲时，总会笑得特别好看。自鸣得意，好像你绝想不到似的。让你想给她脸上来一拳。但是真的很美。

——你恨我吗？

——我为什么要恨你？

——你说卡拉是为了救我才死的。你要恨我也没关系。

——我不恨你，伊娃。如果我能快一些，卡拉就不会死了。如果我能像你们两个这么勇敢，她就不会死了。这不是你的错，相信我。再说，你也不像我这么了解卡拉。她要是知道我迁怒于你，肯定会气活过来的。她会从坟墓里爬出来给我一巴掌的。

——她死了，我很遗憾。

——我也是。

——举行葬礼了吗？

——没有。他们今天早上才会派人去联合国总部。1 小时前他们给我打了电话，找到了她的遗体。

——你会把她葬在哪里呢？

——我不会埋葬她。我也想啊，想有个地方可以纪念她。但她不想被埋起来，她觉得那样很恐怖。她连僵尸电影都不敢看呢。

——你可以保留她的骨灰。我朋友安琪就把她妹妹放在房间里了。

——不了。她不喜欢的。她应该想让我撒掉她的骨灰，然后办个聚会。你愿意跟我一起做这件事吗？

——撒掉骨灰？

——是啊。我会找人开直升机送我们去底特律的。应该挺合适。

——我还没坐过直升机呢。

——我也是。我恐高，记得吧。那就这么定了。只有你和我，还有直升机飞行员。

——……

——看，其实我也并不比你更知道该怎么做。不过我会尽力的。

——……

——你这是同意了吗，伊娃？

——好吧。

——很好，我们走之前要办好这件事。

——我们要去哪儿？

——不知道。我还没想好。得找个安全的地方。

——那我什么时候开始训练呢？

——什么训练？

——忒弥斯啊！我什么时候开始忒弥斯飞行员的训练？这不是你们想让我做的吗？

——你在说什么呢？我不想让你做什么啊！

——你不懂！这样可以的！我想做。

——伊娃……我知道你想要帮忙，但是——

——那是我应该做的事！

——伊娃，你才 10 岁！

——但我就是因为这个才被造出来的！被阿莉莎造出来的！我是……我是一件工具。我存在的目的就是这个。

——我……首先，阿莉莎并没有“造出”你，别再这么说了。她只是在实验室里花了 20 分钟而已。抚养你的那个女人才是怀胎十月把你“造出来”的。第二，谁他妈要在乎阿莉莎的想法？你妈妈……卡拉为了救你死了。如果我还要让你置身于危险之中，那我就不配当个父亲了。我不能让你出任何事，伊娃。我希望你尽可能地远离那个机器人。

——如果我们什么都不干，人们就会死的！

——人总是会死的。

——你就任凭他们去死吗？连试都不想试一下？

——如果这意味着护你周全，那么，是的。我就任凭他们去死。我是你的爸爸，伊娃。

——不，你不是！你别想指使我干这干那！

——伊娃！

——离开我的房间！

——伊娃，我——

——出去！

File NO. 1603

基地日志——美国国家海洋和大气治理署，太空天气预测研究中心

地点：马里兰州，银泉

——主任，你能过来一下吗？我们找不到太阳了。

——什么？

——太阳 X 射线成像仪不见了。

——你是什么意思？什么叫不见了？

——我说了呀，它消失了。GOES-13 上的太阳 X 射线成像仪不见了。

——卫星没有回传信号？

——没有。

——你确定不是你的测点？

——我的测点很正常。卫星刚刚停止传输。肯定有问题，长官。

——让开。我要查一查——怎么了，克拉拉？

[有点儿问题。]

唔，好吧，我们这儿有点儿忙。你先回你的测点，我忙完这儿的事就过去。

[我的卫星没信号了。]

没……你测的是哪个卫星？

[GOES-15。肯定出问题了，长官。]

不是吧，真出问题了。可关键是，两颗卫星不可能在同一时间发生故障啊。检查一下接收器。

——长官，是卫星的问题。我们接收不到来自任何位置的任何信号了。

——卫星的问题？又来这一套。不对，肯定是我们的设备有问题。

——不是。我们一直都在接收呢。但是只能收到各种各样的静电干扰。

——这下好了。我才刚调到这儿1个月！现在该怎么办呢？

——坚持住，长官——

——我不知道该怎么办啊。

——坚持住！国家航空和宇宙航行局想知道我们有没有收到联合极地卫星系统的数据。

——妈的！这他妈的没意义！我问一问国防部，看看他们有没有得到反馈。

——欧洲也不行了。他们的极轨气象业务卫星也没信号了。轨道上一点儿信号都没有了。所有人都在问我们呢。

——会不会是太阳耀斑？

——空间气象情况 1 分钟前还很好啊，长官。

[你们来看看这个！]

——这回又是怎么了，克拉拉？

[莫纳克亚山[1] 正在直播。]

那个天文望远镜？

[对啊。我请他们帮忙追踪我的卫星来着。应该就是这里。]

我什么也没看见啊。

[是的。]

你是说卫星的实体消失了？

[我不知道，长官。]

好吧，你能看见它吗？

[我没看见，但是——]

但是什么？

[我们看不到的不仅是这个。]

什么意思？

——长官，她的意思是，恒星也不见了。我们看不到恒星了。

[1] 美国宇航局在夏威夷莫纳克亚山安装有红外线电子望远镜“凯克”（Keck）。——译者注

File NO. 1604

采访伊娃·雷耶斯

地点：堪萨斯州，莱内克萨市，影子政府地堡

——你要求见我，伊娃。

——是的，富兰克林博士。

——我能帮你做些什么吗？

——我想当忒弥斯的飞行员。

——我认为这不是个好主意哦，伊娃。再说，这件事你应该跟你爸爸谈，而不是跟我谈。我知道你还没有足够的时间来适应这件事，但客观地说，他确实是你的爸爸。他得对你负责。

——他什么也不想做，也想让我什么都不做。

——这在我听来是完全可以理解的，伊娃。你还是个孩子，如果你是我的女儿，我也会确保你的安全。

——你不懂！他没法儿确保我的安全。没人能。我几天后就会死。你也会死。

——我知道你很害怕，伊娃。我们都很害怕。

——我不害怕。但我告诉你，我们很快就会死。

——没有人知道未来会发生什么，伊娃。现在的情况看起来是很糟糕，但我们真的工作得很努力，尽力来找出解决问题的办法。

——我知道怎么办！

——你怎么会知道呢，伊娃？

——我就是知道！相信我，行吗？

——你可以告诉我。你怎么知道的？

——你肯定会以为我疯了。

——伊娃，我还不太了解你，所以不会做出那样的判断。以我所目睹的一小部分而言，我认为你是个非常勇敢、聪明的年轻人。不管你告诉我什么，这一点都是不会变的。

——我看见了。

——你……怎么看见的？

——我能看见。我看见卡拉死了。

——你看——

——对！我看见她死了！几个月前就看见了。我还看见这个了，我看见它发生了。

——跟我说说。

——雨。我看见黑色的雨。雨从天空落下，不只是这儿，而是到处都有。我们都死了。我死了。

——对不起，伊娃，这——

——我就知道你会以为我疯了。

——我可没这么说。我只是……那你有没有看见阻止它发生的办法？

——没有。

——那你怎么知道，让你到忒弥斯里去试试，事情就会有转机呢？

——我……我不知道。可是——

——我刚才说了，伊娃。这件事不取决于我，你得去问——

——他不会听的！他根本不懂！

——他是你的父亲。

——别再说这些了！你不明白，对吗？他也会死啊！

——伊娃，回来……

File NO. 1605

采访地球防卫队司令尤金·戈文达准将

地点：堪萨斯州，莱内克萨市，影子政府地堡

——见鬼，萝斯！现在是凌晨3点！

——你得看看这个，长官。

——我累了，时差都没倒过来呢。快点儿吧。

——我们失去了来自轨道的所有信号。我们接收不到卫星的数据了，所有的卫星。通讯彻底断了。

——它们不传输了？

——可能还在传输。但有什么东西把它们屏蔽了。

——类似干扰信号？

——不是干扰，是屏蔽。我们无法知晓空间的任何情况了。看一眼这个吧。

——这是什么玩意儿？

——望远镜拍摄的图像。你看见什么了？

——我看见……这些黑斑是什么东西？

——没错。这些原本是恒星的位置。我认为那就是屏蔽物的来源。不管是什么东西屏蔽了我们的卫星信号，它在这些位置的能量更强。它屏蔽了所有东西，包括光。

——它在哪儿？

——它在……到处都是。目前我们可以定位的黑斑共计 18 个，都在我们地球周围。实际数量可能更多。

——这些黑斑有多大？

——我不知道。直径几百英里……几千英里吧。这取决于它们与地球的距离。

——黑斑背后是什么，你有想法吗？

——不管是什么，肯定有人不想让我们看见。

——鉴于目前发生的一切，我估计这不是一种自然现象。

——可能就是派机器人来地球的那个东西。

——它之前可不在啊。也许……见鬼！

——怎么了？

——我觉得他们是弄来了大杀器。

——为什么？我们又没有大举进攻。

——是的，富兰克林博士，我们没有大举进攻。但我们正在慢慢地死去。我一直在想，他们为什么要派十几个机器人来荡平一颗星球。一次只除掉一小片区域里的人，这是没有意义的。要覆盖的地面多着呢。他们的所作所为，更像是一场外科手术，好像是在寻找什么东西。我原本以为，他们不会有更厉害的武器了，但他们既然能造出这些机器人、制出那些气体……肯定也能够更猛烈地对付我们。

——那个气体的密度大于空气。如果他们在高层大气中释放它，那么它就会混合——

——那样的话，很快就能结束一切了。

——是的，长官。

——你有什么意见吗?

——我不喜欢这样。

——那你看我们有什么对策吗?我们没有可以朝它开火的东西了。

——我们要向什么东西开火呢?我们都不知道那到底是什么。不知道它有多大，距离有多远。我们可能根本没什么能做的。

——那么，富兰克林博士，我建议你回去睡觉。我也要去睡了。

——我觉得我们的时间不多了。

——你上次睡眠是什么时候?

——……

——那正是我所想的。回去睡觉吧，萝斯。早上我想让你去见一些联合国的人。他们正在制订计划 B，以防万劫不复。

——你去见他们不行吗?我手头有好多事呢。

——行是行……但是，再这么下去我会累死的。而且关键是，他们想见见在气体中幸存下来的人。他们想建一些全球性的基础设施，所以找些幸存者来或许能有帮助。第一步是创建一个可以由发电机驱动的、双向运行的无线电网络。我们想每隔几英里就配些对讲机，覆盖全国，以建立起可以安置幸存者的区域。他们想设计出某种类似蓝图的东西，好让人们可以照着样子建造社区。你的想法肯定对他们这些事有帮助。

——如果我们全部暴露在气体中，而幸存者的比例不变的话，那么整个美国将有 15 万人幸存。也就是说，每 25 平方英里内只有 1 个活人。他们必须面对的是超过 3 亿的腐烂尸体，以及老鼠、虫子。大多数人愿意集中在城市地区，但这些区域也是尸体最多的地方。疾病会以人类难以想象的速度传播。所以，第一步应该是处理尸体，寻找药物。医院是牵头建立新社区的好地方。食物应该能撑上一段时间，这个问题过一阵再考虑也行——

——好了，好了。我刚才说了，你能帮得上他们。但如果你不睡觉的话，那就没法儿帮任何人了。

——长官？

——怎么了？

——我不认为我……我活过两次，目睹了太多死亡。显然，我应该尽力阻止这种情况发生，发挥自己的作用。如果我做不到……如果我失败了，我不确定自己还有没有能力应对接下来发生的事。

——好吧，很遗憾，大灾难让你着忙了。现在回去睡觉吧。

File NO. 1613

地球防卫队卡拉·雷斯尼克上尉给顾问文森特·库蒂尔的信

——遗体携带的遗物

地点：纽约州，纽约市，地球防卫队总部

嗨，文森特！

我打算回家之后就销毁这封信，如果你读到了它，那就说明事情没能按计划进行。我在海地。我知道，我也想不到自己竟会到这儿来。但是我找到她了，我找到我们的女儿了。我应该从头讲起；你可能还不知道她的事。

她叫伊娃，是被人收养的。我们在波多黎各时，那个精神病阿莉莎把我们的孩子植入了一个女人体内。然后又由另一个家庭将她抚养长大。据我看来，那家人挺不错的，可是他们已经死了。坏蛋把他们杀了，从他们手里夺走了女儿。俄罗斯人认为她能驾驶忒弥斯。我不知道她能不能行，但这无所谓。现在他们抓住她了，要带她远走高飞，然后在她身上做实验。这种事我连想都不愿意想。我必须阻止他们。我不知道应该怎么做，但总会有办法的。无论如何，我都要把她找回来，我要带我们的女儿回家。

我原以为要解释好长一段，结果也没多长嘛。我还挺希望能写上一整晚的。我要睡了——睡不着，真的——这绝对是你见过的最垃圾的车。你肯定会喜欢的。所有的零件都用胶带粘在一起，臭得要命！像动物的死尸。现在我身上闻起来也是这股味了，像路毙的动物，像又旧又脏的机油。

来个贴切的总结吧！人人都在骗我们。阿莉莎在实验室里伪造出一个孩子。另一个女人把她生了出来。俄罗斯人追踪着她抓住了她。我真差劲！你可得加快速度了。

有太多东西得消化了，我知道。我们当爸妈了！多可怕啊！我知道你倒没什么，你总是跟小孩相处得很好嘛。可我还得好好适应适应。不知道为什么，我总觉得搞定那些俄罗斯雇佣兵反而是最容易的部分。踢人和揍人我还是很擅长的。可是，跟她的男朋友见面……我就不确定自己会弄成什么样了。你恐怕得拦着我，可别让我无缘无故地给他两拳啊。你懂的，就跟审查程序似的嘛。要是他能扛得住，那他可能就还算靠谱儿。我知道自己说得有点儿过头了。我还不确定我们能不能收养她。但我知道一件事：我不会把她交给任何人的。她会有危险。他们肯定会一直来找她，文森特。他们会追踪她追到天涯海角。我们必须得保证她的安全。鉴于目前发生的一切，也许不会有人在意什么狗屁收养法吧。最重要的是，我得从这儿脱身。

我总是记不住，你读到这封信的时候，我应该已经死了。以死人的口吻写信很难呐。该怎么跟你说呢？嗨，我死了！希望你还没死！祝好，卡拉。

我离开的时候，你和忒弥斯一起失踪了。我希望你没事。你不知道我有多希望你没事啊。我觉得我一个人会活不下去的。我撇下你就离开了，你可不要恨我。我只是不知道自己还能做些什么。你了解我，我不擅长干坐着。我帮不了你，但我应该可以帮她吧。

真希望你能跟我一起来。有你在身边的话我会好很多的。你知道我什么时候会做傻事。你会把手放在我的肩膀上阻止我，或是不阻止我、跟我一起犯傻。反正，一切都会好的。我愿意付出任何代价换取你的陪伴。看看你会不会把手放在我的肩上。如果你在这儿帮我出谋划策，我的感觉会好得多。

好消息是，伊娃现在是安全的。俄罗斯人一有机会就会杀掉我，但他们绝不会伤害她。所以要是我没成功，那么就得你去找她了。你一定要找到她，带她回家。寻求帮助。地球防卫队，美国政府，都可以。他们肯定想知道她能不能戴上那顶头盔。我不太确定应该怎么看这事，但他们至少会保护她。这很好。你得跟我保证，文森特·库蒂尔。你必须跟我保证，你会找到她，护她周全。

还有件事你也得向我保证。等你找到了我们的女儿——我知道你肯定能找到——千万不要变成别人的模样。我知道你最想要成为的父亲，并不是你父亲那样的。不要因此就改变自己。不要学他，也不要不学他。就做你自己。还记得我过去有多不开心吗？我甚至都不知道自己是不开心的，但我确实是啊。那是因为我以为自己必须得变成别人。那不是你的错。你从来没有要求过我什么。其实，就算我真的变了，你也不会高兴的。这一点我很肯定。我想说的就是：不要像我过去一样。不要因为你认为那是正确的、“正常的”，就强迫自己改变。她有个好爸爸，让她慢慢了解这个男人吧。

也别对她太严格了。如果她有点儿像我的话，那她可能也有些锋芒，会时不时地挑衅你。为了她好。有时你也需要锋芒嘛。如果她有什么地方像你……那你可就陷入麻烦的海洋了。她可能不愿意你在她身边晃悠。别感情用事。她的养父母也许非常爱她。他们抚养她长大，就是她的父母啊。她并不欠我们的。所以，要是她还没准备好接受一个父亲，那就先当她的朋友吧。只要陪伴她就好了。

让她成为自己想要的样子吧。她的生命可能不会太长。看眼下的情况，我们都没有多少未来可言了。让她按照自己的方式来做这件事吧。让她活下去。这是她应得的。她曾经为此努力，相信我吧。

做傻事的时候到了。嘿！我说什么来着？肯定能成功。你会安全的。我会回家去，在实验室里给你个大惊喜，介绍你们父女俩认识，然后我就可以把这封信扔掉了。小事一桩。

你知道我爱你，对吗？我不常对你说这句话，因为那样你就会自我感觉良好，无限膨胀，然后内爆成一个黑洞。我可不想毁了宇宙。但是毁就毁了吧，我爱你，就这样。你这个傲慢自大、狗娘养的家伙，我爱你。你是我认识的最勇敢的人。这话我不知道有没有对你说过。我们在一起时很开心，是不是？反正我很开心。希望我没给你那魁北克屁股造成太大的痛苦。

你可能看到了另一个信封。那是给伊娃的。等时机到了再给她吧。现在先别给了。总有一天她能应付得来。时候到了，你自然会知道。

你要好好的啊。我先到那边去等你了。

卡拉

File NO. 1614

训练日志——地球防卫队顾问文森特·库蒂尔和伊娃·雷耶斯

地点：堪萨斯州，莱内克萨市，肖尼米逊公园

［你确定要这么做吗，伊娃？］

——是的，富兰克林博士。

［叫我萝斯就好。不要自己尝试，要听文森特的，好吗？］

好的！

——伊娃，这是你的……你的位置。

——你还好吗，文森特？

——我没事。只是——

——你哭了！我做错什么了吗？

——没有！不是因为你，伊娃。只是……这比我想象的难得多。

——你想让我离开吗？

——不！不！我没事！……来吧！上去。我帮你系上带子。

——这是什么？

——这个是……是个垫脚的。这样你就能够得着控制器了。

——是电话簿吗？

——两本电话簿，我用胶带把它们粘在地上了。如果这么做可以的话，我会再给你找找更好看的垫脚石的。这个高度我觉得正合适。

——你确定我能做得到吗？

——不确定。心里完全没底啊。所以我们才要来试试看。这顶头盔也许根本不适合你。别人也用不了。来，把这个穿上，就像穿外套那样。看吧！高度正好！你能把手指放进去吗？会不会太紧？或者太松？我觉得你戴这手套比卡拉更合适。我要在你的前臂上扣紧这个了。这个大块头是要绕过胸前的。好了！你感觉怎么样？

——还好。

——动一动试试。动动胳膊，向上举起来。弯腰试试。能弯到什么程度？……怎么了？

——我能问你个事吗，文森特？我这样一直叫你“文森特”可以吗？我不——

——噢，可以啊。我也还没准备好呢。我们慢慢来吧。你想问我什么？

［你们俩还好吗？］

还好还好，萝斯。稍等一下。说吧，伊娃。现在她听不到了。

——如果我做不到，会怎么样？

——不会怎么样。唔，可能会先摔倒，仅此而已。没关系的。

——有关系啊！会死好多人的。

——伊娃，我认为在眼下这节骨眼儿上，我们俩都无法使情况有什么变化了。不过无论输赢，我都会跟你在一起的。

——如果我犯了错会怎样？

——相信我吧，孩子，就算你做得一塌糊涂，也绝对不会比我和卡拉的第一次尝试更糟糕了。目前来看，这甚至都没有什么技术含量，就看头盔能不能被激活了。你没法儿命令它适应你。

——谢谢你改变了想法。

——不用谢我。我是个糟糕的父亲，正让自己10岁的女儿驾驶一架巨大的战争机器呢。要是儿童保护机构听说了这事，我肯定得先进监狱，然后再下地狱。我跟你说实话吧，我真心希望头盔不要被激活。然后我们就心里有数了，也可以向全世界公布了。他们就不会管你了，而你也可以过上正常的日子了。

——如果激活了呢？

——如果激活了……你的生活就会比现在还要复杂，复杂得多。

[我说你们俩，情况怎么样了？]

你觉得呢，伊娃？做好准备试一试了吗？

——好了。

——好了，萝斯！我现在要把头盔戴到她的头上了。伊娃，伸直胳膊，这样一旦头盔被激活忒弥斯也不会动。我不在自己的位置上，所以没法儿帮你保持平衡。准备好了吗？来吧。

[激活了吗？]

伊娃，激活了吗，伊娃？

——什么？

——头盔激活了吗？

——我不知道啊。你叫我不要动。我只是看着富兰克林博士呢。

——你在看……你能看到外面？

——对啊。你看不到吗？

［喂，情况怎么样？］

是的，萝斯，我们很好。头盔被她激活了。

——你是说激活了？

——对啊，伊娃，激活了。你可真是你妈妈的好女儿。别动啊！站着别动，让我回到我的位置上去。然后我们就可以做些简单的尝试了。好吗？

——好的。很酷啊！

——是吧？现在先别动啊！要是在我系上链子之前就摔倒了，那我就得像个弹球似的在这儿滚来滚去了！

——我没动呢。

——别动啊！我马上就要到了！

——我没动啊！

——好了。我好了。我们就要迈出第一步了。我知道这听起来很傻，但是我希望你好好想想自己是怎么走路的。当你抬起一只脚时，你的肩膀会向相反的方向摆动。抬起右脚呢，肩膀就向左摆。身体的重心也会换到左腿上。抬起左脚呢，肩膀就向右摆，重心放在右腿上。试试吧，就当作是你自己走路。

——会摔倒吗?

——等我们真正开始走的时候可能会摔倒。不过现在我的腿还没有动。你试着动一动没关系,因为我会移动重心来保持平衡。来吧。

——像这样吗?

——我没有感觉到重心的移动。你的动作还得再夸张点儿。假装你是个模特,在T台上走猫步。

——不行啊。

——唔……假装你手里拎着很重的东西在走路呢?对!就是这样!

——我们真的走一下试试吧!

——今天不行。婴儿学步,慢慢来。

——走一下吧!

——……

——求你了!

——真是的。萝斯?你能回里面去吗?我们要真的走几步试试。我不想踩着你。

[你确定要这么做吗?你和卡拉当初可是花了好几个月才学会走路。]

那时候我控制不了重心嘛。啊,不,我不确定,所以才叫你回去啊,不想踩着你。这儿四周有很多树,倒下来的话也能起到些缓冲作用吧。可能不行。伊娃,这不是个好主意啊。

——你害怕了?

——你真以为我是马丁·迈克弗莱[1]啊?

——马丁·迈克弗莱是谁?

——那个家伙是……算了。回头我们一起看那部电影吧。要是瞻前顾后的话，我就什么事也做不成了。你准备好了吗?我们可能会重重地摔倒，受伤，我的鼻子没准儿会撞在控制台上，血溅四处哦。

——准备好了!

——好极了。我们走几步试试。先走一步吧。你必须看着我的动作。看着我的腿，我的肩膀。看着我在抬起腿之前移动重心。你必须配合我，和我一起动，而不要在我动了之后才动。那样的话就太晚了，我们会摔倒的。

——明白了!

——来吧。

——是这样吗?

——不是。不是这样……然然然后……我们要摔了!把你的手举起来。

——啊啊啊啊啊!

——哎哟!见鬼!还挺痛。你还好吗?

——我的胳膊动不了了!它们压在我胸前了!

——不要紧，那是忒弥斯的重量压着你呢。摘掉头盔就能松开了。我们从这儿出去吧，让她先这么倒着。

---

[1] 电影《回到未来》的男主角，讲述的主题是你的爸爸妈妈也曾年少无知，焦虑不安。——译者注

——都是你的错！我还没准备好！

——没关系的，伊娃。我们再试试就好。

——我动不了了！让我出去！

——稍等一下。我得先从我的位置出去。

——让我出去！

——我来了。你抖得像片树叶。

——我做不到。我不够好。

——伊娃，没关系的啊。你不可能第一次做就做得好。如果你愿意的话，我们明天还可以再试试。

——太蠢了。

——这取决于你，伊娃。要是你不想做，那就不必勉强自己。

——你不懂。如果我做不到，他们都会死，死得毫无意义！

File NO. 1617

采访阿莉莎·帕潘托尼乌博士

地点：堪萨斯州，莱内克萨市，影子政府地堡

——早上好，富兰克林博……博士。我还以为我们检查过警……警卫了呢。

——我们不检查警卫。不管你走到哪儿，他们都会跟着你。你可以从这儿到你的房间去，从你的房间到这儿，仅此而已。我不希望你再靠近伊娃和文森特。是什么促使你去跟那孩子讲话的？

——她有权利知道。

——你没有告知她的权利。她已经经受得够多了。

——我没有权利？是我造……造出她的！我绝对有权利告诉她！不然你打算什么时候告诉她？

——时机正确的时候。

——那是什……什么时候？等到一切都……都尘埃落定吗？等到一切……都准备好了？我们没有那么多时间。她有权利知道自己是什么。

——她是个孩子！仅此而已！

——她是我们拯救世界的最大希望！没有我你们……你们就不可能有希望。

——你跟她说你是她的妈妈！

——我跟她说的是我创……创造了她。我从来没说过我是她妈妈。要是她愿意也可……可以那么叫我。

——你疯了！你心理变态，阿莉莎！

——侮辱我并不能证明我是……是错的。

——我不想听你解释对错，阿莉莎。我只关心科学。如果我有门路，那么你早就被关进监狱了，又热又潮湿的地方。

——这听起来可一点儿都不像你。这种空洞的威胁还是留给他去做吧。

——是啊，不过他已经不在这儿了，而我的学习能力超强。相信我，如果我要威胁你，那么就不可能是装装样子而已。

——带我来这儿的是他。你应该相……相信他的判断。

——他并不相信你！他只是觉得你还有用，却从没相信过你。我也不相信你。等这些事一完我就会立刻把你移交政府。

——那为什么还要把我留在这儿？为什么你认为……我知道日后会被捕却还是会……帮你？

——因为我相信你那病态、扭曲的自我总能战胜你自己。我知道你想成为解决问题的一员。你想成为拯救世界的一员。这不是因为你在乎这个世界，而是因为这样能让你觉得自己是占理的，是正确的。至于余生是不是要烂在监狱里，我认为你并不在乎这个。

——这还是他在讲话啊。

——我告诉过你了，我学东西很快的。我们是不是可以不要浪费彼此的时间了？说说吧，过去的几天里你都在忙什么呢？

——他让我用……用伦敦幸存者的 DNA 和外星人遗体中的遗传物质作比对。

——你做了吗？

——也做了，也没做。这二者的遗传物质区别太大了，我的试验根本检……检不出来。我无法知道它们的吻合程度，如果……如果真能有吻合点的话。我需要活……活体标本来做进一步的检查。无所谓的，我知道我找不到他想要的那些证明。他认为那些幸存者——

——他认为那些幸存者是 3000 年前生活在这里的外星人的后代。

——他的想法是错的。

——你确定吗？

——确定。

——你完全确定吗，阿莉莎？为什么？

——因为那没意义啊。太……太久远了。3……3000 年前，人人都是你的祖先啊。

——什么意思？

——人们把系……系谱图理解错了。他们以为系谱是从某一个人开始的，然后后代产生分支，衍生子辈，子辈再衍生孙辈，于是系谱图就向下铺展，越来越大。其实不是的。系谱图是自下而上的。

——这和那些幸存者有什么关系？

——不妨这样想一想。你有 2 个……父辈，4 个祖辈。曾祖辈是 8 个，曾曾祖辈就是 16 个。这差不多就是 100 年了。每……每代人之间平均相隔 25 或 30 年。倒推 200 年的话，你的祖辈就得有 2000 个。倒推 5……500 年，就得有……5……5000 万。

——那么倒推 3000 年的话是多少？

——按照每 30 年一代人来计算，要不了多久就能有 1 亿人。到……1200 年前，就以数万亿计了。倒推 3……3000 年……具体数字完全没意义啊。太……太大了。

——没有意义。1200 年前，地球上根本没有数万亿人。哪怕现在也远远没有这么多！

——这是因为，在你的家族系谱图上，同……同一个人会出现很……很多次。比如你的第 25 辈曾祖也同时是你的远房表亲。在你的家……家谱里，大……大多数人都会出现几百次、几千次。你回溯得越久远，地球上的人类总数就越少，而你的系谱图上的分支反而越多。为了填满所有分支，你很快就得用上所有人。

——我不确定我弄懂——

——如果你 3000 年前生活在地球上，那么只有两种可能，要么是你没……没有后代，你所在的分支消失了，要么是你成为今天活……活在地球上的所有人的祖先。几千年前生活在地球上的人，只要他所在的分支没……没有消失，那他就是你的祖先，也是我的祖先，是所有人的祖先。

——……

——富兰克林博士？

——这就对了，不是吗？

——什……什么对了？

——如果 3000 年前，曾有外星人在地球上漫步，那么他们所留下的、今天活在这里的后代，绝不该只有少数几个。他们要么根本没有留下后代——我们都知道不是这样的，我昨天还见着了一个——要么就是……

——你的意思是……？

——没错，我的意思就是这个。要么他们就是所有现在活在地球上的人类的祖先。我能幸存下来，并不是因为我拥有外星人的 DNA，反而是因为我是少数几个没有那种遗传的人之一。我们都是外星人，某一层面上说，都是。生活在地球上的所有人啊——唔，99.95% 的人类——都拥有外星基因。

——这太疯……疯狂了。

——多谢你，阿莉莎。我们不再需要你的工作了。这些先生将护送你出去，到……唔，我们很快就会知道的。再见了，阿莉莎。

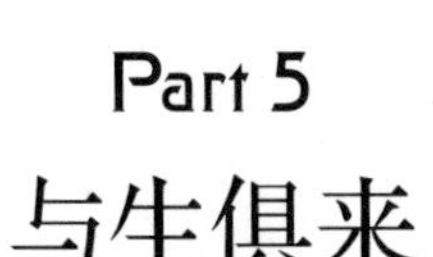

Part 5 与生俱来

File NO. 1619

采访“烧伤”先生，职业未知

地点：华盛顿特区，杜邦环岛，新唐朝中国餐厅

——他们是为你来的，对吗？

——什么？没有个“你好”吗？你不该说“很高兴再见到你”吗？

——他们是来杀你的，不是我们！

——那好吧，没有“你好”。

——他们制造出那种气体，就是为了杀死所有与他们共享遗传基因的人类。他们来这儿就是为了把你挑出来。他们可能以为像你这样的人只有少数几个。但那么多人都死了，他们才反应过来，地球上的每一个人——几乎每一个人——都有外星基因。所以他们才停下来了。

——答对了！我就跟你说嘛，你足够聪明！将将足够。

——你对我们撒了谎！你告诉我们的所有事……你告诉他的所有，全部都是谎言！

——首先，我只是跟他讲了个故事。我根本没说过那是真事。而且，我所说的都是真的，差不多是。我可能遗漏了故事的某些部分，但我没有撒谎。几千年以前，他们派了十几个那种机器人来到地球，因为他们害怕遭到敌人——卑劣的家伙，至少我是这么听说的——的进攻。几千年过去了，却并没有敌人出现，所以他们就回家去了。

——你说他们把忒弥斯留下是为了让我们可以用她来自卫。

——对！的确如此，但只有一段时间。他们还一并留下了飞行员呢。要不然你们就没法儿使用忒弥斯了。

——因为我们的生理结构不同。

——我敢肯定，他们绝没有想到，你们竟然疯狂到会自毁双腿。不过，另有个简单的原因：那些控制系统不是给人类用的。本来也不应该。哪怕是到了现在，也仅有少数人拥有合适的 DNA。

——文森特和卡拉。

——还有别人。你认为我为什么要把他们给你送去呢？

——你把他们送给我？

——他们有个女儿对吧？

——是的，她叫伊娃。

——真是个好名字哇！

——你似乎是真心感到高兴。

——这有什么不行的？我喜欢小孩。她怎么样？她好吗？

——她很好。你有何用意？

——只是简单问问，别介意。

——不，不能不介意。你是什么意思？“她好吗”是什么意思？

——她能看见些东西吗？

——能。你怎么知道的？

——猜的。我们的这种DNA，她的父母拥有的最多。他们的孩子肯定也会比其他人类小孩更加的……像我。我们这类人通常都能看见某种……片段、景象。

——他们能够预知未来吗？

——不完全是。他们能够瞥见……事情可能的走向。其中有些会真正发生，有些不会。并不是所有这种人都能看见，比如我就看不见。那些能看见东西的人都得花上一番力气才能适应。如果没有适当的指导，它在某些时候就有可能……把人压垮。

——你算说对了。那个可怜的孩子怕死怕得要命。

——她会克服的。孩子们总是比我们以为的更有韧性。我刚才是不是还说了些什么？

——我不记得了。

——噢对了！飞行员！我要说的是，当时他们以为你们驾驶不了忒弥斯，所以才留下了一小撮能驾驶她的人。

——就是你的祖先。

——不！我的祖先选择了与人类通婚。那些机器人离开时，飞行员们就已经死了，不过他们的孩子留了下来。大约有十几个这样的家族吧。纯粹的外星人是必须保证血统的。

——这是什么意思呢?

——他们得到命令，要杀死他们，杀死他们的孩子，孩子的孩子，然后再回家去。

——带忒弥斯一起回去?

——当然了。你们要她有什么用?所以他们就继续执行任务，大概认为那些半人类不会投入太多来抗争吧。不过他们抗争了，保护了自己的家人。他们把外星人全都杀死了，然后拆解了忒弥斯，把她的肢体埋藏在世界各个角落，这样就不会有人发现她了。

——那些派忒弥斯来的人就没发现她没有回去吗?

——他们肯定发现了，知道她出了些问题。但是宇宙很大，能出岔子的地方太多了。我的祖先不想让他们猜中到底发生了什么。

——那他们怎么做的?

——谁?

——你的祖先。

——噢，什么也没做。他们尽可能地远离历史，隐姓埋名。根据要求，他们只能与内部成员婚配，以避免……好吧，避免发生眼下这种事。他们很严格地遵守着这一点。但几个世纪后，有几个人出逃了，然后就有了我们!

——他们为什么要出逃呢?

——我猜他们是坠入爱河了吧。为了爱，人会做出最疯狂的事情。其中就包括拒绝和你的堂兄弟结婚。或者那些哥哥弟弟不够有魅力吧。你会觉得自己的堂兄弟有魅力吗?

——可我会掉进那个洞穴，就是为了让我们有所发现，不是吗？

——的确如此。当你们进化得足够先进时，他们就希望你们能了解他们。但是你找到的东西原本不该是一只巨手。

——应该是什么？

——通讯设备。可以向他们的世界发射讯息。它还能够重组物质，这样呢，时机到了你就可以把自己运送过去来一次访问了。那是一个很大的圆形的东西，中间带有亮光。每个机器人里面都有一个这样的东西。

——因此忒弥斯才能瞬间移动自己。

——对！我的祖先把那个设备拿走了，用一只巨手代替了它，免得你什么也找不到。他们用这个设备将忒弥斯的肢体散落到世界各地，而我也是用它将你重组。这样，当时机成熟时，你和我就能坐在这儿进行这样的对话了。

——外星人是怎么发现的呢？

——你找到忒弥斯了啊！你找到忒弥斯了，然后还使用了她！找到她是一回事，可你真不该用她做任何事。他们知道出问题了，可能还猜到了当年的那些飞行员出了什么事。所以他们就来了，继续完成3000年前没完成的任务。

——然后大批人类全都死了，他们才发现他们的基因现在也是我们的了。

——没错。对他们来说，这实在是太惨了。这是最最糟糕的干涉。他们并不想把你们全都杀了，因为……因为那么做不好，而且也是一种干涉。但如果不这么做的话，就得否定你们本应拥有的未来！他们认为自己——尽管非常不情愿——剥夺了你们的命运。

——所以他们停止了杀戮。那现在他们在干什么呢？

——现在他们在找理由中止这项任务。正如我所说，他们不喜欢多管闲事。如果他们认为你们无法靠自己的本事回归原位，那么就会伸手推一把了。他们会从人类身上移除自己的基因痕迹。你们就得一切从头开始了。

——除了我们这些没有外星基因的人，其他所有人他们都要杀掉。

——没错。你们可以重建一个全新的地球，不受任何人的影响。

——那你呢？

——噢，无论怎样，我们这些人都会死的。我们天生就有罪，我们仅因为存在就该判处死刑。这一点是无可更改的。

——你连试都不想试吗？

——我可没那么说——

——那我们该如何阻止他们呢？你刚才说他们在寻找中止任务的理由。

——展示给他们看，证明你们可以凭借自己的能力回归原位。

——我们能做到吗？

——我怎么知道！这重要吗？有这个可能性，这才是唯一重要的。你们的 DNA 里只有一小部分和他们的一致。关键是你要让他们信服，给他们理由，让他们允许你们继续你们的旅程。他们所相信的是：如果我们没有沾染人类的遗传进程，你们就进化不成这么先进的模样，达不到如此高的技术水平，不会摆弄原子，也发现不了他们留下的东西。你要做的就是让他们知道，他们可能想错了。只要不能百分之百地肯定，他们就不会消灭整个人类文明。

——合理怀疑。

——如果你们是这么称呼它的话——

——如果我们自己都不知道是不是真的，又该如何展示给他们看呢？

——向他们展示你们的本质。向他们展示，纯粹的人类比他们以为的更好。

——你指的是我。这就是我在这儿的意义，对吗？你让我起死回生，是因为我是一个 100% 的人类。

——你不是原本该成为的你。因为你不知怎么回事，神奇地逃脱了 3000 年来的基因变化。你的父母很可能也拥有外星 DNA。你现在这个样子纯粹是幸运使然。但你就是这样啊。现在你只需要给他们看看你有多强大就行了。

——可是怎么做呢？

——打败他们。

——我无法打败他们啊！动用世界上的全部军队都无法打败他们。我一个人又能做什么呢？我们没有能打败他们的技术啊。

——即便你有，那技术也是由带有外星基因的人创造的。那就……不纯了。

——这样吗？所以你的意思是，我得打败这些巨型机器，却不能借助 3000 年来人类发明创造出的东西？

——唔，你可以假设我们的祖先只用了几个世纪来传播他们的基因库。不过，是的，大致就是这么个意思。

——可3000年前我们什么都没有啊！没有车轮，没有早期的冶炼技术。我们肯定没有任何东西能摧毁这些机器人啊。

——那我就得说你有麻烦了，年轻人。

——我不明白。为什么就不能直接告诉我该怎么做呢？其他的一切你都告诉我了。为什么你不愿意救我们一把？

——我所告诉过你的事情都是你自己可以想出来的。

——为什么？

——因为如果他们认为我……如果他们认为我们这样的人给你们帮了忙，他们就会杀掉地球上所有的活物，不管有没有外星DNA，然后再让你们从单细胞生物开始重新进化。

——不止于此吧。从某种怪诞的角度上说，你也赞同他们，对吗？

——赞同什么？

——如果我们的进化进程被……篡改了，那么就不该让我们再活下去。

——抱歉。这对你来说可能很难理解。“不加干涉”并非只是一句口号，它是我们文化中根深蒂固的东西。在他们的世界里，这是生来就要学习的东西。即便在这里，这种信念也仍然存在。正如你所见，有其父必有其子。

——即便过了这么久也仍然如此吗？即便他们在这个过程中要杀了你也仍然如此？

——要是你问的话，我得说我不想死。但我能理解他们为什么认为我应该死。

——那我们呢？你认为我们应该死吗？

——如果这么认为我就不会……引导你了。

——但是你理解他们为什么要我们死。

——我理解他们为什么会认为自己给你帮了个忙。

——我是不是拥有另一个物种的DNA，这有什么区别吗？这能让我比别人更好或更差还是怎么着？

——现在你开始明白症结所在了。对他们来说，好和差不是问题，问题是你原本应该是什么样的。在他们看来，人类不是原本应该成为的模样了。而你，萝斯·富兰克林，却是。这就意味着他们会关注你。

——偶然事件导致地球上出现生命，突变把我们变成了现在的模样，而你的祖先的到来，在此进程中有任何作用吗？造成了任何“不够自然”的影响吗？谁说我们就不应该拥有外星血统呢？

——他们说的！我不知道他们是对还是错，但那就是他们说的。你最好快点儿，我认为你的时间不多了。

——我还有多少时间？

——我不知道。一天，或许两天。你知道地球轨道上是什么东西，对吧？

——戈文达准将认为他们弄来了大杀器。

——他是个聪明人。

——你知道这一切让我想起什么吗？

——不知道，不过我估计肯定不是什么好事。

——关于跨种族婚姻的法律。我们直到60年代末都还保留着。

——我知道。那时我也在啊。他们称之为“反异族通婚法”。

——白人不允许与黑人结婚或有性关系。当时这是重罪。有几个州，就连举行仪式都是违法的。

——路易斯安那州禁止美国原住民与非裔美国人通婚。马里兰州不允许黑人和菲律宾人通婚。我明白你的意思，但这些法律是基于这种假设，即某些种族优越于另一些种族。

——这跟我们现在谈的不是一回事吗?

——他们相信生命是有目的的，任何人都不应干涉这个目的——事物应该是它们本来的样子。

——我能肯定他们在路易斯安那州和马里兰州事件上是持此观点的。我想说的是，认为自己有权利对他人的基因指手画脚的人，无疑都有一种优越感。

——如果他们就是如此呢?

——这无所谓。蚂蚁不会做猫想让它们做的事，鱼也不会听海豚的话。我认为人类也不应该对地球上其他物种的行为发号施令。

——有时候人类的确会做出影响其他物种的决定。

——是的。等着瞧结果如何吧。

File NO. 1620

超高频卫星通信

美军弹道导弹潜艇吉米·卡特号 SSN-23

地点：白令海

命令 774627-53N

SSN-23——德米特里厄斯·鲁克船长，225-48-1627

中止当前任务。立即返回美国海域。就位温哥华岛水域（经纬度 48.498682, -125.143043）。

警戒状态——伽马 5 级。做好针对国内目标的潜射弹道导弹发射准备。待命。

File NO. 1622

训练日志——地球防卫队顾问文森特·库蒂尔和伊娃·雷耶斯

地点：堪萨斯州，莱内克萨市，肖尼米逊公园

[……]

——你做到了，伊娃！你做到了！

——我们走起来了！

——对呀走起来了。不过，现在我们要摔倒了。

——什么？不！你在干什么？不！不！不！啊！很痛！

——你每次都这么说。

——你是哪里不对劲？明明奏效了。不是我故意要摔倒的！直到现在我还没做对过！

——我知道！但你知道你还有件事该做却从来没做过吗？

——是什么？

——重新站起来。每次我们摔倒了，你都没有试着努力爬起来。这部分真的很重要。要是你想继续往前走，我们就得先站起来才行。我得提醒你，爬起来是很困难的。你觉得能做到吗？

——我试试吧。

——没有“试试”。

——什么？

——做就是了。

——你别再叨叨我就做了！

——别逼我啊，伊娃。要不然我就把你自己留在这儿，让你的手缩在胸前，像小兔子一样。

好吧。准备爬起来。我现在要蹲下。忒弥斯的腿上不承重了，她就会抬起膝盖。你要稍微用肘部推一推，同时弯下腰，这样就能撑起来了。

——这样吗？

——对！起来了！把你的手一直往上推。用力推！推！好，保持这个姿势。现在来处理棘手的部分。我要伸直双腿了。这样我们就可以站起来了。不过你必须同时挺直背部。别太早，也别太晚，要不然我们就会向前或向后，撞进树丛里了。

——行！行！来吧！我的胳膊痛死了！

——来啊！嚯哈！见鬼！好了，起来了。别动。千万别动啊。

——挺有意思的。

——噢，你还挺喜欢的是吗？你说我们今天就练到这儿怎么样？明天再继续练习、折腾自己也行吧。

——好吧。

——好吧？就说这么一句就完了？

——我饿了。

——既然你提到了嘛，我其实也饿了。好，让她倒下吧！

——倒下？

——对啊，倒下！如果我们要从这儿出去，就得让忒弥斯躺下啊。

——你是说让她摔倒？

——不是。我蹲下，保持平衡，让我们稍微往前倾。你得向后弯一点儿，用手撑住我们。就那样。现在向前弯，把她的屁股抬起来，让我可以……伸腿。站直，就让她这么倒着……过夜吧。待着别动，我先解开自己的链子，然后去给你摘头盔。

——我做到了！

——喂，别动！你这样弄得忒弥斯像个傻子！

——什么？怎么了？

——她随着你的动作在动啊。她的手在脑袋上转来转去的，好像在抓头发什么的。给你把头盔摘了吧，好让她保留点儿尊严。

好了，解开链子吧。

——我能问你点儿事吗？

——你这是干吗？问问题还要问？有人说不行吗？

——我——

——问啊！

——你一直都没告诉我，是什么让你改变了想法。

——什么想法？

——让我试试操控忒弥斯呀。

——因为你妈妈。我是说卡拉。还有卢克。

——谁？

——天行者……算了。我希望我们能坐下来聊。来一杯……反正是你们10岁小孩能喝的东西吧。

——现在能说了吗？

——那好吧。卡拉，她给我写了一封信……我猜是在她见到你的前一晚。她不太确定自己能不能活着回来，所以让我做了些承诺，要是她回不来了就照办。在信里让人做承诺，换做谁都是挺糟糕的事，但就算她当面跟我辩论，我也赢不了啊。反正，她要我答应她，让你自己解决问题，成为自己想要成为的模样。

这是没什么的。挺好的。但直到你告诉我，你想要驾驶忒弥斯，就不好了。那是……不对的，在很多层面上都不对。首先，卡拉也要我确保你的安全。可在这儿毫无安全可言啊。这里是最不安全的地方。而且这是她的位置。卡拉曾经和我一起待在控制室里，就是你站的那个地方……只不过没有那两本电话簿罢了。让任何人取代她的位置……我不知道，意味着让她离开了吧。我不想让她离开。

——你不用让她离开。

——我还没说完呢。还有你一开始就想进入这里的理由。你说阿莉莎把你造出来就是为了这个。你说自己是个工具。这让我很愤怒。这似乎太……残忍了。你……你并不是个烤面包机，也不是个螺丝刀啊。你不是为了达到某种目的而存在的手段。只有你能决定自己是什么。可你是我的孩子！你不是工具！

有一天早上，我一边淋浴，一边快速转动膝盖——我时不时地就得这么转，要不然等需要转动的时候就会痛死。我用手指感受着膝盖骨内部的金属，上下摸着小腿。我的双腿完全是金属的。所有骨骼，所有关节，都是。那感觉就像是卢克用光剑砍下黑武士的机械臂之后凝视着自己的。我也是一件工具，是某人的杰作。

我不知道自己有没有过别的选择，但我愿意那么想。这是我的选择。他们让我做的事，都是我自己的选择，都是为我自己的目的服务的。他们把我改造成螺丝起子，那我就选择钉螺丝。在我看来，不让你做出同样的选择，是虚伪的。我会说“你可以成为你想要成为的人，但绝不要受困于你被创造出来的目的”。

你说得对。你是个工具。你是某人的杰作。你确实是因此被创造出来的。但你绝非仅此而已，伊娃。远远不止如此。你是个聪明的孩子，有些严肃，但这不是无法克服的情绪问题。你有选择。你可以选择……加入军队，或是成为音乐家。你可以当科学家、厨师、芭蕾舞演员。你是因为某种特别的目的被创造出来的，但是你仍然可以成为你想要成为的人，包括这目的本身。

我希望你能花上 10 年时间来处理这些问题，但我们可能没有 10 年了。所以如果你想要当芭蕾舞演员，那我们最好尽快去上舞蹈课。

File NO. 1623

个人日记——地球防卫队科学部主管萝斯·富兰克林博士

我是重要的。“有用”是他说的。这就是我还活着的理由。我应该做些什么。我不知道到底是什么，但就我们目前的处境来看，那肯定是拯救世界之类的了。这是别人告诉我的。对，有人这么告诉我的。他说这话时的语气就像说这会儿点宫保鸡丁还太早了一样。我该怎样处理这种信息呢？我需要弄清楚吗？不弄清楚是不是就做不成了呢？弄清楚了会不会反而不想做了？

我更愿意相信它。我希望自己是特别的。但我并不特别。我不重要。我也不是拯救者。我真希望自己是。唯一能阻止我结束自己生命的是，有数以百万计的人正面临着死亡。我以为自己能……做些什么，我以为自己能帮得上忙。我从来没想过得自己一个人承担这一切，但这正是我留下来的原因。我以为……我希望自己多少是重要的。

我想拯救所有人，太想了。这也许是因为，无论我多努力，都逃不开“他们是因我而死”的念头。我落在一只巨手上，然后把世界引向了战争的边缘。他们让我死而复生，但随后几百万人都死了。我是死亡的征兆。

现在，我正盯着自己的计算机。我看着一页页关于外星机器人的数据，茫然不知从何处下手。我不知道自己应该做什么。既然我有理由待在这儿，那么那个理由肯定与我擅长的事情有关吧。所以，我把注意力集中在金属及其构成上，等着答案从屏幕上跳出来。我要解开的谜底很可能与物理完全无关。我也许是在浪费时间，就为了证明自己是个好科学家。我现在正在过度分析一切，花时间在思考“浪费时间”这件事。

如果他们是对的呢？如果把我们从历史中完全抹掉是正确的呢？我无法在这件事上保持客观。在这个过程中，所有我在乎的人都会死，等待我的将是无法想象的悲惨生活，所以我的偏见是显而易见的。但是这些外星人确实比我们进化得更先进。他们的技术毫无疑问更先进。至少，他们对一切事物的理解可能比我们超前得多。也许他们知道什么是最好的。

我觉得很孤独。我自己做不好啊，我需要有人来指导我。我需要……我需要卡拉。我需要有人来跟我聊聊，聊什么都行，除了这个。不以我能否拯救世界来评价我的，我需要这样的人。我估计不会有谁真的那样评价我，但卡拉却是唯一一个让我觉得……就这样也没问题的人。

我需要你，不知名的朋友。我可以称你为“朋友”吗？你死的时候胳膊还搭在我肩上，那肯定有什么意义吧。这个想法可能会让你不太舒服。提起你我还是觉得很生气。我可以原谅卡拉，但是你……你没有权利死。你没有权利抛下我。要是你在这儿，会说些什么呢？会说些刻薄的话吧，比如：**你在自言自语吗，富兰克林博士？**

对啊，我就是在自言自语……没有人跟我说说话。所有人都死了。要是你在会怎么做呢？你会说些什么来让我恍然大悟呢？你不是科学家，可你造就了一位科学家。你是超然的，总是有条不紊，你能看到问题的症结。而我只能看到……什么也看不到。我——我一个人——怎么能战胜外星机器人呢？他们能承受核弹爆炸，而我还不能使用3000年来人类发明的任何东西。不使用任何技术，我还能做什么呢？我甚至都没法儿靠近他们。要是你在，会怎么说呢？你可能会问：**你认为和刚刚过世的人交谈就能战胜他们了吗？**

或许不能吧。但我……可以跟某个想象出来的朋友说说话。这是符合规则的。3000年前就有狂人存在了，可现在什么都没有。只有石头、泥土、虫子。要是你在，我肯定不会喜欢你要说的话。肯定又是干巴巴的、近乎侮辱的，却又有启发性——以你那独有的拧巴方式。

我知道你会说：**如果那是真的，富兰克林博士，我建议你不要再跟死人讲话了，从石头、泥土、虫子里找找办法来打败外星机器人吧。**

我有点儿迷糊了——**我相信自己要表达的观点大致就是如此。**

这句话怎么听起来很耳熟？石头、泥土、虫子。我能用它们来做什么？石头……泥土……虫子……我可以朝他们扔石头……或许他们就会可怜我，觉得我们根本没有进化好。思考，萝斯。思考……

石头……

泥土……

虫子……

石头、泥土，还有……

我想……我想我知道了……

谢谢你。我不相信有来世，但是无论你在哪里，谢谢你。

File NO. 1626

采访地球防卫队司令尤金·戈文达准将

地点：堪萨斯州，莱内克萨市，影子政府地堡

——你可以坐下，富兰克林博士。你这样我有点儿紧张。

——谢谢你，准将。

——魁北克人说你有个计划。

——对，算是半个计划吧。

——比 1 小时前多了半个。

——我想是的。

——是吗？那你还在等什么呢？我们可没时间了！

——好的，长官。你知道，我一直在研究制造机器人的金属的相关资料。虽然有些微差异，但它基本上和制造忒弥斯的材料一样。它是一种合金，主要是铱。它有很多我们无法解释的特性，不过我们现在开始理解了。比如说，我们知道它可以存储能量。我们尚不清楚其中的原理，但可以制造出性能类似的东西。我们可以制造存储太阳能的金属，需要的时候将其释放。我们把钌转化为二钌富瓦烯，这样就能存储大量太阳能，并且在催化剂的作用下将其释放出来。

——钌……制造忒弥斯的材料中没有这种元素吗？

——有，但是含量很低。暂时无法解释它的作用。而且制作忒弥斯的材料更倾向于存储核能，可存储的量很大。我们所有的与此最接近的物质是铀。我们无法让铀达到忒弥斯的金属那种程度，但它的确可以存储能量，并且随着时间的推移释放能量。如果不加干涉，这个过程会很慢，但也足够维持地球的温度了。其实地球内部大约一半的热量都是来自放射性衰变。我们几乎无法控制铀释放能量的量和速度，但如果创造一个裂变链式反应——比如说核反应堆那样的——我们就能释放出更多能量，也能释放得更快。

总之，我决定用铀来做假设，然后看看它会产生什么结果。

——然后呢？

——这让我有了个主意。有一种特殊的细菌，叫作地杆菌。它们的表面有一些细小的线——也就是纤毛——可以使它们不受有毒环境的影响。它们可以将电子转化为放射性金属，并且改变其性质。理论上说，它们能够清除放射性废物，通过改变分子结构，将放射性金属转化为矿物质。不过这是一个非常非常缓慢的过程。这些细菌经年累月才能分解掉一点点放射性废物。

密歇根州立大学有个实验室，是由莉娜·泰希亚博士负责的。

他们研究的是一种特殊的细菌——硫还原地杆菌。他们能够增加细菌纤毛的强度，使其更有效率。简单地说，就是他们给细菌加了一层盔甲，让它们更有抵抗力，这样就能更快地将铀矿化。

听起来很有希望吧。这些东西即便有了超级装甲，也需要很漫长的时间才能搞定像外星机器人这么巨大的东西。不过我认为值得一试。反正，我已经给她打过电话了。她是个挺好的人，直接叫我萝斯呢，说是曾经在某次会议上见过我——肯定是在我死之前的事。我请她用直升机送了一份样本过来。

那东西真的很恶心，绿色，黏糊糊的。我不太确定该拿它怎么办。于是乎我戴上了两双手套，每只手上套了两层，从我们之前削掉的外壳板上取了一点碎片，然后用棉签蘸了一点儿那个黏糊糊的玩意儿放在它上面。我的计划是将它暴露在辐射下，看看它是否需要更长时间来达到饱和和放电，或者还会释放少许能量，之类的。我把它放在一块钚上，过了好一阵，却没发现它释放任何物质。而上一次我这么做时，只用了 10 分钟就毁了我的半个实验室。

我将混合物往外壳板上滴了几滴。什么也没发生。我用显微镜观察了一下，发现所有细菌都死了。所以，我把所有的样本——几乎是满满一杯——都泼到了板子上。一开始，正如我所料，毫无反应。于是我就决定今天晚些时候再过来。我关掉灯，往外走，就在这时，我注意到目标物上有蓝绿色的光在闪动。最初只是微微地闪动，接着就更剧烈了一些，5 分钟后，外壳板整个变黑了。又过了两小时，外壳板也没有恢复原状。

金属发生这种反应，肯定是因为有一个特别脆弱的平衡被打破了。我认为打破平衡的就是这种细菌，而这足以使外壳金属失能。

——所以这就是你的计划？往机器人身上泼绿色糨糊？

——只泼其中一个吧，是的。

——在华盛顿时，你曾告诉我，你相信外星人是在等待我们的证明，证明就算没有他们来扰乱我们的基因，我们也能进化成现在的样子。

——是的。我那时可能想错了，当然。

——所以，你的想法是，用几千年前他们出现之前就存在的东西来打败他们。

——我的思路是这样的。

——但是你刚才说，这些细菌需要某种盔甲才能更好地啃掉金属。这算不算是……作弊？我是说，我对这东西并不是特别了解，但这听起来挺尖端的啊。在我看来，你不借助现代科学似乎是弄不出这种超级虫子的啊。

——我用的也不是常规种类的细菌。这些东西已经在地球上存在数百万年了，我们只不过刚刚发现而已。如果外星人非要咬文嚼字的话，那我们只能完蛋。我能研究的必然是我已经知道的。我希望他们只是想看看我们的观点，类似……概念验证。

——当然，如果你认为这能奏效的话。

——我不知道能不能奏效。就算真能，我也不确定他们能不能理解我们的用意。

——这正是我想说的。你想朝他们扔虫子，就不担心会激怒他们吗？

——我认为我们没有太多的选择了。如果“烧伤”先生跟我说的是真的，那么到明天这个时候，地球上就只剩下300万人了。文森特和伊娃首先就得死。接着就是所有不携带我这种蹩脚基因的人。

——你真幸运。你需要我做什么？我对细菌完全不了解。

——我需要更多细菌。多多的细菌。泰希亚博士会把她所有的细菌都送来，但也没多少，而且也没有时间来培养足够多的细菌了。她说中国大连还有个实验室，他们大约有1年时间都在那儿的一座污水处理厂进行实验，培养这种细菌。我希望你能派忒弥斯去取。

——让伊娃一起去？

——对。他们几小时后就能返回。飞到那儿还得花上一整天，我不想浪费时间了。

——我可以命令文森特立即出发，但我他妈的不能违背儿童意愿啊。

——问问看吧。我想他们会去的。如果文森特觉得伊娃还没准备好，他会告诉你的。

——如果世界会在24小时内毁灭的话，我估计她早就准备好了。我跟她谈谈吧。

——谢谢。几分钟前她还在外面玩呢。

——关于你的半个计划，我还有一个问题想问。

——问吧。

——如果你都碰不着那些坏家伙，又该如何把绿色糨糊泼上去呢？你给我看过那个画面，鸟儿在距离机器人1英尺的地方坠下去了。卡拉和文森特用光剑攻击机器人时，它完全不受影响。你的超级虫子可能在起作用之前就被机器人的能量场电死了。

——对……这就是另一半计划了，我还没想出来呢。我不知道该如何绕过它们的能量场。我想造一个什么东西，可以穿过去。我不知道那种能阻止固体物穿透的能量场是怎么构成的，不过如果这和电磁学相关，那么超导材料也许能让能量场流动起来。我不知道。在任何情况下，超导体都必须保持极低的温度，能随身携带的，目前还没有。而且，就算有，我也无从试验。再说我们也没有时间了。我赌的是更简单的东西。我不相信它们的盾牌能一直延伸到地面。我猜，它们的脚底一定是裸露无防护的。也许距离地面几英寸的地方都是。

——阿喀琉斯之踵？这就是你的计划？这听起来可有点儿……太容易了，你不觉得吗？

——如果能想出到达它们脚下的办法，那就真的是相当容易了。我可不觉得在它们脚下堆上几英寸高的细菌就能直接撂倒那么大的机器人。我需要更多表面来让细菌存活。整个脚底板的面积差不多了，但我想它们应该不会那么配合地抬起一只脚吧。

——也许你可以给它带个超大号的零食，教它伸出爪子。别误会，富兰克林博士，可这真的是我听过的最蠢、最糟糕的计划了！相信我，我是军方出身的，听过超多蠢计划。

——如果能让它走几步……你说得对。我不知道该怎样做。但今天必须做决断了，所以要是文森特和伊娃带着细菌回来了而我还没想出来，那就得即兴发挥了。带把铲子好了。

——70 亿人生死一线，而你要即兴发挥——

——我也希望有更好的办法啊，我——

——富兰克林博士。

——嗯?

——祝你好运。

File NO. 1629

任务报告——地球防卫队顾问文森特·库蒂尔和伊娃·雷耶斯

地点：堪萨斯州，莱内克萨市，影子政府地堡

——我是文森特·库蒂尔。我和伊娃·雷耶斯在一起。我们已经回到基地了。我们这次中国之行挺愉快的。当时他们说还需要一会儿来准备运送细菌。细菌原本是装在一个冷藏容器里的，但是它进不了我们的舱门，所以……我就问伊娃她的遗愿清单上有什么。她说她想看看金字塔。于是，我们达成了这一项。我们才在那儿待了5分钟，但她很开心。是的，伊娃！你看起来就是很开心。她在笑呢。伊娃是个冠军。我们一次也没摔倒，而且她也没吓着——好吧，可能有一点点——在海底的时候。我们按时间到达了大连，把货物装上，然后打道回府。这趟中国行的总用时：2小时47分钟。

大约1小时前，富兰克林博士动身前往纽约了，带着细菌培养皿。至少我希望那是细菌培养皿。其实也可能是啤酒。大连理工大学的好朋友们给了我们三大桶“普通大学生－豪饮－断篇儿－酒”。所以，如果富兰克林博士没能用那里面的玩意儿拯救全人类，至少还能来个像样的末日大聚会。你可不能喝，伊娃，我们给你弄点儿军需苹果汁吧。

——嘿！

——好吧，喝一小口。我现在就想喝啤酒。富兰克林博士可能已经到了。戈文达准将和其他同事都在控制室里。那儿有好多无人机——超酷的四轴飞行器啊，可他们不让我玩——这样他们就可以从各个角度来观察了。有点儿像足球赛。伊娃……我觉得伊娃有点儿害怕。她不太想去。我们说话的时候她紧张不安。我猜我们会——

——那样没用的。

——什么？你刚才说什么？

——那样没用！

——你说什么没用，伊娃？

——萝斯！她的计划！没用的！

——你怎么知道没用？

——我……我就是知道。

——你看到什么东西了是吗？

——对。

——看到什么了？

——她会被踩到。她会死。

——它们为什么要踩她?

——我不知道！可能是意外，可能它们没看见她。反正她会死。她被踩进了地面，她的身体——

——好了！够了。萝斯说你能看到的是……未来的可能性。你看到的事情也许根本不会发生。

——她会死的！别哄我了行吗！我告诉过你了，她会死的！

——……

——文森特，求你了!

——我们去了我们也会死，伊娃。你也会死!

——我们不去，所有人都会死。相信我吧!

——……

——说话呀!

——屁话。

——这是什么意思?

——意思是……意思是屁话！拿上你的装备！我们不能让她死啊，不是吗?见鬼，我这一辈子过得挺好的了。你也见过金字塔和堪萨斯了，一天三顿军用份饭也试过了。还有什么没实现的吗?

——谢谢你。

——哈！这可能是人类历史上所犯的最大的错误。你很幸运，周围没有一帮成年人来帮你做负责任的决定。

——我们要不要告诉准将?

——不要，除非你想被锁在这间屋子里，门口站上6个警卫。

——你真这么想?

——他们一整天都在合计这个计划，从军队到海岸警卫队都惊动了。要是告诉他们，我们想破坏这个计划，就因为一个坏脾气的10岁小孩看到了幻象——而且还是在看《行尸走肉》的时候——他们肯定不为所动。

——我只是问问，你用不着这么刻薄。

——抱歉。

——没事。

——我的意思是，很抱歉你的人生就是这样的。本来你应该玩玩具娃娃什么的。

——我讨厌娃娃。

File NO. 1631

任务日志——地球防卫队司令尤金·戈文达准将

地点：堪萨斯州，莱内克萨市，影子政府地堡

——我们还差人。杰米呢？

［他去洗手间了，准将。他来了。］

感谢加入。你还有什么需要做的吗？没有的话我们就开始了？

［对不起，长官。不会再犯了。］

他妈的是没机会再犯了。好了，诸位，开门见山吧。今天我们这儿有点儿挤。众所周知，我们已经没有卫星可用了。这些穿白衬衫的孩子都是从联邦调查局无人机部门暂调的。现在他们就是我们的耳目了。欢迎你们来到地球防卫队。我们有多少架无人机？

［4架，长官。1架追踪你们的车，另外3架在河滨公园待命。］

让它们升空。我想派2架监控公园的北端，另外1架派到102

街的路口去。富兰克林博士进入距机器人两英里的范围内之前，我要它显示在这里的每一个屏幕上。地面情况怎么样？

[特种部队已在表维医院就位。我们另有一支太空运输小队待命，以备空中撤离之需。]

这位是艾伦·S·西姆斯中将，从布拉格堡来的。他是特种部队的指挥官。感谢你加入我们。

[乐意效劳，准将。]

我们在特种部队中找不到基因组成特殊、能在气体中存活下来的人，所以他们都会保持距离。我们倒是在纽约市警察局找到了一位基因符合条件的军官，他叫什么来着，杰米？

[叫……某位……警官。]

多谢……杰米。非常感谢……某位……警官……正在待命……

[兰登！]

真该死！杰米！兰登警官正在……公园和110大街待命。如果机器人又大喷气体了，他可以带富兰克林博士离开现场。

说到富兰克林博士……她今天早些时候飞往维吉尼亚州的戴维森陆军机场，之后乘坐一架UH-72飞机前往纽约，几分钟前在表维医院着陆。接下来的路程她将开车前往，独自一人。行动计划是：她将接近机器人的脚部。我们希望机器人能看到她。她将向可触及的部分喷洒细菌。如果她是对的，那么机器人就将在几分钟内丧失功能。如果她是错的……但愿她是对的吧。4号屏幕上是她吗？

[是的，长官。]

把她切到大屏幕上。她会从罗斯福快速路驶向96大街……在那儿……她要进入97大街的中央公园了。把她的音频切过来。富兰克林博士，你能听到我们吗？

{能听到，长官。必须得绕过好多废弃的汽车。不过就快到了。两分钟。}

很好。我们可以在屏幕上看到你。到了之后说一声。

好了诸位！你们听到这位女士说的了。两分钟！记着，这是她的主场。如果她有什么要求，别看我，只管做就是。你们如果有什么发现，也要让她知道。

{准将，我进入中央公园了。}

收到。我们已经准备好了。

诸位，保持警惕。我想知道那个机器人是不是在她行进的大致方向上。

{我要在这里下车了，准将。}

很好。救援小队已经待命了。需要什么尽管说。

{谢谢你。祝我好运吧。}

相信自己是幸运的，你就是幸运的。去吧！

她从车里拿出容器有点儿费劲啊。杰米，那个装细菌的玩意儿到底有多重？

[大约160磅。]

谢谢……你他妈的怎么知道的？

[一桶啤酒就是那么重。我估计，因为它们都是液体……]

真是幸亏有你啊。好了，她朝着机器人前进了。机器人有移动的迹象吗？

[没有，长官。红外线显示没——]

见鬼了！忒弥斯在那儿干什么！把话筒给我！库蒂尔，是你吗？

<是我，长官，我和伊娃。>

你这个狗娘养的！带着你的蠢丫头赶紧离开这儿，免得她送掉小命！

<伊娃！举起胳膊！我不能再说了，长官，再见……>

你竟敢挂我的电话，臭小子！你竟然敢挂我的电话！杰米，再拨！

[准将，外星机器人正在朝忒弥斯开火。]

对，我看见了。去呀，文森特！盾牌呢！妈的，把盾牌举起来啊！好样的！他们会死得很惨的。富兰克林博士，你得赶快撤出来。

{是的，准将，我正往外撤呢！}

又挨了好几记重拳。那孩子知道怎么用武器吗？

[据我所知，长官，他们只练习过走路。]

妈的，简直蠢到家了！富兰克林博士怎么还在那儿？不！不！别管那个破桶了！

[她跑起来了，长官。]

时间到了。

[忒弥斯站起来了。]

他们到底在干什么！

[他们在干什么，长官？]

这屋里怎么还出了回音了？他们要……他们要抱住它！妈的，库蒂尔！让10岁小孩控制胳膊，你怎么可能摆得平！

杰米，让兰登警官尽可能快地往北行驶，我有种很不好的感觉。

[我正在联系，长官。他将——]

怎么了？

[长官，我们没有视频信号了，通讯也——]

妈的！所有人听着！我们现在又聋又瞎，这是绝对不行的。杰米，打富兰克林博士的手机。联邦调查局能调来更多无人机吗？

[10 分钟。]

我们没有 10 分钟了。两分钟就得完蛋。杰米！打通了吗？

[转接语音信箱了。公园附近的手机信号塔肯定倒了。]

继续试。准将，你们的直升机上有摄像头吗？

[有一个是与太空运输系统相连的，但是得用卫星信号。]

那就让直升机升空吧。你们的人里肯定有谁的手机是带摄像头的。不可能曼哈顿所有的信号塔都失灵了。杰米，你能把视频电话切到大屏幕上吗？

[马上，啊不行。只能切到笔记本电脑上。但电脑在我的柜子里。]

那你他妈的还在这儿干什么！诸位，我必须在两分钟内看到现场！两分钟！

我得给总统打个电话。

File NO. 1632

任务日志——地球防卫队顾问文森特·库蒂尔和伊娃·雷耶斯

——文森特！你在干什么？

——你觉得我像是在干什么？我得带咱们去纽约，这样才能……上帝知道能干什么，然后救萝斯。

——可我们一直出现在同一条公路上啊。

——是啊，呃……我们现在可没有 GPS 啊。如果我把咱们瞬间移动到比较远的地方，那就……好吧，那就很远了，然后我们就不知道自己在哪儿了。我们不能停下来找方向，你明白吧，所以我就沿着公路走。

——不会永远这么下去吗？

——每 3 秒钟我们就能移动两英里，并不是完全静止不动啊。

——我觉得我们的时间不够了。

——不够……1 小时就能移动 240 英里！ 30 分钟就能到了啊！

——我们得再快点儿。

——你怎么知道？你看到的画面上有时间标志还是怎么着？

——拜托！

——你想再快点儿？这样……如何？

——啊啊啊啊！我们在哪儿？

——在……大西洋。我只是向东跳了 1200 英里。如果没算错的话，我们应该距离海岸不远，在大西洋城附近。如果算错了呢，那就不知道了。不过，水的部分出不了错，我们肯定是在海里。

——我什么也看不见了！我——

——你有点儿吓着了，是吗？

——你能带咱们离开这儿吗？

——当然……当然可以。

——求你了！快点儿！快走！

——喂，是你要求快一点儿的啊！我本来在公路上走得好好的，可你却觉得 3 倍音速太……从容了。

——快从这儿出去！

——好吧！好吧！我来转个身！好了！又动了吧！

——可我们还是在水底下啊！

——走！好了！唔，现在不是在大西洋城了，是在海边，往南走呢。我们就沿着海岸线走到纽约去吧。来，欣赏欣赏景色吧。再跳个几下你就能看见纽约了……看！在那边！那就是曼哈顿。

——我们在哪儿?

——新泽西。高原地带。那边那个岛叫“桑迪岬”。

——你来过这儿?

——没有，不过我小时候看过一些小册子。大概是比你小一两岁的时候。我妈妈总希望我们能去一趟，但一直没去成。我挺喜欢那些小册子的。让我目测一下，看我们能不能跨过海湾。唷，跳两次就完美了。我们会蹚着哈德逊河走，一路往北，走到中央公园去。

——那我们就看不见东西了!

——当然能看见了。河很浅。看!我们的屁股都在水面以上呢。不会比这更深了。再说，来都来了。

——我们能走完剩下的路吗?

——我倒宁可走不完。上帝知道那儿发生了什么。从这儿到我们的目的地，中间至少会经过两条隧道。这就是其中之一。呃……我们可能错过了另一个。你在想什么呢?想我们够不够快吗?

——我不知道!为什么我们就不能……像普通人一样在陆地上走呢?

——正常人那么走不会拆掉电线，而我们就不适合在城市里走。我们会撞坏、踩坏东西。我要试试直接跳到公园里去。谷歌地图说公园距离这条河 5000 英尺。如果我们此刻的位置正合适——

——你一直在看手机是吗?

——你有带地图吗，伊娃?我想也没有。来吧。准备好了吗?

——走!走!

——啊……到了。呃……可能还没到。

——我们还是在河里啊。

——算是吧。我认为这原来应该是一座桥。我们在哈莱姆，一定是走过头了。我得转个身。再跳一下就能到了，真的。准备好了？

——别再问了。只管走……天啊！我们这是在它正后面呢！

——妈的！这家伙真大啊！

——退后！文森特，退后！

——我退了！萝斯！你在吗？你那么做没用的！你得赶紧掉头撤啊！

[文森特！你在这儿干什么！]

伊娃看见了。没用的。快点儿躲开！

[离开这儿，文森特！他们会杀了你的！]

我先说的，萝斯。你快跑！跑！

——文森特！他要转身了！后退！后退！

{文森特，是你吗？}

——是我，长官。我和伊娃。

{你这个狗娘养的！带着你的蠢丫头赶紧离开这儿，免得她送掉小命！}

——文森特！他冲我们来了！我该怎么办？文森特！

——伊娃！举起胳膊！我不能再说了，长官，再见……我帮你撑起盾牌！抬起左臂，伊娃！就好像你……对，就这样！

——啊啊啊啊啊！

——那个混蛋又把我们打了个屁股蹲儿！伊娃，你还好吗？

——很痛！快让他停下！我们能离开吗？

——现在盾牌撑起来就好了。来看看我们能不能回敬他。抬起你的右臂，指向……你真的很擅长这个！开火！再开火！再来！

——一点儿用都没有啊！文森特！

——还没完呢。萝斯！我们要试着用能量爆破他的护盾，就像在丹佛时那样。你明白吗？

［什……等一下！］

不行。尽你所能，跑得越远越好。伊娃，把盾牌举起来，别放下！我让你做的时候，就用右臂把咱从地面撑起来。我会站起来。

——这是要干什么？

——把我和你妈妈做过的事再来一遍。

——能有用吗？

——唔，那次把萝斯给害死了。现在！撑！好了，我们起来了。我要向他跑过去。

——我们会撞上他的！

——没错。用你的胳膊抱住他，别松开！

——要那样？我害怕，文森特！

——抱住他就行，伊娃！

——我不行！

——你必须行！只是多抱一会儿！

——我不行！他太强大了！你要干什么！

——我要摘掉头盔，过来帮你。别松手！

——那谁来控制腿？

——我们用不着腿。我们只需要抱住他。其他的就交给忒弥斯好了。

——快点儿！我的胳膊要——

——你要是松开了我们全都得死，伊娃。我马上就来了。假装你是在惊涛骇浪中，而他是你唯一可以抓住的东西。

——我没劲儿了！对不——

——我来了！我来了，伊娃！我用我的胳膊包着你的胳膊，我们一起坚持。

——你站在我前面，我什么也看不见了。

——没关系。你用不着看他。看我就行。你看着我，伊娃。瞧，史上最大拥抱。

——这是什么声音？

——忒弥斯生气了。她在吸收他护盾的能量。嗞嗞嗞的声音表明她快要超负荷了。萝斯！你准备好了没有？闭上眼睛，伊娃。会非常非常亮！

——啊啊啊啊！发生了什么？

——他的护盾没了。别松开你的胳膊。我要回到我的位置上去，然后我们就好好地踢他的屁股。

——别！别走！我不行……他过来了！他来了！他抓住我们了！他要把我们扔出去了！我拦不住他！

——啊啊啊啊啊啊啊！

——文森特！文森特，你还好吗？回答我！

——我……不太好。我们被摔到地上的时候，我撞到舱壁了。我的肩膀……我想我的胳膊折了。我的右腿……整个弯了，彻底动不了了。打个滚儿起来，能行吗？我现在看不见。

——怎么做？好，可以了。

——我得到控制台那儿去，把盾牌再撑起来。他朝我们来了。

——你能让我们站起来吗？

——不行，我穿不上控制器了。我把头盔戴上吧……他看起来好像是要揍我们的脸。他是要揍我们的……啊啊啊啊啊！你能回击吗？

——……

——伊娃！我知道这很让人害怕，但你必须得振作起来。你能不能回击他？

——我们的左臂被他踩在脚下了。我没法儿用右臂打他。

——打他的肚子。

——我够不着他的肚子啊。

——没关系，等你凑近了我就开火。现在！哈！够劲儿吧，嗯？

——继续开火，文森特！再开火啊！

——这是我的女儿在踢你的屁股！谁叫你惹恼了10岁小孩！

——再来！再来！再来！……再来啊！文森特，继续开火！他还能站起来！

——我——

——怎么了？

——不行了。我们没电了。剩下的电全都用光了。她不能再开火了。

——忒弥斯不跟着我动了。

——我知道。我们动不了了。我们什么也做不了了。

——然后怎么办?

——然后就……我猜只能等着。

——要等多久?

——我不知道。我们以前从来没把她用到没电——

——他又回来了！他来了！文森特……他手里好像有一束光。

——见鬼!

——那是什么?

——那肯定是抹掉一半伦敦的那玩意儿。

——做点儿什么啊!

——做不了了!

——我们会死吗?

——伊娃，我——

——我不想死……我要出去!

——伊娃!

——怎样才能出去?

——伊娃!

——让我从这东西里出去啊!

——伊娃，停!

——……

——你是个好孩子，伊娃。很高兴能与你相见。

——你能再抱抱我吗?

——我也希望能再抱抱你，伊娃。你不知道我有多想拥抱你。

但是我够不着你了。看着我。

——……

——我就在这儿，伊娃。看着我。

——爸爸……

——……嗯？

——对不起。

——没有什么可对——

——看！他不管我们了！

——我看不见。我没戴头盔。

——他正在看着……有一辆小货车开过来了！

——他手上还有那束光吗？

——应该是没有了。有人从车里下来了。我觉得那是富兰克林博士。

——快离开！萝斯！

——有一股白色的气体……冒出来，到处都是。

——你看见什么了？

——……

——伊娃！你看见什么了？

——什么也看不见。只有一片白色。

File NO. 1633

任务日志——地球防卫队科学部主管富兰克林博士

地点：纽约州，纽约市，中央公园

——准将，我进入中央公园了。

[收到。我们已经准备好了。]

简直太可怕了。草地上躺满了人……到处都是。看上去他们就像是在打盹儿。骑自行车的人倒在路边，得有人照顾他们才行啊。我要停车了。我想这已经够近的了。我距离机器人只有……1000英尺。

我要在这里下车了，准将。

[很好。救援小队随时待命。需要什么尽管说。]

谢谢你。祝我好运吧。

[相信自己是幸运的，你就是幸运的。去吧！]

我相信。我相信。那么……我从车里出来了。机器人就站在我前面。它正对着我，但我不知道他们有没有看见我。从他们所处的位置看过来，我肯定就像只蚂蚁。我正从车里往外搬细菌。1个……这些容器……实在是……太沉了。用……推车的话，我1次只能推1个。2个……我的背包里有水泵和水管。我还……带了……1把军用小铲子。3个。

我正朝着机器人前进。我这就打开探照灯。我不知道他们会作何反应，但我必须得确保他们看到我。他们必须得知道，不管发生了什么——如果真会发生什么的话，对此负责的人是我。见鬼。机器人的脚正踩在东大道上。他的右脚有一部分踩在草坪上，但只有五六英尺。脚底的其他部分都贴着沥青。我的铲子可铲不动。我希望脚部以上的能量护盾能有足够宽的缝隙，好让我……

那是……？忒弥斯突然出现在机器人后方100英尺处。

{萝斯！你在吗？你那么做没用的！你得赶紧掉头撤啊！}

文森特！你在这儿干什么！

{伊娃看见了。没用的。快点儿躲开！}

离开这儿，文森特！他们会杀了你的！

{我先说的，萝斯。你快跑！跑！}

机器人转身了，不理我了。我不知道该怎么办……他们开火了！我朝着车子跑。

[富兰克林博士，你得赶快撤出来。]

是的，准将，我正在往外撤呢！我没法儿……带着这玩意儿跑……我拿不动。妈的，没拿好……细菌容器翻倒了，滚过去了……抓住了……我把它……拿回来了——

{萝斯！我们要试着用能量爆破他的护盾，就像在丹佛时那样。你明白吗？}

什……等一下！

{不行。尽你所能，跑得越远越好。}

见鬼！要命！……我把细菌容器扔下了。我就要跑到了。好了，我回到车里了。从哪儿……发动车子。我正在掉头……往南开，往我来时的方向。现在正经过棒球场。在忒弥斯释放能量之前我得跟她拉开至少半英里的距离……老天爷！不知是谁击中了我前面的路。有一大部分路都……消失了。我差点儿一头开过去。我刚开过 97 大街，仍然往南，朝着东大道开。

{萝斯！你准备好了没有？}

没有！还没有！啊啊啊！

……

我的天。很痛。一切都变……变白了。我撞上了一辆车。气囊……我……我想它是怼到了我的鼻子。我的吉普车完了。我得从这里出去。要是能够得着门把手……对！我出来了。哇哦，我身后的那条路……消失了。冲击波离我只有 100 英尺。我看不见忒弥斯。只能看见另一个机器人在大坑边上没命地捶打。肯定是他们。

准将，让他们用瞬间移动离开那儿。必须让他们离开那儿！准将？准将，你能听到我的话吗？有人吗？我得回去。我刚才撞上了一辆废弃的小货车。我来看看它的车钥匙在不在。在！我要搬起一个细菌容器……把它……装进后……

文森特！你能听到吗？我来了！

我得吸引他们的注意力。我正在往大坑那边开。远光灯，近光灯，雾灯！对！希望他们能听见车喇叭声。机器人就站在忒弥斯旁边。忒弥斯不动了。我看见机器人的左手里有亮光，像是光束。是他第一次在伦敦干的那种事，他要故技重施了。再快点儿！在这儿！我在这儿！来呀！来呀！看我！看这边！对了！快转过来！

它正看着我。我下车了。我距离他大约有 200 英尺。我从后备箱里搬出细菌容器，从背包里拿出水管……插进去。我看也就这样了。现在我要做的就是……拖着……这个……东西……在泥地上……走 200 英尺。机器人瞪着我呢。我想……对，他手里的光束更亮了。它……它释放气体了。我看不见气体是从哪里来的。好像是在它周围直接形成的，不像是从什么东西里喷出来的。气体会在约 5 秒钟之后碰到我。希望它和之前的那个气体一样。我们很快就会知道了……来了。我完全被气体包围了，什么也看不见，连自己的脚也看不见。

容器太沉了……我要……停下来……坐 1 分钟。我能尝到嘴巴里的血的味道。铁的味道……我们……我们都是由同样的物质构成的。

气体渐渐消散。我又能看见天空了。我能看见机器人手里的光束穿透气体。我能看见自己的脚了。他们很快也会再看见我的。得走了。

还有一半路程。真是太……太沉了。我想……想知道，他们在想什么。他们可能在想，这个疯女人是谁，在泥地上拖着个啤酒桶。至少，他们现在知道我……不喜欢他们了。地面上还残留着一点气体，像摇滚音乐会舞台上用的干冰。我的脚从其中慢慢蹚过去，带起一阵阵雾流。真的挺漂亮的……桶似乎没那么沉了。肯定是肾上腺素在起作用。当你就站在旁边的时候，他们的脚显得那么巨大。我就在这儿。我能……能触碰到它。它的护盾消失了。它是……冷冰冰的。即使是有光的地方，也是冷冰冰的。

我准备好了。举起水管。我在把液体往外压……喷出来了。我能喷到……可能有15英尺高。它的整个脚，脚踝，都能喷到。我觉得自己就像一只朝着灯柱撒尿的小狗。我很怕它会一脚把我踢开。这一侧已经都喷湿了。我正拖着桶往另一侧走。要是站在这儿，我没准儿就能……烂主意。我必须再靠近一些。我快要喷完了。喷完了。没有了。应该一两分钟就会见效了。

慢慢地走开。我顺着来时的路线往回撤，这样他们就能看到我。到目前为止，什么都没发生。可能细菌的量不够。那个容器看起来很大，可走到外星机器人跟前就不是那么回事了。简直像是喷刷一整座大楼。应该把另一桶也带上就好了。要是这样没有效果，那我就再回去搬吧。

我开始怀疑这整个计划了。如果他们是想让我们做个证明的话，那我这些绿色的糨糊可能显得略有些……低调了。我甚至都不能确定他们到底在寻找什么。我不知道他们是不是真的在寻找。这可能完全是在浪费……等一下……等等……

日光下很难看清，不过我觉得它右脚上的光开始闪烁了。可能只是我想象出来的吧。不对……亮光暗了半秒钟。又暗了……又暗了……整只脚上的光都灭了。不知道这样够不够……现在小腿暗了。左脚开始闪了。左脚我几乎就没喷上什么。我想他们可能是整体都在掉电……我……

我差点儿没躲开。它的右侧小腿掉下来了。它现在用一条腿站着，这条腿也正在掉电。我觉得它要倒——我都不知道该用什么词——膝盖跪下来。我无路可逃，只能继续往前。到处都是树。我尽了全力在跑，但不确定能不能跑出这 20 层楼高的庞然大物倒塌下来的范围。我听得见它在我身后分崩离析的声音。

细菌一定是破坏了整个机器人的分子结构！它要倒下来了！它的影子正在我面前延伸。我觉得我没办法……啊啊啊啊啊！

有什么东西压住了我的腿。可能是一块石头。我觉得那不是机器人的碎块。它的头在我的左侧。那应该就是一块大石头。我的膝盖……我的腿……我看见骨头戳出来了。我要晕过去了。深呼吸，萝斯。最可怕的部分已经过去了。我做到了。我不知道他们要找什么，但是这样有效。那个机器人已经完蛋了。我的腿……有人能听到吗？文森特？文森特，你能听见我说话吗？准将？我需要帮助。我需要医生。喂？有人在……？噢天啊！

一。二。三。四……五。六，七，八。它们……它们应该是全都来了。外星机器人，它们……所有的一起出现了。啊啊啊！又有一个……它就那么凭空出现了，就在我面前 100 英尺的地方。我动不了……我没法儿跑……谁来帮帮我！

这……这太壮观了。它们只是看着我，所有的机器人。就像……你第一次看到时代广场时的感受。仿佛一支神的军队，各有各的颜色。对它们来说肯定另有含义。离我最近的是橙色的。是许珀里翁啊。它在干什么？它蹲下来了。它把手放到地面上了，在我右侧 30 英尺的位置。他的头……他的头向我俯下来了。上帝啊，救救我。它就在我上方。我几乎能摸到它……

对……对不起。请原谅我……

它去哪儿了？它刚才还瞪着我，然后就消失了。另一个……全都消失了。同时消失了。

只剩我自己了。结束了。

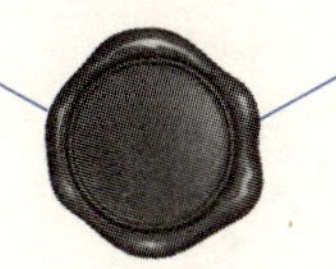

尾声

File NO. 1641

聚会日志——伊娃·雷耶斯

地点：纽约州，纽约市，地球防卫队总部，忒弥斯内

——我是伊娃·雷耶斯。我们在忒弥斯里面，在庆祝。和我在一起的有我爸爸、富兰克林博士、戈文达准将。我……我不知道该说点儿什么了。嘿，文森特？

［哎，伊娃？］

为什么我得戴着这个耳机呢？

［因为我们要录音。萝斯喜欢把一切都录下来。］

这个我知道。但为什么只有我戴呢？你们怎么都不戴？

［我想想啊。我的肩膀摔断了，膝盖翘起来了。萝斯的胫骨折了。］

这是耳机，是戴在头上的。

[你走动起来比我们更方便啊。别抱怨了好吗？]

准将也可以戴嘛。

[准将有点儿喝醉了。]

{库蒂尔，我可听见了！}

[抱歉，长官。我的意思是，您烂醉如泥了。]

{都怪那该死的香槟。我怎么就不能喝个痛快了？而且，这儿为什么这么黑？我差点儿连杯子都看不见！}

这也是我想问的。为什么只有我一个人喝果汁？

[这样你就能好好录音了。噢，还有，因为你才 10 岁啊！]

得了吧，文森特！我才踢过外星机器人的屁股，喝杯香槟又怎么了。

[严格地说，踢他屁股的是萝斯。]

<伊娃，过来。我给你一杯，一小杯。>

谢谢你，富兰克林博士。

<我说过你可以叫我萝斯。>

我不确定我——

<文森特就这么叫我。要是你不这么叫，那我就叫你雷耶斯小姐了。>

那好吧，萝斯。感觉怎么样？

<香槟吗？它——>

不，我是指，你的计划是对的。它奏效了。

<我猜的。你干吗做鬼脸，准将？>

{让外星人看看，即便他们没有扰乱我们的 DNA，我们也还是

很坚韧，可以朝他们泼上满满一啤酒桶的绿色黏糊细菌——}

你在说什么，准将？

{我在说……我说什么了？}

<准将的意思是，他以为这计划根本没有成功的可能。>

是这样吗，准将？

{毫无可能。}

哈哈！那你呢，文森特？你当时觉得能成功吗？

[我？我——]

<你觉得蠢透了。行了，文森特！说出来吧！>

[不，萝斯。我明白那计划背后的逻辑。但我不太确定，就算细菌起效了，外星人能不能正确理解我们传递的信息呢。]

<我们确实不知道他们有没有理解。>

你怎么能这么说呢，富兰克林博士？他们离开了，不是吗？

<叫我萝斯，记着啊。我们不知道他们为什么离开。我们不知道这是不是就是他们想让我们做的。这些只是那位“烧伤”先生告诉我的。他比我们更了解外星人，但他也没跟他们交谈过。他很可能和我们一样，都是猜的。>

那他们为什么离开了呢？

{因为富兰克林博士朝他们喷了那个黏糊糊！}

[准将，你也许该试试伊娃的果汁。]

是苹果汁。

{闭嘴，库蒂尔！这是命令！}

说正经的，萝斯。他们为什么离开了？

< 你爸爸会猜。问他去！ >

文森特？

[我不知道啊！也许，我想啊，他们是被细菌吓到了吧。如果所有的机器人，他们的飞船，甚至他们的家乡，都是用同一种技术建的呢？想象一下，那种细菌一旦进入他们的世界，会发生什么呢。]

……

怎么回事？

[我记不起刚才说的话了。灯是不是变亮了？]

可能吧。

[我想是忒弥斯在加电。]

< 没有人戴头盔？ >

她还能这样？

{ 我不知道！我他妈的再也不来你们这机器人里面了！ }

文森特？

[控制台亮了。伊娃，到那儿去，把你的头盔戴上。]

好吧。可我们在机库里呢！我能看见什么啊？

[我不知道，伊娃。只是直觉。]

好，我戴上了。我……我觉得这——

[怎么了，伊娃？]

< 伊娃？ >

{ 见鬼！孩子，你到底看见什么了？ }

各位，我想我们已经不在地球上了……

致 谢

作为一名新手作者，你会发现，你的致谢基本上能写成一本书。在作品面世之前，你花了好长一段时间来写作（《沉睡的巨物》写了一年半），却很难意识到，在新作上架前，将有3万人为此辛勤工作。

所以，为了这本书和上一本，请收下我满满的谢意。谢谢你，赛斯，你简直是个超人。西奥一直找我要你的照片呢。感谢威尔·罗伯茨和丽贝卡·加纳德将我的书翻译成多种语言，比忒弥斯的肢体数量还要多，而且你们还激发了我收藏威士忌的野心。在我写这篇致谢时，书已经被翻译成17种语言了。这太疯狂了！感谢马克·特万尼对这本书的信任。还有我超棒的、踢外星人屁股般神奇的编辑迈克·布拉夫：你是最棒的。真高兴能与你一起工作，希望我们能尝试更多的巨型机器人冒险。感谢德雷图书公司的基斯、大卫、特里西娅：你们的不知疲倦简直令人惊异。艾米丽、阿什利、艾丽卡、亚历珊德拉：哇哦！任何一位作家都会感激你们所做的宣传工作的。噢！埃里希！我引用《星球大战》中的内容都是因为你啊。《星球大战》！经典！谢谢你！我知道自己还遗漏了上百万为这本书忙碌的人：文字编辑、平面设计师，等等。虽然你们的名字没有出现在这里，但请相信我吧，我真的心怀感恩！

感谢加拿大兰登书屋的希拉在我们这边所做的工作（以及将我送上太空的努力）。感谢伊玛德、休，和迈克尔·约瑟夫出版社所有人在英国的出色工作。希望你们住的地方不是我在书里毁掉的那一片。感谢有声读物的所有配音演员：安迪·赛科姆、查理·安森、克里斯托弗·拉格兰、埃里克·迈耶斯、劳雷尔·莱弗科、莉莎·罗斯、威廉·赫普、阿德纳·赛博里希、凯瑟琳·曼戈尔德。棒极了！我不知道所有幕后工作人员的名字，但你们真的成就了特别的作品。

感谢所有点评和帮助宣传《沉睡的巨物》的评论家、记者和书籍博主们。书商老板们，我爱你们！我本来想找个好比喻的，但根本不需要。你们把书卖出去了！这多酷啊！我欠你们一份感激之情，还有一杯啤酒！

感谢我身边的人：爱我、支持我的朋友和家人，拥抱你们。

还有你们！对，就是你们！从一开始，我就有幸拥有了最令人惊叹的读者。如果没有你们，这一切都将毫无意义。你们怀有兴趣，花费时间，写邮件，写推特，写信，我真的无法表达我的感激。对我来说，这是一趟疯狂的旅行，有你们为伴，真的很高兴。